LES
COMPTES
DV
MONDE ADVENTVREVX

Texte original

avec

NOTICE, NOTES ET INDEX

PAR FÉLIX FRANK

Tome Premier

PARIS

ALPHONSE LEMERRE, ÉDITEUR

27-31, PASSAGE CHOISEUL, 27-31

—

1878

LES COMPTES

DV MONDE ADVENTVREVX

LES
COMPTES
DV
MONDE ADVENTVREVX

Texte original

avec

NOTICE, NOTES ET INDEX

PAR FÉLIX FRANK

Tome Premier

PARIS

ALPHONSE LEMERRE, ÉDITEUR

27-31, PASSAGE CHOISEUL, 27-31

—

1878

NOTICE

I.

ES *Comptes du monde adventureux*
comprennent cinquante–quatre récits,
parmi lesquels bon nombre d'historiettes d'importation italienne. Ce recueil renferme, dit Viollet-le-Duc, « cinquante-
quatre *leçons*... ou réflexions morales en quelques
lignes, appuyée chacune d'un conte, d'une nouvelle ou même d'une histoire, dont dix-neuf sont
tirés du *Novellino* de *Masuccio Salernitano*, et les
autres sont de l'imagination de l'auteur. C'est un
très–bon choix [1]. » Deux au moins de ces récits [2],
en dehors des emprunts faits au livre du Salerni-

---

1. *Catalogue des livres composant la Bibliothèque poétique de
M. Viollet-le-Duc, avec des notes bibliographiques et littéraires. —
Chansons, fabliaux, contes en vers et en prose*, etc., p. 151 et 152
(Paris, J. Flot, 1847, in-8).

2. V. les *Comptes XLV* et *LIV* et une partie du *Compte LII*.

a

tain, ne sont pas de « l'imagination de l'auteur » ;
car ils proviennent du roman célèbre sous le
nom d'*Hystoire et plaisante Cronicque du petit
Jehan de Saintré* (épisode de Damp Abbé et de la
jeune Dame des Belles cousines), par Antoine de
la Salle[1]. Il en est d'autres encore puisés dans les
œuvres des *novellieri* italiens ou dans nos fabliaux.
On donnera en appendice du tome II de la présente édition la liste des *Comptes du monde
adventureux* avec la référence des sources anté-
rieures ou des imitations qu'on aura pu relever
exactement [2].

Le texte des *Comptes* que nous publions est
celui de l'édition princeps de 1555 (Paris, Estienne
Groulleau, pet. in-8).

Il existe plusieurs réimpressions de ce recueil
au XVIe siècle; en voici l'indication :

1555 (Paris, Vincent Sertenas, pet. in-8) ;
1560 (do   do   ) ;
1560 (Jean Longis et Robert le Mangnier);
1566 (Paris, Hier. de Marnef et G. Canellas,
in-16);

1. Composé en 1459, comme le porte la dédicace au prince
« Jehan d'Anjou, duc de Calabre et de Lorraine », marquis du
Pont, fils de René, roi de Sicile, ce livre ne fut publié pour la
première fois qu'en 1517.

2. V. la note manuscrite qui se trouve sur le verso du feuillet
de garde de l'édition princeps (exempl. de la Biblioth. nationale)
et rédaction primitive de l'article A. D. S. D. des *Supercheries
littéraires* de Barbier (3e édition, revue et augmentée par
M. Olivier Barbier), dont la teneur est un peu rectifiée.

1571 (Lyon, Rigaud, in-16).

1579 (d°   d°);

1582 (Paris, Cl. Micard, pet. in-12);

1595 (Lyon, Rigaud, in-16) [1].

Celle de 1582 contient une addition de cinq *discours modernes et facetieux* qui n'ont pas été reproduits dans l'édition de 1595, la dernière connue [2].

Le *Novellino* de Massuccio, souvent réédité depuis son apparition en 1476 [3], était alors en vogue de l'autre côté des monts, comme le recueil des *Cent Nouvelles nouvelles* en France. Retouchées d'abord par L. Paolo Rossello [4], puis par Sebastiano Corrado [5], ces nouvelles amusaient les esprits friands d'anecdotes par l'at-

---

1. V. Brunet : *Manuel du bibliophile* ; E. Courbet : *Gazette bibliographique* (années 1868-1869), pp. 123-126.

2. Non réimprimé depuis la fin du XVIe siècle, ce livre est devenu rare et conserve un prix élevé dans les ventes.

3. Voici le titre de l'édition princeps : *Il nouellino con L argomenti e morali conclusioni d'alcuni exempli per Masuzo Guardato nobele salernitano facto et intitolato alla il. Ippolita di Calabria duchessa* A. D. M.CCC.LXXVI *in civitate Neapolis,* etc. (in-folio). On en compte plus de dix publications, avec certains remaniements, aux XVe et XVIe siècles (1483, 1484, 1492, 1503, 1510, 1522, 1525, 1531, 1535, 1539, 1541), toutes à Venise, hormis la première qui porte la rubrique de Milan.

4. Édit. in-4, *Venetia,* 1522 (avec Épître dédicatoire à Girolamo Soranzo).

5. Petit in-8 : *Le cinquanta Nouelle di Massuccio Salernitano intitolate il Nouellino, nouamente con somma diligentia reuiste, corrette e stampate... in Vinegia per Marchion Sessam. — Anno Domini*

trait du conte pur et simple, et les esprits en
humeur de moraliser par leur cortége de *leçons*
qui avaient plus de « quelques lignes », malgré
l'assertion de Viollet-le-Duc. J'ai sous les yeux
l'édition de 1531, de Seb. Corrado, où l'on aurait
tort de chercher une simplification, car la moindre historiette, ou *narratione,* s'y présente inva-
riablement flanquée d'un *argomento,* d'un *essordio*
et de réflexions distinctes sous le nom de *Massuccio,* dans le ton pédantesquement précieux et
gracieux du temps.

La marche des *Comptes du monde adventureux*
est plus dégagée. Un sommaire, en tête de chaque récit, remplace le double luxe de l'*argument*
et de l'*exorde,* et si l'auteur conclut toujours par
des réflexions de son crû, il adopte une forme
plus impersonnelle : la leçon paraît faire corps
avec le conte et non y être extérieurement appli-
quée. Ces réflexions, d'ailleurs, n'ont pas toujours
une égale portée : tantôt, comme celles de bien
des contes de la reine de Navarre, elles sont là
uniquement pour voiler ce que le conte offre
d'un peu leste par lui-même ; tantôt, pour enfon-
cer le trait satirique ; tantôt, au contraire, comme
pour le retenir avec des mines d'innocence.
Charles Sorel, qui goûte la façon des *Comptes,*
s'en tient au fond et au tour, et n'y aperçoit

M.D.XXXI (avec dédicace à « *Gioanni Battista Boiardo conte
di Scandiano* »).

rien au delà du *plaisant,* un peu vif par endroits :
« Pour nos Liures Comiques, qui ſont naturels
François, les premiers ſont quelques Liures de
Contes & de Nouuelles, comme les *Cent Nouuelles
du Duc de Bourgogne*, les *Contes du Monde auan-
tureux*, les *Contes de Bonnauenture Deſperiers*, &
autres ſemblables où il y a quelque choſe de plaiſant, mais il s'y trouue tant d'impuretez, que ie
ne les nomme qu'afin que l'on ſe garde d'eux [1]. »

Quant au mérite de ce recueil, placé en si
bonne compagnie par Sorel en dépit de ses pré-
tendus scrupules, entre les *Cent Nouvelles nouvelles*
et les *Contes et Joyeux devis* de *Des Periers*, j'y
reviendrai plus loin. Mais je dois parler d'abord
de la signification du titre et de l'énigme des
« impénétrables initiales [2] » A. D. S. D. sous lesquelles se cache le nom de l'auteur, demeuré
inconnu. Sont-elles vraiment impénétrables?

La Monnoye dans une note de l'édition in-4
de la *Bibliothèque françoise* de La Croix du
Maine [3], s'exprime ainsi : « Le titre des *Contes
du Monde aventureux* est mal conçu, car on ne
sait si *aventureux* se rapporte à *monde* ou à *Contes*.
Il vaut mieux le rapporter à *Contes*, et c'est le

---

1. « *La Bibliothèque françoise de M. C. Sorel.*— A. Paris. — Par
la Compagnie des Libraires du Palais. — M.D.C.LXIV. » V. le
chap. : *Des romans comiques,* p. 173.

2. *Gazette bibliogr.,* l. cité.

3. T. Ier, série A., p. 64.

sens que Wier a suivi, lorsqu'au XXXIIe chapitre de son IVe livre *de Præstigiis Dæmonum*, traduisant le XXXIIe de ces Contes en latin, il dit l'avoir lu *in libello Gallico inscripto Narrationes Mundi fortuitæ*. Brantôme cependant, p. 221 du tome II de ses *Dames galantes*, rapporte le mot *aventureux* à *monde*, car il cite ce livre sous le titre de *Nouvelles du Monde aventureux*. »

« J'aime mieux m'en rapporter à Brantôme, » dit Viollet-le-Duc, en sa *Bibliographie des chansons, fabliaux et contes*. Comme lui, on estimera sans doute que le sentiment de la Monnoye, d'après Wier, marque plus de subtilité grammaticale que de sûreté de jugement sur ce point. Brantôme, là-dessus, n'a pu se tromper.

Dans le passage du livre des *Dames galantes* [1] où sont mentionnés ces contes, il se rencontre une indication qui nous servira de fil conducteur dans la recherche du nom et de la personnalité du mystérieux A. D. S. D.

Brantôme, résumant l'histoire, si charmante dans l'original, des commencements du petit Jehan de Saintré, de son amour « loyalle & fecrette » avec la Dame des Belles cousines, pendant seize années, de ses naïvetés de page et de ses prouesses de chevalier, et finalement de la trahison si soudaine et si imprévue de la Dame, qui lui substitua Damp Abbé et le

---

1. V. Difcours quastriefme.

fit berner indignement par ce satyre enfroqué, termine par ces mots : « Tant y a que leurs amours & iouiſſances durèrent longuement, & eſtant page & hors de page, iuſques à ce qu'il luy fallut aller à vn lointain voyage, qu'elle le changea en vn gros, gras abbé ; & c'eſt le conte que vous voyez en les *Nouuelles du monde aduantureux,* d'vn valet de chambre de la reyne de Nauarre; là où vous voyez l'abbé faire vn affront audiᶜt Iehan de Saintré, qui eſtoit ſi braue et ſi vaillant ; auſſi bientoſt après le rendit-il à M. l'abbé par bon eſchange & au triple. Ce conte eſt très-beau, & pris de là où ie vous dis [1]. »

La sénéchale de Poitou, grand'mère de Brantôme, étant, comme on sait, une des dames les plus affectionnées de Marguerite, sœur de François Ier, reine de Navarre, & la mère de Brantôme, Anne de Vivonne, l'une des *devisantes* de son Heptaméron, l'auteur des *Dames galantes* devait tenir d'elle sur le cercle intime et littéraire de la reine Marguerite des renseignements d'une valeur exceptionnelle. Si léger qu'il fût d'habi-

---

1. V. dans la *Cronicque du petit Jehan de Saintré,* les chapitres LXIX, LXX, LXXI, LXXII, LXXIII, LXXXII, LXXXII, LXXXIII et LXXXVI et dernier où il est dit comment, à la Cour de France, « le ſeigneur de Saintré, ſans riens nommer, compta l'iſtoire de ma Dame, de Damp Abbez & de luy; & rendit la ſainture à ma Dame devant la royne & pluſieurs aultres Dames & Damoiſelles »; la « ſainture bleue… ferrée d'or », enseigne de loyauté, qu'il lui avait prise, pour la punir de sa vilenie.

tude en ses affirmations, il est permis de croire qu'une part de vérité, sinon la vérité précise et totale, lui est parvenue de ce côté et nous a été transmise par lui.

Le terme de *valet de chambre* peut bien n'être qu'un équivalent; et en effet je ne trouve, dans les rôles conservés de la Maison de la reine de Navarre, aucun nom sous ce titre auquel puissent convenir les initiales A. D. S. D. Mais Brantôme, la tête pleine du souvenir des poëtes et des conteurs de talent qui avaient porté le titre de *valets de chambre* de la reine, tels que maître Clément Marot et Bonaventure Des Periers, en lui servant réellement de *secrétaires,* aura sans doute employé ce mot comme un terme courant, pour désigner quelqu'un de l'entourage intime de Marguerite. On me pardonnera de répéter ici ce que j'ai écrit ailleurs à ce sujet : « Marguerite eut pour valets de chambre d'autres hommes de mérite que Marot: J. de la Haye, qui publia les *Marguerites de la Marguerite;* Antoine du Moulin, auteur et traducteur, qui édita les œuvres de Marot comme celles de Des Periers; Claude Gruget, qui donna en 1559 la seconde édition de l'*Heptaméron.* Et, pour le dire en passant, ces valets de chambre *écrivains* ne doivent pas être confondus avec les valets de chambre véritables, tapissiers, tailleurs, brodeurs, etc., qui formaient la domesticité... Il ne s'agissait, dans le premier cas, que d'un titre protecteur et de fonctions toutes fictives derrière lesquelles on aperçoit une collaboration ou des services littéraires [1]. »

Brantôme, qui change le mot *Contes* en *Nouvelles* et qui se contentait volontiers d'un à peu près aura donc entendu indiquer simplement que l'auteur des *Comptes du monde adventureux* était un des familiers de la reine de Navarre. Cela posé, cherchons-le près d'elle, sous quelque dénomination officielle ou professionnelle qu'il se cache, et ne figurât-il pas dans l'état de sa Maison ou au rôle de ses pensionnaires. Car cette princesse, si grande par le cœur et l'intelligence, si hospitalière au talent, si vaillante dans ce rôle de protectrice des esprits novateurs pourchassés de toutes parts, qui suffirait à l'illustrer, exerçait ce patronage sous mille formes ingénieuses : « Marguerite appela autour d'elle dans sa petite cour d'Alençon tout un monde de savants, de littérateurs et de poëtes. Elle en fit des valets de chambre, des maîtres des requêtes, des trésoriers, des conseillers [2]. » Alençon d'abord, le Béarn ensuite, la virent jouer ce noble rôle. Si Nicolas Bourbon était le *pédagogue* de sa fille Jeanne ; si elle avait pour

---

1. Étude sur *Marguerite d'Angoulême, reine de Navarre,* en tête des *Marguerites de la Marguerite des Princesses.* — (Paris, Librairie des bibliophiles, 1873, 4 vol. in-16.)

2. V. *Le Département de l'Orne,* par L. de la Sicotière et Poulet-Malassis. — In-folio, 1845, p. 279-280.

b

contrôleur des finances Victor Brodeau, pour *aumôniers* Gérard Roussel, Caroli, Jean Michel, pour
valets de chambre ceux que j'ai rappelés plus haut, et
au nombre de ses *pensionnaires* l'excellent peintre
Clouet, elle saisissait aussi les occasions d'établir
ses clients et amis en divers postes au dehors
ou de les y servir pour le mieux : ainsi Roussel
devenait évêque d'Oloron en Béarn ; Guillaume le
Rouillé siégeait en qualité de conseiller à l'*Échiquier*
d'Alençon ; Charles de Sainte-Marthe, suspect
d'hérésie, lui devait comme sauvegarde la charge
de *Lieutenant criminel* au même lieu.

On lit p. 64-65 de l'édition in-4° de La Monnoye que j'ai consultée dans le fonds de la Bibliothèque nationale, ce renvoi manuscrit : « Ces contes
ne seroient-ils pas de Bonaventure Des Periers ?
Il étoit valet de chambre de cette reine. » Un
second renvoi manuscrit réplique : « Ils seroient
plutôt d'Antoine du Moulin. » La simple lecture
des *Comptes du monde adventureux* démontrerait
surabondamment qu'ils ne sauraient avoir pour
rédacteur un écrivain de race, tel que Bonaventure des Periers (dont l'œuvre de conteur fut
publiée trois ans plus tard) quand l'hypothèse
lancée au hasard pour lui et pour Antoine du
Moulin ne tomberait pas d'elle-même devant la
contradiction des initiales de l'auteur.

La Monnoye, dans sa note déjà citée, dit :
« Ces quatre lettres (A. D. S. D.) peuvent signi-
fier *Antoine de Saint-Denis, Abraham de Saint-*

Dié, André de Saint-Didier, ou tel autre nom...
Ce qu'il y a de sûr, c'est que l'auteur étoit Huguenot... » Et justement, si l'on ne découvre
rien concernant les noms d'Abraham de Saint-
Dié et d'André de Saint-Didier, celui *d'Antoine
de Saint-Denis* est relaté de la façon la plus au-
thentique dans une pièce qui montre ce personnage
en rapport avec Marguerite d'Angoulême. On lit,
in fine, dans le règlement daté de 1544, qu'elle donna
à l'hôpital d'Alençon : « Item les diâts articles la
diâte Dame a faiât lire & entendre à maître
Iacques Groflot, bailly d'Orleans, prefident du
· Confeil & garde des fceaux de la dicte Dame,
René de Silly, bailly du lieu, Mᵉ Iean Moinet,
fieur de Néauphe, Guillaume le Couftelier, Guillaume le Rouillé, fieur de la Grauelle, Eftienne
Erné, fieur de Carrouges, Iean le Pelletier, Iean
Caiget, *Antoine de Saint-Denis, curé de Champfleur,*
Claude d'Eftoffes,· Michel Chardon, Pierre Barbier, dernier recepueur de l'hofpital, François
Pefon, à prefent maire du bureau, Nicolas Poi-
teuin, Paul le Teffier, Marin Heron, Iean Caillard,
Robert Boullemer, à prefent doyens du dict hofpital, Pafquier Vafnier, Bertrand Bahuet et autres
bourgeois de la ville d'Alençon, prefens, lefquels,
après les auoir ouy et entendu, ont promis à la
dicte Dame d'y obéir. — Faict au chafteau
d'Alençon, le Vᵉ iour de Ianuier MCXLIIII ¹. »

1. H. de La Ferrière-Percy : *Marguerite d'Angoulême (sœur de*

On remarquera que le nom d'Antoine de Saint-
Denis précède ceux du dernier receveur de l'hôpital, du « maire du bureau » et des doyens, et
qu'il vient avec ceux du *chancelier* d'Alençon,
Groslot, du *secrétaire*, Guillaume le Coustelier,
et des *conseillers de l'Échiquier*, Jean Moinet,
Guillaume le Rouillé, Jean le Pelletier, Jean Caiget, etc., qui sont inscrits au rôle. Il n'est pa
téméraire d'en conclure qu'il avait, comme eux,
des relations fréquentes avec Marguerite; relations dans lesquelles, suivant sa coutume et la
pente de ses idées, elle admettait certainement
les propos littéraires. La reine de Navarre, si fort
occupée qu'elle fût de ses propres affaires et des
affaires du pays, ne cessait de composer prose et
vers, même en litière, d'après des témoignages
formels, et d'entretenir ses familiers en provo-
quant leurs répliques et leurs récits. Que d'un tel
centre de causeries et d'anecdotes les *Contes du
monde adventureux* aient pu sortir, rédigés par
Antoine de Saint-Denis, comme furent écrits les
Contes et Joyeux Devis par Bonaventure Des
Periers et l'*Heptaméron,* par Marguerite elle-
même, rien de plus naturel et de plus probable.
Que le « curé de Champfleur », en raison de son
caractère ecclésiastique et des nouveaux traits

François Ier). — Son livre de dépenses (1540-1549). *Étude sur
ses dernières années.* — Paris, Aubry, 1862, in-18. — V. *Appendice,* p. 206-209.

satiriques lancés contre l'Église dans les *Contes
du monde adventureux,* ait cru nécessaire de prendre un masque transparent pour les initiés, tout
en constituant une échappatoire, rien de plus jus-
tifié en face des périls possibles ; rien de plus
conforme aux pratiques du temps. Enfin, qu'un
livre dont plus d'une page sent le fagot soit
l'œuvre d'un prêtre, quoi d'étonnant après
l'exemple de Rabelais, et dans le voisinage d'une
reine qui avait patroné un Lefebvre d'Étaples et
un Calvin, promoteurs de la Réforme en France,
— un Caroli, quittant la cure d'Alençon pour
la chaire de ministre protestant à Neufchâtel, —
un Gérard Roussel, disciple de Luther, sous l'habit
épiscopal — un Jean Michel, recommandé par
elle pour ses doctrines, « à messieurs de l'Église
de Bourges, » et brûlé pour crime d'hérésie,
en 1539[1], — un Antoine Poque dénoncé comme
libertin ou libre penseur par Calvin en personne, et maintenu cependant sur la liste des
aumôniers de la reine de Navarre, en 1548[2]?

Loin de prêter aux objections, la qualité du
« curé de Champfleur » donne à penser qu'avant
de coucher par écrit les *Comptes du monde adven-*

---

1. Condamné en 1537 à dix ans de prison et réfugié en Suisse,
il eut l'imprudence de rentrer en France ; reconnu et livré au bras
séculier, il fut, malgré la protection de Marguerite, brûlé à
Bourges, dans la capitale même du duché qu'elle avait en apanage
(V. H. de La Ferrière-Percy, *ouvr. cité,* p. 6 et 7).

2. Ibid. (*Appendice.*)

tureux, dans un sens hostile au clergé et aux
errements du catholicisme, il avait dû aider Marguerite dans la prédication et le développement
de la pure « doctrine évangélique », selon l'expression usitée alors chez les partisans de la Réforme.
Ce qu'avait fait Jean Michel à Bourges avec son
encouragement, Antoine de Saint-Denis ne pou-
vait-il le faire à Alençon, d'une manière plus se-
crète et moins compromettante, sous l'œil du
bon Charles de Sainte-Marthe ? Et ces fonctions
de simple *secrétaire*, si aisément confondues avec
celles de *valet de chambre*, qu'avait remplies Iehan
de Frotté avant d'être *contrôleur des finances* de
Marguerite, en remplacement de Victor Brodeau,
ne pouvaient-elles avoir été aussi le partage du
futur curé de Champfleury, conformément au dire
de Brantôme ?

D'un autre côté, ces *Comptes,* dont il ne faut
pas s'exagérer la valeur, si on les considère isolément, n'acquièrent-ils pas au contraire, dans
l'hypothèse que je soutiens, l'importance d'une
œuvre comprise dans un groupe d'œuvres similaires, quoique de force inégale, et concourant à
un but commun ? Par ses tendances comme par sa
forme littéraire, ce recueil appartient bien au
petit cercle des contes de la reine de Navarre, et
la personnalité d'Antoine de Saint-Denis s'y encadre
sans difficulté. Si elle ne se trouve pas mise en
évidence par les éléments détaillés d'une biogra-
phie, elle ressort assez nettement de l'étude atten-

tive du livre des *Comptes du monde adventureux*,
pour qu'on ne la méconnaisse pas. En l'absence
des preuves directes fournies par un document,
je demanderai à l'examen de l'ouvrage, des
pièces de vers laudatives qui le précèdent, de
l'*Epistre* en prose de l'auteur et des devises latines
qui l'accompagnent, ainsi qu'à l'examen compa-
ratif de plusieurs publications contemporaines,
toutes les inductions plausibles.

II.

Il convient d'abord d'établir la valeur réelle du
style des *Comptes*, des rapports généraux qu'ils
ont avec les œuvres similaires de l'époque, et de
l'intérêt qui s'y attache, indépendamment de celui
qu'éveille leur tendance spéciale. M. Ernest
Courbet, dans une notice succincte, mais sub-
stantielle [1], a tracé des conteurs et traducteurs
de nouvelles du XVIe siècle un crayon piquant
et fin, qui rend fort bien en raccourci le milieu
et le mouvement littéraires où les *Comptes du
monde adventureux* trouvent leur place :

« La *Nouvelle*, aïeule du roman, s'est dévelop-
pée dans le XVIᵉ siècle, et elle présente un double
caractère. Française ou italienne, elle est inspirée

---

1. V. *Gaz. bibliograph.*, loc. cit.

par l'esprit national ou par le souffle étranger. Mais,
comme nos cours se sont toujours montrées favo-
rables aux hommes et aux choses d'importation
nos écrivains les plus originaux ont presque tous
été forcés de prendre le mot d'ordre du dehors. »
D'où il arrive que « les traducteurs priment
les auteurs indépendants. Le Maçon traduit *Boccace* pour la reine de Navarre. Bientôt après, les
Facéties du Pogge et les *Nuits de Straparole* reçoivent
le même honneur. Toutefois, cette prédilection
apparente fut de courte durée. Les Français se
mirent à copier les *Novellieri,* mais peu à peu ils
enfermèrent dans leurs contes un esprit frondeur
et philosophique qui devait aboutir à la ruine de
leurs modèles. Cependant la gradation fut lente ;
c'était une princesse qui ouvrait la marche avec
son valet : *Marguerite de Navarre* et *Bonaventure
Des Periers.* Plus tard parurent les *Comptes du
monde adventureux,* où l'influence de l'Italie dimi-
nue sensiblement, puisque sur cinquante-quatre
historiettes dont se compose cet ouvrage, dix-neuf
seulement sont empruntées à Mazuccio. Sous la
plume d'Henry Estienne, la chronique scanda-
leuse, dépouillée d'agréments libertins, devient
une matière à controverse grave, un sujet d'aigres
critiques. Aux mains d'un écrivain doucereux,
Jacques Yver, elle s'épure et sert à faire connaître
la société mondaine un demi-siècle avant les *Précieuses.* Élargie par l'esprit français, qui y avait
introduit l'élément moral, la forme de la *nou-*

velle se brise à la fin du XVIe siècle. Le côté philosophique, exploité depuis longtemps par Tahureau, est agrandi par les *Essayists,* précurseurs et contemporains de Montaigne, Du Fail, Cholières, Bouchet, Gabriel de Minut. De ce qui reste, le conte proprement dit, va naître, dès le commencement du XVIIe siècle, le roman, l'*Astrée,* et cinquante ans plus tard, la *Princesse de Clèves.* »

Ce tableau n'appelle qu'une ou deux observations. Marguerite et Bonaventure n'ouvrent pas la marche, si l'on tient note de l'ordre chronologique des éditions. Si les récits de Bonaventure et de la reine de Navarre ont pu devancer dans la réalité les *Comptes du monde adventureux,* ceux-ci ont devancé au moins par la date de leur publication (1555) l'apparition de l'*Heptaméron* et des *Joyeux Devis* imprimés en 1558, œuvres infiniment plus parfaites, par l'affermissement général du style aussi bien que par le génie particulier de l'écrivain. En ce qui touche les traductions de l'italien, il n'eût pas été inutile de citer celle des *Histoires tragiques* extraites des œuvres de Bandello, par Pierre Boaistuau, le premier éditeur des contes de la reine de Navarre; traduction entreprise avec l'aide de Belleforest, qui en donna plus tard une suite écrite par lui seul. Enfin Béroalde de Verville, avec le *Moyen de parvenir* (1600), devait figurer là [1], dans une énumération

---

1. Il est mentionné dignement dans l'exposé par lequel débute

c

poussée jusqu'au XVIIᵉ siècle, au moment où le
roman, qui héritera du conte, va s'annoncer avec
l'Astrée (1610), en regard des *Aventures du baron
de Fœneste* d'Agrippa d'Aubigné (1611) et de la version française (1606) de *l'Histoire macaronique de
Merlin Coccaie*, par Folengo, ce chef-d'œuvre du
burlesque où Rabelais n'avait pas dédaigné de
chercher des aliments pour ses magistrales bouf-
fonneries.

M. Courbet continue ainsi : « Cette digres-
sion, dans laquelle je n'ai pas fait entrer *Rabelais*, parce· que nul cadre n'est assez grand
pour contenir un tel génie, m'aura servi, je
l'espère, pour établir la valeur des *Comptes du
monde adventureux* et justifier l'entourage que
leur donne Sorel... Le style de l'ouvrage est
inférieur à celui des *Récréations de Des Periers.*
Mais il est juste d'ajouter que la langue des
Comptes étant plus analytique, peut aussi être
moins ferme, moins large. Comme elle s'essaye
dans l'expression de pensées plus intimes, plus
délicates, elle doit porter en elle les incertitudes,
les tâtonnements d'un idiome d'exploration. En
cela elle est d'une lecture intéressante et pleine
d'enseignements. »

L'intérêt, ce me semble, réside dans l'arrange-

---

la Notice en tête de la réédition des *Serées* de Guillaume Bouchet,
édition de C.-E. Roybet — nom collectif adopté pour la circon-
stance par MM. C. Royer et Ernest Courbet, — (A. Lemerre, 1873).

ment naïf de la narration, dans l'esprit frondeur
qui l'anime, plutôt que dans le style, dépourvu —
sauf en quelques rencontres — de nerf et d'élé-
gance. Parlons franc, A. D. S. D. ne mérite pas
d'être comparé, fût-ce en un rang inférieur, au
maître conteur des *Joyeux Devis,* Bonaventure
Des Periers. Les phrases des *Comptes* s'en vont
parfois abandonnées et débridées, au hasard d'une
bonhomie peu correcte, bricolant — qu'on me
passe l'expression, conforme au ton de mon auteur
— s'égarant, s'embarrassant et se rattrapant
avec un mélange d'enfantillage et de finesse qui
ne laisse pas d'être amusant. A. D. S. D. ne man-
quait, assurément, ni de sens ni de savoir ; mais
le recueil de ses nouvelles n'est pas un de ces
écrins qui ne renferment que des joyaux de haut
prix, et les perles inégales qu'on y remarque ne
forment nulle part un collier.

Il faut se garder pourtant d'excéder la mesure ;
si, en raison de ces imperfections, on était tenté
de croire que la rédaction des *Comptes* ne fût pas
d'une plume toute française, on commettrait le
péché de jugement téméraire. Les italianismes
s'expliquent aisément par les emprunts faits au
Novellino de Massuccio et par le langage *ita-
lianisé* des cours de François Ier et de Henri II,
objet des critiques et des sarcasmes de Henri
Estienne. Les défaillances, quant au surplus, viennent de ce que M. Ernest Courbet définit si justement « les incertitudes, les tâtonnements d'un

idiome d'exploration ». Enfin, si la « Damoyfelle
fauorable » qui vante l'auteur, dans un huitain
liminaire, est un peu trop *favorable* en le louant
d'avoir, comme Du Bellay et Des Essars, écrit
pour l'honneur de la France,

En fon françoys d'vne amoureufe effence,

il est certain que les saillies, les mots et les tours
heureux qu'il est possible d'y relever sont bien
d'*essence* française.

Ainsi, voici une expression qui sent bien son
Rabelais au sujet des *beuveries* cléricales : « La prédication finie, le reste de la semaine s'employa à la
lecture des bons vins. » (Compte XII.) — Ailleurs,
l'auteur nous montre un fripon de moine se mettant en campagne avec « vn compagnon *de fidelle
tromperie.* » (Compte XIX). — Il dit de deux amoureux : « Et sans plus attendre (avec vn gracieux et
long baiser) promirent de se garder la loyauté qui
pour iamais lye l'homme et la femme ensemble. »
(Compte XLVII.) — Il parle d'une femme « bruslante comme vn charbon de ieune bois. » (Compte
XLIX.) Quelquefois, c'est le mot qui est pitto-
resque par lui seul et bien amené. Voici des gens
en train de banqueter et de boire... « de sorte qu'vn
chacun fîft tel deuoir de *gourmander & grenouiller*
qu'à grand peine peurent affez toft trouuer leurs
maifons pour dormir. » (Compte XLI.) — Voici un
tableau en deux traits : « ... fors qu'en l'efpeffeur
d'vn petit boys apperceut vne maifon *fur le pen-*

dant du grand chemin. » (Compte XLVII.) — Plus loin, viennent en comparaison d'amour « les simples *beftelettes* des champs. » (Compte XLIX.) Je ne multiplierai pas ces exemples. Ceux que j'ai cités expliquent suffisamment pourquoi une des personnes amies de l'auteur, L. D., signale en tête de l'ouvrage la « veine excellente » de ces contes et s'étonne « de doulceur si coulante ». Un autre ami, L. C. P, appelle en un « pré verd » *Muses, Musiciens, Poëtes modernes, Dames et Damoyselles,*

   Pour exalter un esprit de Boccace.

A. D. S. D., comme Le Maçon, traducteur de Boccace, avait évidemment séjourné en Italie. « Il me fouvient, dit-il, autresfois avoir ouy compter à un banquier Italien. » (Compte LI.) Dans plusieurs endroits il est question d'un voyage qu'il fit en Savoie. Mais il parle toujours des Italiens comme d'étrangers. « En la ville de Gênes demouroit un riche marchand » ayant une fille « ieune & de grande beauté, laquelle prenoit un fingulier plaifir d'ayder la perfeCtion de fa nature par brauetez & autres accouftremens *familiers à vne Italienne.* » (Compte XXI.) — Il s'exprime en ces termes, plus accentués encore dans l'argument du Compte XIV : « D'autant que le iugement de beaucoup d'hommes eft que les Italiens ont ie ne fçay quoy de plus fpirituel que les autres nations, il m'a femblé bon mettre en lumière le dis—

cours d'vne affez fotte lourderie d'un Venitien, lequel (pour le peu d'experience qu'il avoit) fift bien cognoiftre *que celuy là n'eft feul, & qu'il y en a affez de femblables par le pays.* » Aussi « Ma Damoyfelle M. I. » loue-t-elle, surtout dans notre auteur — avec une conviction naïve — le *Français* réputé vainqueur de l'*Italien* Boccace. Sa pièce laudative commençant ainsi :

O climat inuincible, ô France belliqueuse,

et dont plusieurs vers sont vraiment beaux, se termine par cette déclaration dont je souligne les termes significatifs :

Si *Florence* a vanté de *fon* Boccace aymé
Les deuis amoureux, le ftyle bien limé,
C'eft qu'il eftoit premier et feul en ce fubgect,
Et que *nul n'a ofé imiter* fon proiect.
Mais ceft autheur hardy a premier en la France
Imité les difcours des comptes de Florence,
Et en les imitant a vaincu le Boccace
Et deuancé fes pas fuyuant mefmes fa trace.

Le livre de A. D. S. D. est donc, malgré ses références étrangères, au nombre de ceux « qui sont *naturels* François [1] », selon l'expression de Sorel.

Ceci réglé, que penser de la priorité et de la primauté accordées par ses amis au collecteur et rédacteur des *Comptes du monde adventureux* consi-

---

1. V. p. v de notre *Notice.*

dérés comme œuvre de la famille du *Décaméron?* Sans parler des pures traductions, ni des *Cent Nouvelles nouvelles* (qui pourtant ne s'éloignent pas tellement de ce cadre), ne convient-il pas de réserver aux *Nouvelles Récréations et Joyeux Devis* de Des Periers et à l'*Heptaméron* de la reine de Navarre le droit de préséance?

La réponse est facile. La grosse joyeuseté domine et déborde dans les *Cent Nouvelles nouvelles;* le jeu d'esprit s'affine et le raisonnement, plus ou moins moral, s'implante dans les *Comptes du monde adventureux :* de là, l'orgueil de l'affirmation qui précède et qui marque un point de départ nouveau. Puis, les contes de Bonaventure et de la reine Marguerite, l'*Heptaméron* et les *Joyeux Devis,* ne furent publiés pour la première fois qu'en 1558. Il se peut que, du vivant de Bonaventure et de sa maîtresse, A. D. S. D. et ses amis s'effaçant devant leur initiative, se fussent exprimés d'autre sorte; mais six ans après la mort de Marguerite (1549), onze ans après la mort de Des Periers (1544), et trois ans avant qu'on eût livré au public le recueil de leurs œuvres posthumes, l'assertion dont il s'agit se comprend chez les panégyristes de leur émule survivant, d'autant mieux que si l'*Heptaméron* rappelle le type de Boccace, les *Joyeux Devis* ne s'y astreignent en rien et ne présentent qu'une suite de contes sans lien ni cadre spécial.

Ainsi, Antoine Le Maçon, par sa *traduction* de

Boccace, avait donné l'exemple; l'auteur des *Comptes du monde adventureux* l'aurait suivi le premier, en joignant aux emprunts de l'italien une partie originale, et Marguerite de Navarre, qui dut l'y inciter, aurait, avec plus de perfection, continué ce genre qui lui plaisait tant. On est frappé, en serrant de près cette idée, des ressemblances qui existent sous ce rapport entre la disposition des *Comptes du monde adventureux* et celle de l'*Hptameron*, tellement que le premier recueil semblerait comme un essai de l'œuvre accomplie dans le second. En y réfléchissant, on soupçonne que la figure de Marguerite d'Angoulême est encore présente, là, sous le voile, avec celle de sa nièce Marguerite de France, comme il est permis de l'inférer de quelques indices tirés de la Dédicace des *Comptes*. J'y reviendrai plus loin.

Il faut reconnaître, en effet, que si Marguerite d'Angoulême étendit largement sa protection sur le monde entier des lettres et des arts, elle se fit tout près d'elle un cénacle choisi de poëtes et de conteurs, et que sa personnalité fut, pour ceux-ci, une cause vivante d'émulation autant qu'un centre d'attraction. Un petit cycle de *deviseurs* se forme et tourne autour d'elle, comme un chœur de planètes autour d'un soleil, dont elles refléchissent la lumière et dont la flamme les échauffe. L'influence est si forte que rien n'y échappe et qu'elle dure au delà de la vie de Marguerite, s'emparant des esprits les plus graves avec une douceur impérieuse. Tous l'ont connue, ont connu le charme de ses entretiens ou reçu d'elle un encouragement quelconque ; tous se sont connus entre eux, ont eu de cordiales ou courtoises relations, se visitant par leurs dédicaces et leurs apostrophes élogieuses, au frontispice de leurs œuvres, sinon toujours en chair et en os.

Aujourd'hui qu'il existe des académies et des corps officiels, les liens de ce genre sont plus rares et plus lâches : le ressort moral et l'énergie des sentiments d'union perdent trop souvent ce que gagne en régularité l'organisation matérielle. Alors, au contraire, n'ayant pas la garantie d'institutions établies, on multipliait ces échanges de sympathies et de services ; et si ces usages dégénérèrent en sottes et vides formules, on aurait tort de méconnaître la vertu qu'ils possédaient au début, l'impulsion qui les rendait sincères, en dépit de la bizarrerie des formes.

On aurait tort, aussi, d'oublier que les demi-mots alternaient, pour des raisons majeures, avec les gros mots, et que les circonstances changeantes motivaient les changements de costume, d'allure et de langage, dans ces périodes tourmentées ; si bien que, tel jour, on se saluait d'un nom de guerre, tel autre jour du nom qu'on avait en propre, tel autre jour encore d'un signe de convention. On était *Alcofribas Nasier,* quand on n'était pas François Rabelais ; *Trigabus* et *Dædalus,*

pour les besoins philosophiques et littéraires de
Bonaventure des Periers ; *Léon Ladulfi, Champenois,* afin de masquer Noël du Faill, Breton,
et A. D. S. D., au lieu d'Antoine de Saint-Denis.
Pour qui se proposerait d'écrire une histoire
sérieuse de la littérature et des écrivains du
XVIe siècle, il importerait essentiellement de
compléter les informations directes par le dé-
pouillement de toutes les pièces accessoires qui
accompagnent chaque œuvre : priviléges, dédicaces, préfaces, épîtres, etc. On y rencontre des
bonnes fortunes imprévues, et tel livre où, sé-
parément, ne s'offraient que de faibles indices,
est subitement éclairé par un détail qui jaillit
d'un livre du même âge.

Je me contenterai, pour marquer ici le lien
par lequel se rattachaient au même centre les
conteurs du XVIe siècle, de quelques brefs rapprochements, par ordre de dates, en accord avec
mon sujet.

III

Laurent de Premierfait avait dès 1414 traduit
les *Cent Nouvelles* de Boccace, connues par l'in-
folio gothique de 1485, réimprimées vers 1500,
puis en 1521, 1534, 1537 et 1540, sous ce titre
bizarre : « *Le liure de Cameron autrement fur-*

nommé le prince Galiot, etc. [1] » Ce *livre de Cameron,*
tant bien que mal translaté d'italien en français[2],
vulgarisa utilement l'œuvre du maître florentin,
qui avait suscité les *Cent Nouvelles nouvelles* de
la cour de Bourgogne, éditées par Anthoine
Vérard en 1486. Toutefois les délicats réclamaient une version plus exacte et d'un meilleur
style, qui allât de pair avec les recueils originaux
déjà préparés par Marguerite d'Angoulême, sœur
de François Ier, duchesse d'Alençon et reine de
Navarre, ainsi que par sa petite Cour littéraire,
où l'on s'exerçait à l'envi, par mode et par goût,
dans l'art difficile de conter agréablement.

En 1545 parut *Le Decaméron de Meſſire Iehan
Bocace Florentin, nouuellement traduiƈt d'Italien en
Françoys par Maiſtre Anthoine le Macon, conſeiller
du Roy & treſorier de l'extraordinaire de ſes guerres* [3].
Le privilége du roi, donné à Saint-Germain-en-
Laye, le 2 novembre 1544, contient la preuve
officielle de l'initiative pressante de la reine de
Navarre :

---

1. Surnom provenant des éditions italiennes et emprunté à l'un
des héros du roman de *Lancelot du Lac.* Mais pour le traducteur
français le mot *Decameron,* qu'il altère, reste inintelligible.

2. L. de Premierfait ne savait pas l'italien; il écrivit sa traduction sur une version latine « immédiatement faite sous ses
yeux. » (V. Paulin, Paris : *Manuscrits françois de la Bibliothèque
du roi,* t. II, p. 245.)

3. « Imprimé à Paris par Étienne Roffet, diƈt le Faulcheur,
Libraire, demeurant ſur le pont Saint-Michel, à l'enſeigne de la
Roze blanche. » In-folio.

« Comme noftre amé & feal confeiller, receueur general de noz finances en Bourgoigne, maiftre Anthoine le Macon ..... Nous ayt faiƈ dire & remonftrer, que puifnagueres *noftre trefchere & trefamée feur vnicque la Royne de Nauarre, Luy auroit commandé traduyré de langaige Tufcan en langaige françoys le Decameron de Bocace,* poëte & orateur Florentin, Ce qu'il auroit faiƈ en la plus grande curiofité & imitation qu'il luy a efté poffible, *& fuyuant le commandement de noftre diƈe feur,* bailla fa traduƈion es mains de Eftienne Roffet, diƈ le Faulcheur, pour icelle imprimer, Affin que par la communication & leƈure dudiƈ liure les leƈeurs d'icelluy de boɔne volunté puiffent acquerir quelque fruiƈ de bonne edification. Mefmement pour connoiftre les moyens de fuyr à vices & fuyure ceulx qui induifent à honneur & vertu... »

On remarquera ce pieux éloge du *Décaméron* de Boccace, transformé en bréviaire de *vertu* et en livre d'*édification*. L' « Epiftre dedicatoire » de Le Maçon nous fait voir combien ce projet de traduction préoccupait la reine Marguerite :

« Il vous fouuient (ma dame) du temps que vous feilles feiour de quatre ou cinq moys à Paris, durant lequel vous me commandaftes (me voyant venu nouuellement de Florence, ou i'auoye feiourné vng an entier) *vous faire leƈure d'aucunes nouuelles du Decameron de Bocace.* Apres laquelle *il vous pleuft me commander de · traduire tout le liure* en noftre langue Françoyfe, m'affeurant qu'il feroit trouué beau & plaifant. »

Il rappelle ses craintes modestes d'insuffisance personnelle en face d'un tel maître et d'un tel

style, avec les doutes que lui donnent son origine ; car il est « natif de Daulphiné, où le langaige maternel eſt trop eſloigné du bon Françoys ».
Enfin, il se risque, sous les auspices de Marguerite, attendant gloire et succès de « tant fauorable
proteƈtion, souſtien & adueu » et, se disant que
les auteurs des traductions précédentes « y ont
ſi très mal beſongné qu'il n'eſt poſſible de plus ».
Suit une épître italienne d'Emilio Ferretti, datée
de Lyon : « Di Lione il primo di Maggio M. D.
X L V. » louant Le Maçon, non moins expert
en italien qu'en français, et Marguerite, qui
est auprès de son frère la promotrice « a tutte le
arti buone in particolare a l'eloquentia ». Puis
Estienne Roffet s'adresse aux lecteurs, qui reçoivent aussi l'hommage d'un Dixain où Le Maçon
est hyperboliquement exalté :

> Car Bocace eſt icy mieulx recongneu
> Que ſi luy meſme à ſe faire eſcouter
> Fuſt de Florence en France reuenu.

Cependant, la reine de Navarre, pour lutter
directement avec Boccace, élabore son *Heptamē-
ron,* dont les copies courront longtemps de mains
en mains avant l'impression, et sans doute elle
n'est pas étrangère au travail de ceux qui ras-
semblent pour la publication en volume les *Devis*
du pauvre Bonaventure dont les œuvres poétiques
avaient vu le jour en 1544 — année de sa fin, —
par les soins d'Antoine du Moulin, comme lui

valet de chambre de la reine Marguerite, et par
ordre de celle-ci. Lorsqu'elle meurt en 1549, elle
laisse, outre ses propres contes, une tradition
créée.

Noël du Faill, habituellement l'un des derniers
nommés parmi les conteurs du XVIᵉ siècle, parce
qu'il mourut proche du XVIIᵉ, et parce que ses
œuvres se distinguent par une veine particulière
de causeries du crû et de peintures de mœurs
locales, souvent rustiques, plutôt que par la pré-
dominance de l'anecdote purement récréative et
de la fantaisie flottant du conte au roman, se
présente ici le premier. En effet, presque au lendemain de la publication du *Décaméron,* traduit
par Antoine Le Maçon, et du *Tiers livre* de Rabelais, portant pour la première fois le nom du
grand satirique, le jeune Noël du Faill, gentilhomme breton, sous le nom anagrammatique de
« maiſtre Léon Ladulfi » publie son œuvre de
début, les *Propos rustiques,* chez Jean de Tournes,
à Lyon, en 1547, l'année même où paraissent chez
le célèbre imprimeur les *Marguerites de la Marguerite.* Une autre édition des *Propos rustiques*
sort à Paris, en 1548, des presses d'Estienne
Groulleau, qui contribuent aussi aux rééditions
du livre de Le Maçon.

Concurremment, en 1548, Estienne Groulleau,
Pierre Trepperel, Nicolas Buffet donnent le second
ouvrage de N. du Faill, les « *Baliuerneries* ou contes
nouueaux d'Eutrapel, autrement dit Léon Ladulfi, »

que Pierre de Tours réédite en 1549 (Lyon) tandis que Jean de Tournes réédite les *Propos rustiques*. C'est encore Estienne Groulleau qui publie,
en 1554, une édition des *Propos rustiques*. La devise
finale de ce livre est *Jouyr ou rien;* celle des *Baliverneries* d'Eutrapel, *Puifqu'ainfi eft*. On y pourrait
voir une légère trace de cette philosophie « confite en mépris des chofes fortuites » qui fut le
propre de Rabelais et de ses amis, de ce panta-
gruélisme qu'indiquaient les devises du *Recueil
des OEuvres* de Bonaventure : *Loyfir & liberté,
Contentement, Mufa jocofa mihi,* et le *Bene viuere
& lætari* « Bien viure & fe refiouir » de ses contes;
mais qui, devenant stoïque au besoin, lui inspi-
rait ces beaux vers, conformes au sens d'une autre
devise d'un de ses poëmes *Vouloir & pouuoir :*

« Puis, quand viendra malheur vous faire effort,
Prenez vn cueur... Mais quel? Hardy & fort,
Armé fans plus d'inuincible conftance[1]. »

Les visées de N. du Faill ne s'élèvent pas jusque là. Il ne dit point : *Se refjouyr,* mais *Jouyr ou
rien,* maxime de pur épicurien. Sa seconde devise
est d'un homme qui se laisse aller au cours tel
quel des choses. Ainsi va le monde : il le constate et s'en tient là. Rabelais et Des Periers, au
contraire, furent des natures militantes. Sous ces
réserves, ce qui est certain, c'est que les *Bali-*

---

1. V. le sonnet terminant la 1re partie des *Joyeux Devis.*

verneries, dans la forme, sinon absolument quant au fond, sont nées, comme l'attestent des réminiscences et des allusions fort nettes, sous l'influence alors toute-puissante de Rabelais[1]. Il en sera différemment des *Contes & discours d'Eutrapel*, publiés en 1585 par l'auteur des *Baliverneries* vieilli dans la magistrature et côtoyant la voie où s'immortalisera Michel de Montaigne.

L'année 1549 voit mettre en vente, chez Jean Bonfons, les historiettes du Pogge (Poggio Bracciolini) qui eut de bonne heure, comme son concitoyen Boccace, les honneurs de la traduction en France pour ses *Facéties* latines[2], auxquelles il demandait le délassement de ses travaux d'érudit et de secrétaire apostolique de huit papes. Elles étaient livrées au public en 1470 et 1471. Dès 1484, Julien Macho, selon La Croix du Maine, en sa *Bibliothèque françoise*, donne la première version (in-4° gothique) des *Faceties de Pogge Florentin*, dont une édition sans date porte le nom de Jehan Trepperel, libraire[3]. Puis elles reparaissent rajeunies en 1549[4], au milieu du

---

1. On place d'ordinaire en 1553 la date de la mort de Rabelais. La première édition complète du *Quart livre* de son œuvre (dont les onze premiers chapitres avaient vu le jour en 1548) est de 1552, avec privilége du roi, du 6 août 1550.

2. *Poggii..... facetiarum libri IV.*

3. Paris, petit in-folio goth.

4. Paris, Jehan Bonfons, in-4°. — Réédition par Nicolas Bonfons (1575).

mouvement provoqué par la reine de Navarre.

Bien que l'édition la plus ancienne de la traduction des *Trei₇e Nuits de Straparole* soit de
1560, je la note ici au passage, le livre italien
(en deux parties) étant de 1550-1553, avec Dédicace du 1er septembre 1553 [1], et ayant évidemment acquis droit de cité chez nous avant la
traduction. La version du premier livre est de
Jean Louveau, d'Orléans [2]; celle du second livre, qui le complète dans l'édition de 1573 et les
suivantes (1576, 1577, 1581, 1582), est de Pierre
de Larivey, Champenois. Dans l'édition définitive de 1585 [3], réimprimée en 1595 et 1596,
celui-ci remania le texte de J. Louveau.

Plus féconde au XVIe siècle et plus profonde
que l'influence espagnole personnifiée dans Herberay des Essars, traducteur fleuri des romans de
chevalerie sur leur déclin [4], l'influence italienne
de Boccace, du Pogge, de Straparole, de Massuccio, de Bandello [5], etc., laissera des traces dura-
bles.

En **1555**, les *Comptes du monde adventureux*, à

1. *Le piacevoli Notti* ont pour auteur supposé *Giov. Fr. Straparola da Caravaggio.* Le nom fictif de *Straparola* indique dans
l'œuvre un sens *au delà des paroles.*

2. *Les facecieuſes nuiâz du ſeigneur Straparole* (1560, Lyon,
Guille Rouille, petit in-8°).

3. Paris, Abel l'Angelier.

4. Voir plus loin, pp. XXXV-XXXVI.

5. Voir plus loin, pp. LI-LII.

leur tour, sortent des presses « le huiƈtiefme iour
de Iuillet » avec la mention ci après : « Imprimé
à Paris par Eƈtienne Groulleau, *pour luy, Iean
Longis & Vincent Sertenas, Libraires.* » Le privilége du roi, pour le livre des *Comptes du monde
adventureux*, « nouuellement » composé, est daté
de Fontainebleau, 1ᵉʳ mars 1554, et conféré au
nom de Vincent Sertenas, libraire, y est-il dit,
« en noƈtre Uniuerƒité de Paris. » Dans l'édition
de 1560 [1], en tête du volume, ne figurent plus
les pièces de vers qui avaient pour titres, dans
l'édition de 1555 : *L. C. P. amy de l'autheur*, et
L. D. de l'autheur. L'exemplaire de cette édition
que possède la Bibliothèque nationale, garni d'une
reliure en maroquin rouge très-soignée, avec enca-
drements dorés sur les plats, quatre fleurs de lys
d'or au centre et quatre fleurs de lys pareilles dans
le cadre plus grand qui entoure la marque cen-
trale, porte la mention suivante, écrite en travers
du titre, d'une écriture du XVIᵉ siècle : « Iapar-
tiens au Sʳ de la Haye & à ƒes amys. » Il est
bien probable que ce *sieur de la Haye* n'était autre
que le J. de la Haye, écuyer, valet de chambre
secrétaire de la reine de Navarre, par qui fut publiée l'édition princeps des *Marguerites de la*

---

1. « A Paris, pour Iean Longis & Robert le Mangnier Libraires,
en leur boutique au Palais, en la gallerie par où on va à la
chancellerie. » Petit in-8°; pp. 448 plus 8 ff. lim. pour titre, privilége, épître et table.

Marguerite des princesses en 1547 [1]. Ce J. de la
Haye, qui ne pouvait manquer de connaître parfaitement le curé de Champfleur, Antoine de
Saint-Denis, ne doit faire qu'un avec le possesseur
des *Comptes* de *A. D. S. D.* Le lien entre *A. D.
S. D.* et la reine Marguerite subsisterait encore
si ce *la Haye* était le Robert de la Haye dont
j'ai ausssi parlé [2], et qui insérait dans le *Tombeau de Marguerite de Valois, Royne de Navarre*
(1551) ce quatrain funéraire :

> J'ay eu longtemps la larme à l'œil,
> Perdant vn Roy qui fut mon Pere.
> Maintenant ie double mon dueil
> Perdant fa feur qui fut ma mere.

Il n'est guère possible de choisir qu'entre ces
deux personnages, si l'on veut observer les vrai-
semblances. Notons en passant qu'au nombre des
auteurs qui ont pris part au *Tombeau* de la reine
de Navarre, avec Robert de la Haye, dans la
compagnie de Ronsard, J.-Antoine de Baïf, Dau-
rat, Nicolas Denisot, etc., se rencontre le traducteur de l'*Amadis des Gaules* et de force prose

---

1. Auteur du « *Commentaire de Marfille Ficin fur le banquet de
Platon, faict par Symon Siluius, dit J. de la Haye* » chez Enguilbert de Marnef, Poitiers, petit in-8°, 1546. (V. le *Manuel* de
Brunet, art. *Ficin*, et sur J. de la Haye mon *Étude* déjà citée
en tête des *Marguerites de la Marguerite des princesses*, p. xciij,
xcvj.)

2. V. même *Étude* (*ibid.*).

espagnole, Nicolas Herberay des Essars, alors au
pinacle [1]. Or, la « Damoyſelle fauorable » des
Comptes du monde adventureux en exalte l'auteur
comme un émule d'Herberay des Essars, en le
haussant naïvement jusqu'au rang des Du Bellay
et des Ronsard : ce sont là menus suffrages d'amitié.

En 1558, Robert Granjon met au jour les
Nouvelles Recréations & Joyeux Devis, avec privilége
du 26 décembre 1557, et préface de l'imprimeur
du 25 janvier 1558, où se trouve affirmée la
paternité littéraire des contes par « feu Bonauen-
ture Des Periers, excellent poete ». Robert Granjon, avant de s'établir à Lyon en 1556, avait publié en 1551, à Paris, avec Michel Fezandat, le
« *Tombeau de Marguerite de Valois, Royne de Nauarre*, faict premierement en Diſticques Latins
par les trois Seurs Princeſſes en Angleterre. Depuis traduictz en Grec, Italien & François par
pluſieurs des excellentz Poetes de la France. Auecques pluſieurs Odes, Hymnes, Cantiques, Epi-

---

1. Mort vers 1552. — Le volume in folio contenant la version
française de la *Cronique du très-vaillant & redouté don Flores de
Grece* « par le seigneur des Eſſars Nicolas de Herberay » parut
en 1552 (Paris). Comme au dernier feuillet des *Comptes du monde
adventureux*, on y lit : « Imprimé... par Eſt. Groulleau pour luy,
J. Longis & V. Sertenas. » Il existe une réimpression de 1555
(J. Longis). — La traduction des huit premiers livres de l'*Amadis
de Gaule*, entreprise pour François 1er, avait paru en 1540-1548 chez
les mêmes imprimeurs et libraires.

taphes, fur le mefme fubjeſt »[1]. C'est toujours
le même monde d'écrivains, d'imprimeurs et de
libraires qui s'agite, se recherche et se retrouve.

La publication de soixante-sept nouvelles de
la reine de Navarre sous le titre d'*Hiſtoire des
Amans fortunez*, est aussi de 1558, un peu après
celle des *Joyeux Devis* (Paris, Gilles Gilles,
libraire, avec privilége *au nom de Vincent Sertenas*, en date du 1er août). Le livre est dédié par
« Pierre Boaiſtuau ſurnommé Launay» à Marguerite de Bourbon, « Ducheſſe de Neuers, Marquiſe
D'Illes, Comteſſe D'Eu, de Dreux, de Retelois, &c.»

Le « Seigneur de Launay », comme on le nom-
mait, comptait parmi les lettrés et les écrivains
alors en estime. On prisait beaucoup son *Hiſtoire
de Chelidonius Tigurinus*, éditée par V. Sertenas
(1557), et son *Theatre du monde* (édité par J. Longis et R. Le Mangnier, 1558). Dans un autre

---

1. « De l'Imprimerie de Michel Fezandat & Robert Gran Ion
au mont S. Hilaire à l'enſeigne des Grans Ions, & au Palais en
la boutique de Vincent Sertenas. » Le privilége est conféré au
conte d'Alſinois, Nicolas Denisot, qui adresse un hommage sous
forme de dédicace à « Madame Marguerite, ſœur unique du Roy
(Henri II) ducheſſe de Berry » et déſigne pour l'immortalité le nom de cette « ſeconde Marguerite, non moins louable que
la premiere ». Après quoi vient une sorte de prologue, par Herberay des Essars, en l'honneur de « Mes Dames Anne, Marguerite
& Jane de Seymour, ſeurs, illuſtres Princeſſes au païs d'Angleterre »
auteurs du recueil latin de 1550 : *Annæ, Margaritæ, Janæ ſororum
virginum, heroidum anglarum, in mortem Diuæ Margaritæ Valeſiæ,
Nauarrorum Reginæ, Hecatodiſtichon.*

sonnet, Gabriel de Lyrene, « gentilhomme Angoulmoyfin », admirateur de Boaistuau, lui dit :

> Tu nous fais tous les iours d'vn art labourieux
> Goufter le miel fucré de ta docte faconde ;
> Vn *Chelidon* traduit, vn *Theatre du monde*
> Te publient partout docte & ingenieux,
> Fidele *traducteur & autheur* ftudieux.

Ce *Théatre du monde, où il eft faict un ample
difcours des miferes humaines,* composé d'abord en
latin par Boaistuau, « puis traduit par luy mefme
en François, » est orné de sonnets laudatifs
de J.-A. de Baïf, du *Conte d'Alfinois, varlet de
chambre du Roy,* et de *F. de Belleforeft, Comingeois,* un des collaborateurs de Boaistuau, qui
aborda tous les genres sans atteindre nulle part
l'excellence [1].

Revenons au recueil des *Amans fortunez* publié
en 1558 sous le patronage de la princesse Marguerite de Bourbon, duchesse de Nevers. Dans un
sonnet, *Berad de Girard, Bourdelois,* lui vante
Boaistuau en ces termes :

> Princeffe, *ton* Launay (dont la feure efperance
> Gift fur le ferme appuy de ta benignité)
> Toufiours append aux pieds de ta diuinité
> Pour humble vœu les fruitz de fa *rare* fcience.

Ce *Berad de Girard,* ami de Boaistuau, qui

---

1. Voir plus loin, pages XLI et LII l'indication de ses travaux. —
Parmi les œuvres italiennes dont il fut le traducteur, il faut citer
le *Labyrinthe d'amour de Boccace.*

signera en 1579 [1] *Ber. Gérad* un compliment latin au joyeux auteur des *Propos ruftiques* :

Tam bene qui *iuvenis* fcripfifti *ruftica verba*

passé grave magistrat et conseiller au Parlement de Bretagne :

Natalis, Rhedonæ decus altum ingenfque *Senatus*
   Et magna Armorici gloria laufque foli,

ce sonneur de vers aimables n'est autre que le fameux seigneur *du Haillan*, historiographe de France en 1571, auteur du livre *De l'Etat & fuc-cès des affaires de France* (1570), de l'*Hiftoire generale des rois de France* (1576) jusqu'au règne de Charles VII inclusivement, etc., — que Du Fail cite au chap. IV des *Contes & difcours d'Eutrapel* (1585) et appelle en témoignage au chap. XXXV : « Combien de fois ay ie ouy dire telles & pareilles chofes à vous, *Girard de Bernard, feigneur du Haillan,* l'honneur de noftre France. » Les deux amis avaient alors fait peau neuve. Mais vingt ou vingt-cinq ans plus tôt, le futur historien et historiographe, arrivé de Bordeaux, n'était encore qu'un poëte de passade, comme le Comingeois F. de Belleforest, qui occupa un instant les mêmes fonctions. Du Haillan aborda la Cour de France

---

1. « Ad Natalem du Falium, Vir. Nob. J. Clar. D. de la Heriffaye, ac in Senatu Britanniæ Celticæ Confiliarium, » en tête des *Memoires recueillis & extraits des plus notables & folennels Arrefts du Parlement de Bretaigne.*

en 1555; ayant abjuré le calvinisme, il accompagna François de Noailles, évêque d'Acqs, dans ses ambassades d'Angleterre (1556) et de Venise (1557). Nous le voyons de retour lors de la publication des *Amans fortunez* (1558) et il appuie en français et en latin celle des *Hiſtoires prodigieuſes* de P. Boaistuau en 1561, tant sous le nom de B. de Girard que sous celui de *B. G. Halhanii*, traduction latine de ses nom et prénoms [1].

On sait que N. du Faill, dans sa jeunesse, fréquenta les écoles de Paris, vit la Cour et fit campagne en Piémont sous le maréchal de Brissac, ainsi qu'il ressort de ses propres confidences. Lié avec Du Haillan, comme nous le constatons, compatriote de Boaistuau et de Jean de Rieux [2], il fut nécessairement en rapport avec le groupe de courtisans, de familiers et d'auteurs, serré autour de la *première*, puis de la *seconde* Marguerite. Nous tenons donc ici matériellement la chaîne qui relie entre elles ces différentes générations et compagnies d'écrivains, depuis le

---

1. Les contemporains ne s'étonnaient guère de ces transformations, transpositions et altérations de noms, qui étaient dans l'usage du temps : *Le Roux, Roussel, Ruffi* (Gérard Roussel), ou bien *Le Febvre d'Étaples, Faber Stapulensis, Fabri*, désignent le même homme; *Girard* vaut *Gerard*, et *Gerad* vaut *Gerard;* le nom de *Bernard* se contracte en *Berad;* l'éditeur de la version la plus ancienne de Boccace, Anthoine *Verard*, imprime ailleurs *Verad*. Il n'importe. C'est affaire de hasard ou d'euphonie, de caprice et de jeu d'esprit, ou de mot d'ordre.

2. Voir ci-après, pp. XLIX-IV.

cercle de Rabelais, de Marot et de Bonaventure
des Periers jusqu'au cercle des *essayistes* de la fin
du XVIe siècle, où brille Du Fail, et qui prépare
Montaigne, avec la *Pléiade* poétique de Ronsard
dans l'intervalle, entre le vieux génie gaulois et
le génie moderne de la France. Marguerite d'Angoulême les domine tous et les concilie, au besoin
les réconcilie, par l'universalité comme par la
spécialité de ses goûts, la souplesse de son esprit,
l'étendue et l'activité de ses relations. Ce siècle
est plein de sa lumière, concentrée ou diffuse.

Voici comment Gabriel de Lyrene continue
l'éloge du premier collecteur et réviseur des *Contes
de la reine de Navarre* :

> Quel genre d'efcripture, Amy, t'eft eftranger ?
> Tu profites de tout où ton efprit s'applique
> Ou foit ce pour *traduire, efcrire* ou *corriger.*

Le même langage est tenu par Belleforest.
François de Belleforest, orphelin, élevé dès l'âge
de sept ans par les soins et instruit aux frais de
Marguerite d'Angoulême, essayait en ce temps-
là de frayer avec la Pléiade de Ronsard, Baïf, Rémy
Belleau, etc. Poëte médiocre, s'il ne réussit pas
de ce côté, il rendit quelques services par ses traductions de nouvelles italiennes, en commençant
par aider Boaistuau[1]. Par celui-ci, comme par
ses autres relations personnelles, il connaissait de

---

1. Voir pages LI-LII.

f

première source les particularités de la vie, des ha-
bitudes et de l'entourage de la reine de Navarre.
Aussi peut-on le croire, lorsqu'il parle de ses
Contes dans l'Ode *au Seigneur de Launay, Breton :*

> J'ay veu ceſt œuure diſcourant
> De maintz ouuriers ſoubz l'eſponge,
> Je l'ay veu *vagabond, errant*
> *Sans oſer monſtrer ſa grandeur,*
> Sans eſpandre ſa grand douceur.
>
> . . . .
>
> Je l'ay veu ſouuent ſans repos
> *Feuilleté par les plus Barbares,*
> *Qui en l'eſcorce ſeulement*
> *Recherchoient leur contentement.*

Mais, dit-il, je me suis réjoui avec Marguerite
ravie chez les Dieux, aussitôt que j'ai vu *denteler*

> Ta docte & bienheureuſe lime
>
> . . . .
>
> Sçachant que ſes comptes plaiſants
> *Deuoient eſtre vn iour par l'aide*
> *De toy, ó Launay, corrigés,*
> *Et de leurs ſauuages purgés.*

Et Launay, dans son avis au lecteur, déclare
avoir été requis de prendre une « copie eſcrite de
main », pour « ſeruir d'eſponge » à l'œuvre.

Claude Gruget, Parisien, valet de chambre de la
reine [1], auteur de la dernière édition de ses contes

---

1. Mort vers 1560, encore jeune. — Il devint secrétaire de
Louis de Bourbon, prince de Condé, frère d'Anthoine de Bourbon
et de Marguerite, duchesse de Nevers.

sous le titre définitif d'*Heptaméron*, avait beaucoup besogné comme traducteur. On cite de lui, notamment les *Dialogues de messire Speron Sperone, Italien* (1551, in-8°), et les *Diverses leçons de Pierre Messie gentilhomme de Séuille, contenant variables & memorables histoires* (Paris, 1554, in-8°), versions augmentées plus tard par Antoine du Verdier, sieur de Vauprivas, dont la *Bibliothèque* forme, avec celle de La Croix du Maine (1584) qu'elle complète (1585), un si précieux répertoire des auteurs français contemporains [1].

Claude Gruget ne se fit pas scrupule de *corriger* différemment l'œuvre de la reine. On n'avait point alors nos respects méticuleux pour les textes, ou plutôt on pensait les respecter davantage en les amendant, et si quelqu'un blâmait les corrections d'autrui, ce n'était que pour y substituer les siennes. Ici, d'ailleurs, le cas est particulier; on sent qu'on se trouve en face de gens qui ont dû avoir leur part de la besogne primitive, de la composition, de l'agencement, de certains

---

1. Par sa dédicace, en tête de l'édition de 1577 (datée de Montbrison, 11 mars) Du Verdier nous mène jusqu'au poëte de haute race Anne d'Urfé, frère de l'auteur de l'*Astrée*, marquis de Baugé, etc. qui fut bailli, puis lieutenant général du Forez, et dont il loue les *Cent Sonnets.* Un sonnet liminaire de Gabriel Chappuys, Tourangeau, orne l'édition (Lyon, Barthélemy Honorat, in-8o) avec d'autres pièces du même genre, et comme la *Damoiselle fauorable* des *Comptes du monde adventureux*, une *Damoiselle parisienne* y adresse un dizain aux lecteurs.

détails et de la rédaction même des *Contes de la reine de Navarre,* de son vivant, de concert avec elle, lorsqu'elle consultait ou l'une de ses dames d'honneur, ou l'un de ses valets de chambre ou l'un de ses hôtes et commensaux préférés. Antoine du Moulin, après Bonaventure Des Periers, et Claude Gruget, après J. de la Haye, — tous les quatre valets de chambre secrétaires de la reine, — outre quelques personnes de sa plus proche amitié ou parenté, comme sa nièce Marguerite de France, étaient de ce nombre, avec Pierre Boaistuau. Ce qu'ils firent durant des années pour les *Contes de la reine de Navarre,* on l'avait fait pour le *Recueil des œuvres* de Des Periers, par élimination, et pour ses *Joyeux Devis,* remaniés, arrangés, longtemps *vagabonds & errants,* comme les *Contes de la reine Marguerite,*

> De chafcun ouurier foubz l'efponge.

Et si ceux de A. D. S. D., les *Comptes du monde adventureux,* sont plus imparfaits, ne serait-ce pas en raison de ce que, restés intacts aux mains de leur auteur, distancé doublement par l'esprit original de Marguerite et de Bonaventure et par les soins assidus de leurs collaborateurs, ces *Comptes* ont affronté la publicité avec tous leurs défauts natifs?

Ce qui apparaît clairement, c'est que parmi les familiers de la reine de Navarre, les jugements étaient partagés au sujet du meilleur texte et du

meilleur ordre de ses *Contes;* car le titre de l'édition de Gruget, aiguisé en riposte, dénonce une
sorte de conflit, opposant au précédent éditeur,
couvert du patronage de Marguerite de Bourbon,
duchesse de Nevers, le nouvel éditeur, Claude
Gruget, sous l'invocation de « Jeanne de Foix,
Royne de Nauarre [1] ». On remarquera que le
nom de la reine de Navarre s'étale au titre
même de l'œuvre, tandis que dans l'édition de
Boaistuau, il ne se révélait que par les indications intérieures de la dédicace et des poésies li-
minaires. Pourquoi tant de réserve en 1558,
réserve critiquée par Claude Gruget en 1559 [2] ?
Il y avait, dans ces différences, des nuances d'intention, de convenance ou d'utile précaution, qui,
pour la plupart, nous échappent aujourd'hui, mais
qui n'étaient pas indifférentes aux contemporains.
La preuve en est dans l'insistance de Gruget :
«... Caufe que pour le rendre digne de fon auteur,
auffi toft qu'il fut *diuulgué,* ie recueilly de toutes
parts les exemplaires que i'en peu recouurer,

---

1. L'*Heptameron des nouuelles* de tres illuftre & tres excellente
Princeffe Marguerite de Valois, Royne de Nauarre, *remis en fon
vray ordre, confus au parauant en fa premiere impreffion,* &c.
Paris, Jean Caueiller, rue Frementel, près le cloz Bruneau, à
l'enfeigne de l'Eftoille d'or — (et V. Sertenas).

2. « Je ne me fuffe ingéré, ma dame de vous prefenter ce liure
des Nouuelles de la feuë Royne, voftre mere, fi la premiere
édition n'euft *obmis ou celé fon nom* & quafi changé toute fa
forme, tellement que plufieurs la mefcognoiffoient. » (Extrait de
la *Dédicace.*)

efcrits à la main, les vérifiant fur ma copie, & *ie feis en forte que ie le reduify au vray ordre qu'elle l'auoit dreffé.* Puis *fous la permiffion du Roy & voftre confentement*, il a efté mis fur la preffe, pour le publier *tel qu'il doit eftre.* » Le voilà donc « par cefte feconde impreffion remis en fon premier eftat : *car (à ce que i'ay peu entendre) la premiere vous defplaifoit.* » Viennent les atténuations de politesse : « Non que celuy qui y auoit mis la main ne fuft homme docte, qu'il n'y ait prins peine & *fi eft aifé à croire qu'il ne l'a voulu defguifer ainfi fans quelque occafion*; neantmoins fon trauail s'eft trouué peu agreable. Ie le vous préfente donc, ma dame, non pour part que i'y pretende, ains feulement *comme l'ayant demafqué pour le vous rendre en naturel.* » Et Marguerite de Bourbon, qui avait agréé ce premier travail, n'est-elle pas indirectement visée par la critique de Jeanne d'Albret, dont Gruget est le porteparole? En revanche, un sonnet de J. Passerat chante ensuite les « Deus Marguerites » et traite la seconde (Marguerite de France, sœur de Henri II, duchesse de Savoie en 1559 [1], par son mariage avec Philibert-Emmanuel) de rare *Phœnix,*

Heritier du renom & gloire du premier [2].

---

[1]. En exécution du traité de Cateau-Cambrésis. La célébration de cette union eut lieu au Louvre le 9 juillet.

[2]. V. ci-dessus, pp. XXXVI-XXXVII.

Possesseur d'un texte vraiment correct [1], nous
ne retenons actuellement de ce débat qu'un
témoignage de l'état des esprits en ce temps-là,
des mœurs et coutumes littéraires, des dissenti-
ments de doctrine ou des rivalités d'amour-
propre, d'intérêts de famille et autres, qui se
disputaient alors un personnage et une œuvre
d'élite.

Je dirai seulement ici que, si la jeune reine
de Navarre, en ce qui touche aux tendances de la
reine Marguerite, avait qualité pour nous ensei-
gner autant ou plus que personne, cette même
Jeanne d'Albret, — élevée loin de sa mère, dont
elle n'apprécia jamais bien la nature si riche
d'émotion et d'esprit, plus tard souvent séparée
d'elle, puis mariée en 1548 (après la rupture d'un
premier mariage avec le duc de Clèves) au prince
Antoine de Bourbon, duc de Vendôme, — paraî-
trait n'avoir pas eu qualité plénière pour juger
de la forme et de l'agrément de ses contes.
Longtemps retenue dans une étroite dépendance
par la politique égoïste de François Ier, elle
n'avait que vingt ans lors de la mort de sa mère,
en 1549, quatorze au moment où nous reporte
le Prologue de l'*Heptaméron,* quand vers 1543-

---

1. V. l'édition définitive de M. Le Roux de Lincy, d'après les
manuscrits (publication de la Soc. des bibliophiles, 1853, 3 vol.
pet. in-8°) avec un Essai historique, biographique et critique,
des appendices et documents inédits, etc.

1544, la traduction de Boccace par Antoine Le
Maçon, excitait l'émulation du petit cénacle de
la famille royale [1].

Enfin, si sa mère l'aimait tendrement, Jeanne
eut toujours pour elle d'assez froids sentiments
et ne s'acquitta certainement que par devoir des
soins que réclamaient ses ouvrages et sa gloire.
On lit dans une lettre de Henri II (1548) : « La
Royne de Nauarre eſt le plus mal qu'il eſt poſſible auec ſon mari pour l'amour de ſa fille, *laquelle ne tient compte de ſa mere*. Vous ne viſtes
iamais tant pleurer que a faiĉt ma tante au
partir... [2] » La rude Jeanne d'Albret, tête de fer,
caractère plus viril que sympathique, n'avait reçu
de Marguerite que l'intelligence, non le goût
exquis, passionné des lettres, et devait tenir ses
grâces pour faiblesse quoique l'orgueil de race,
à défaut d'affection et de tact littéraire, ait pu
lui inspirer un souci hautain des œuvres de sa
mère.

Cette année 1559 rappelle, avec la seconde
édition de l'*Heptaméron*, la publication de la
charmante version des « *Amours paſtoralès de
Daphnis & de Chloé*, eſcriptes premierement en
Grec par Longus, & puis traduiĉtes en François. [3] » par Jacques Amyot. Encore qu'il s'agisse

---

1. V. ci-après, pp. XCI-XCII et CI-CIV.
2. V. La Ferrière-Percy : *Ouvr. cité*, pp. CXXVIII, CXXIX.
3. « A Paris, par Vincent Sertenas, demeurant en la rue neuue.

d'une œuvre antique, je me reprocherais de passer sous silence la version du roman de Longus [1],
et de celui *Théagène & Chariclée,* tant admiré de
Racine écolier. Ce sont, avec des nuances poétiques, romans d'amour et d'aventures, somme
toute, comme les récits chevaleresques et les
contes fantastisques ou fantasques ; et, sous la
plume d'Amyot, ils revivent avec une fleur nouvelle de jeunesse.

Pour en finir, et puisque nous avons déjà rencontré sur notre chemin P. Boaistuau et F. de
Belleforest, notons deux recueils de leur façon, les
Histoires prodigieuses et les *Histoires tragiques,* où
sont pêle-mêle entassés les faits les plus extra-
ordinaires et les plus étranges aventures.

Les pièces d'introduction du livre des *Histoires
prodigieuses* [2], contiennent quelques particularités
intéressantes. Jean et René de Rieux y célèbrent

---

noſtre Dame, etc. », avec privilége au nom de ce libraire (1er juillet 1559).

1. 1547. — Il avait publié aussi avant la mort de François Ier et
celle de Marguerite d'Angoulême (par le crédit de laquelle il
obtint une chaire de professeur à l'Université de Bourges, et qui
présida aux commencements de sa gloire) la traduction de quelques *Vies des hommes illustres,* de Plutarque.

2. *Histoires prodigieuses, extraiĉtes de pluſieurs fameux autheurs
Grecs & Latins, ſacrez & prophanes : miſes en noſtre langue par
P. Boaiſtuau ſurnommé Launay, natif de Bretaigne : auec les portraiĉts
& figures. Dediées à tres-hault & tres-puiſſant Seigneur Iehan de
Rieux, Seigneur Daſſerac* » (1561. Paris, V. Sertenas, avec privilége
du roi au nom de V. Sertenas et Jean Longis.)

g

par des sonnets en vers français, avec B. de Girard
(Du Haillan), etc., le mérite de leur cher Launay.
René de Rieux, Du Haillan, Joseph Scaliger s'y
escriment en latin. Jacques Grévin, de Clermont,
ne consacre pas moins d'une *Ode* « au Seigneur de
Launay ». Quelques-unes de ces « Histoires prodigieuses» sont d'une extravagance que la vignette
accuse, loin de l'atténuer, et dont se repaissaient
les imaginations naïves, avides de fantasmagories
et de monstruosités. Toutefois, en cherchant
bien, peut-être y discernerait-on, sous l'absurdité
extérieure, quelques intentions de satire. Au frontispice de la première de ces quarante histoires,
le Diable adoré encore pour le iourd'huy en Calicut
est représenté par l'image d'un homme nu, aux
pieds en forme de griffes, entre les jambes duquel
grimace un *phallus* épanoui par le haut en masque
cynique, la gueule bée, les oreilles dressées, et
s'allongeant par le bas en barbe affilée ; la tête
de ce Diable triomphant et lubrique est tiarée.
Mais la dédicace au Seigneur d'Asserac et vicomte
de Plohedel, J. de Rieux,« gentilhomme ordinaire
de la chambre du Roy,» est la pièce la plus digne
d'attention, parce qu'elle nous montre parmi les plus
chauds protecteurs des lettres et des arts un des
chefs les plus considérables de la noblesse bretonne,
si nombreuse et si brillante à la Cour de France.

La correspondance de Marguerite d'Angoulème
est pleine de noms bretons. Ce sont MM. de *Chasteaubriant* (Jean de Montmorency-Laval), gou-

verneur de la Bretagne sous François Ier, et mari de la belle comtesse de Chasteaubriant, Françoise de Foix, maîtresse du roi, désignée sous le nom de *Nomerfide* parmi les devisantes de l'*Heptaméron* ; Madame de *Rieulx,* que Marguerite appelle « ma coufine » ; les *Rohan* (la belle-sœur de Marguerite, Isabeau d'Albret, avait épousé un Rohan), les *Gié* et les *Guémené* (branches des Rohan), etc. C'est au puissant et haut « Meffire Loys de Rohan Prince de Guémené », que Noël du Faill dédiera ses *Mémoires du Parlement de Bretagne* en 1579. Ces chefs de grande maison menaient avec eux force gens de noblesse, qui hantaient la Cour et parlaient aux princes comme ce seigneur du Lattay, que Du Faill met en scène au souper du roi, défendant si plaisamment « fa nation » avec un entêtement de Breton [1]. Boaistuau relève chez ce Jean de Rieux « oultre le fang illuftre de l'ancienne maifon de Rieux les dons excellens de l'efprit & de nature, *vne finguliere cognoiffance de plufieurs ars & difciplines,* » et *l'ardente amytié* qu'il porte « à ceux qui en font profeffion ».

Les *Histoires tragiques* sont d'une date postérieure. En 1554, Matteo Bandello, natif du Mi-

---

1. *Contes et difcours d'Eutrapel* (chap. xxxiii). — C'était sans doute sur Saint-Pern, famille à laquelle le Lattay (situé en Guenroc, département des Côtes-du-Nord) appartint depuis le xive fiècle jufqu'à la Révolution.

lanais, réfugié en France depuis la conquête de la
Lombardie par les Espagnols en 1525, adopté par
la Cour de François Iᵉʳ et par celle de Henri II,
doté de l'évêché d'*Agen* en 1550, avait publié des
Novelle qui eurent un grand succès, et dont
Boaistuau entreprit la traduction avec l'aide de
Belleforest. La suite de ces Nouvelles ayant paru
en 1573, Belleforest, après la mort de Boaistuau
(1566), donna un second tome, renfermant, comme
le premier, dix-huit récits [1]. Voici le titre du
tome I : *XVIII Hiſtoires tragiques, extraictes des
œuures Italiennes de Bandel, & miſes en langue
françoiſe, les ſix premieres par Pierre Boiſteau* [2],
*ſurnommé Launay, natif de Bretaigne, les douʒe
ſuyuans, par François de Belle-foreſt, Comingeois.*

Le traducteur principal s'explique ainsi dans
l'avant-propos : « Benin lecteur... ie t'ay bien
voulu aduertir, que le Seigneur de Belle-foreſt,
gentilhomme Comingeois, m'a tant ſoulagé en
ceſte traduction, qu'à peine fuſt elle ſortie en
lumiere ſans ſon ſecours, *combien que ie ne ſoy
redeuable à aucun de la diction, de laquelle ie ſuis
le ſeul autheur...* Mais d'autant que i'eſpere qu'il
te fera voir le ſecond Tome bien toſt en lumiere,
traduict de ſa main, ie me deporteray de faire plus
long diſcours de ſes loüanges.» Boaistuau traite

---

1. Voir les éditions de 1580 et 1596 (Lyon, Benoist Rigaud).

2. Au lieu de *Boaistuau.* — Voir plus haut p. XL. le passage concernant les altérations de noms propres au XVIᵉ siècle.

un peu Belleforest en manœuvre, et il se débar-
rasse lestement de l'éloge de cet auxiliaire, fixant
de la sorte les distances.

Ce que Belleforest, après Boaistuau entreprenait
en 1580 pour l'œuvre de Bandello, Gabriel Chappuys [1], l'auteur des *Facétieuſes journées* [2], l'exé-
cute en 1583-1584 pour le recueil de Giraldi
Cintio de Ferrare [3], qu'il publie sous le titre des
*Cent excellentes Nouuelles de J. B. Giraldy Cyn-
thïen* [4]. Ainsi, le cercle se ferme comme il s'est
ouvert, par une traduction de l'italien. Dans le
recueil original de Giraldi Cinthio, de la foule des
hommages et dédicaces aux personnages contemporains se détache la lettre à « Margherita di
Francia Ducheſſa di Sauoia ». Toujours nous ren-
controns l'une ou l'autre Marguerite.

Je n'ai pas compris dans ce tableau de nos *conteurs* du XVIᵉ siècle, — traduisant, imitant ou ima-
ginant de leur chef, — les *essayistes*, plus discou-

---

1. Neveu du poëte Claude Chappuys, il fit à la hâte pour les
libraires de Lyon des traductions d'auteurs italiens et espagnols (il
donna notamment la suite de l'*Amadis de Gaule*), fut historiographe
de France après Belleforest et secrétaire-interprète du roi pour
la langue espagnole, en 1598.

2. Les « *Facétieuſes iournées,* recueillies & choiſies de tous les
plus excellentz auteurs étrangers, contenant cent certaines &
agréables Nouuelles par G. C. D. T. » (Paris, Houzé, 1584,
in-8°.)

3. *Degli hecatommithi di M. Giouan. Battista Gyraldi Cinthio*
(1565, 2 vol. in-8°).

4. Paris Abel l'Angelier, 2. vol. in-8°.

reurs et raisonneurs que narrateurs (hormis Noël
Du Faill, qui participe des deux natures au plus
haut degré) depuis Tahureau avec ses *Dialogues*[1],
et Henri Estienne, avec l'*Apologie pour Hérodote*[2],
jusqu'au maître incomparable des *Essais*, Michel
de Montaigne, en 1588[3]. C'eût été faire une confu-
sion qu'il convient d'éviter entre les auteurs de
contes avec ou sans *moralités*, et les auteurs de
moralités, dans le sens le plus large du mot
avec ou sans mélange de contes. — Mieux vaut
en reproduire la liste isolément.

Erasme avait tracé admirablement la voie au
début du siècle dans ses *Colloques* et dans l'*Éloge
de la folie*, fameux en France comme partout;
mais il usait du latin. Au latin recourait aussi
notre compatriote, l'illustre et docte Guillaume
Budé, ami de Rabelais, dans un très-curieux livre
de 1529, où il philosophe sous ce titre : *De contemptu rerum fortuitarum*[4], en protestant prudem-

---

1. « *Les Dialogues de feu Iaques Tahureau, gentilhomme du
Mans, non moins profitables que facetieux...* A Paris, chés Gabriel
Buon, au clos Bruneau, à l'enfeigne S. Claude. » V. la réédition
de 1871 (par F. Conscience, Paris, A. Lemerre).

2. *Introduction au Traité de la conformité des merueilles anciennes
auec les modernes, ou Traité préparatif à l'Apologie pour Hérodote*
(1566, pet. in-8º).

3. Les deux premiers livres des *Essais* ont été publiés d'abord
en 1580, réimprimés en 1582 et 1587. L'édition de 1588 est la
première *complète* et la dernière donnée du vivant de l'auteur.

4. *Guglielmi Budœi, De contemptu rerum fortuitarum, Libri tres,*
avec dédicace au frère de l'auteur : ad *Draconem Budœum fratrem,*

ment de ses intentions orthodoxes et de ses pré-
férences pour la lumière sacrée de Salomon, *lucer-
nam facram Salomonis*, plutôt que pour les doctrines de Zénon ou de Chrysippe ou de quelqu'un
des leurs, *potius quam Zenonis aut Chryfippi aut
cuiufquam eius ordinis*. Il n'est pas douteux, cependant, que l'inspiration de ce livre prêchant une
philosophie *confite en mépris des chofes fortuites*,
selon l'expression de Rabelais, ne soit plus stoï-
cienne que chrétienne. Entre ce livre et celui de
Tahureau, je ne vois que le *Cymbalum mundi* de
Bonaventure des Periers (1537-1538) pour commencer la série en prose française, malgré le titre
latin qui lui sert d'étiquette. Encore ce chef-
d'œuvre de style tient-il bien plus du pamphlet
que du simple essai moral. On pourrait, au point
de vue de la diction, sinon de l'originalité, citer
la traduction en prose, par Des Periers (dans le
Recueil des œuvres, 1544) du *Lyfis* de Platon [1].
J'y joindrais les *Difcours non plus melancoliques
que divers* (1557), attribués faussement au même
Bonaventure par Ch. Nodier, et plus justement
rangés par Du Verdier, dans le bagage de Jacques
Pelletier et d'Élie Vinet, s'ils ne sont l'œuvre

---

præfeɑum Scrinijs Regis fanɑioribus (Argentorati apud Georgium
Vlricherum, Menfe Marfio, Anno M. D. XXIX.) Sur le titre de
l'exemplaire que je possède, on lit cette devise, d'une écriture du
xvi⁰ siècle : *Peine pour repos.*

    1. « *Le Difcours de la Quefte d'Amytié,* diɑ *Lyfis* de Platon
enuoyé à la Royne de Nauarre. »

collective de « prou de gens fauants » selon l'affirmation de l'éditeur [1]. Suivent les *Dialogues* de
Tahureau (1565), l'*Apologie pour Hérodote* (1566);
le *Printemps d'hyver* [2] du seigneur de Plaisance,
Jacques Yver (1572) ; les *Contes & difcours d'Eutrapel* [3], de N. du Faill (1585); les *Matinées* (1585-
1586) et les *Après difnées* (1587-1588) de Cholières [4] ; les discours sur la beauté et l'histoire de la
Belle Paule [5], par Gabriel de Minut ; les *Serées* [6],

---

1. *Difcours non plus melancoliques que diuers des chofes mefmement qui appartiennent à noftre France* (Poitiers, Enguilbert de
Marnef, 1557, in-4°).

2. « Le *Printemps d'hyuer*, contenant plufieurs hiftoires dif-
courues en cinq iournées, en vne noble compagnie au chafteau
de printemps. » (Paris, Abel l'Angelier), in-16.

3. « Les *Contes & difcours d'Eutrapel* par le feu feigneur de la
Heriffaye, gentilhomme breton. » (Rennes, pour Noël Glamet, de
Quimpercorantin, in-8°.)

4. Les *Neuf Matinées* (Paris, J. Richer, pet. in-8°) et *les Apres-
difnées du feigneur de Cholieres* (d°).

5. « *De la beauté*, difcours diuers... auec la *Paule-graphie* ou
defcription des beautez d'une dame Tholofaine nommée la *belle
Paule*, par Gabriel de Minut, cheualier, baron de Caftera, fenef-
chal de Rouergue » (Lyon, Barthélemy Honorat, in-8°.)

6. Les « *Serées* de Guillaume Bouchet, fieur de Brocourt » :
1er livre (Poitiers, « chez les Bouchetz. » 1584); 2e livre (Paris,
Iérémie Perier, 1597, in-16); 3e livre (Paris, même éditeur, sous
le nom d'Adrian Perier, 1598). Les trois livres avaient donc paru
entre 1594 et 1598 ; mais les éditions complètes de Paris (Iérémie
Perier) et de Lyon (Thibaud Ancelin) en 1608 « l'emportent sur
toutes celles qui les ont précédées, par l'accroissement du premier
livre dans la proportion d'un tiers, le titre dit presque de moitié ».
Aussi est-ce ce dernier texte que MM. C. et E. Roybet ont reproduit
dans leur réédition (Paris, A. Lemerre, 1873 et années suivantes).

de Guillaume Bouchet (1584-1598) et, pour clore la liste, les *Essais* de Michel de Montaigne (1580-1588) modifiés et amplifiés dans l'édition posthume de Mlle de Gournay (1595) d'après des notes marginales de la main de Montaigne. Entre ces œuvres, très-inégales de ton, d'allure et de style, comme de fonds, celles qui priment le reste sont, indépendamment du livre admirable des *Essais*, les œuvres de Des Periers, de Henri Estienne et de Noël du Faill. Par le style, dans une autre sphère et avec un génie différent, Noël du Faill vaut Bonaventure des Periers, surtout dans ses *Propos rustiques*, œuvre de début exquise de tout point. Dans ses *Contes & discours*, il coudoie Montaigne et marche parallèlement avec lui; car s'il le devance ou le poursuit, assurément c'est de bien peu, son livre ayant paru en 1585, après les deux premiers livres des *Essais* et avant l'apparition du surplus.

En résumé, notre XVIe siècle n'est mal partagé dans aucune de ces trois branches qui embrassent une si vaste part de l'activité intellectuelle et littéraire : la *narration romanesque* (soit récit dramatique, soit conte récréatif), — la *fiction bouffonne* et satirique, — l'*essai* philosophique ou moral. Marguerite d'Angoulême et Bonaventure des Periers illustrent le conte; Rabelais illustre par l'exubérance de sa verve comique les vieilles chroniques et les légendes populaires, qui lui fournissent un voile d'allégories transparentes;

h

Des Periers encore, N. du Faill et Montaigne illustrent le genre de l'*essai,* qui se passe de l'a-
necdote ou l'absorbe. En face de ce genre, l'élément romanesque, dégagé comme il sied pour
l'action, cesse de traîner un arrière-faix de dissertations et de sentences.

Boccace, par le Pogge, Massuccio, Giraldi Cintio, Bandello, Straparole, tout le *Novelliero* italien [1], la reine de Navarre, Boaistuau et Belleforest, rejoint Shakespeare [2] qui (avec le renfort des
poëtes Chaucer et Spenser), de la substance du
conte, héritier du fabliau, et de la nouvelle issue
de l'histoire ou de la chronique fabuleuse, tire
la matière de ses drames superbes et de ses mer-
veilleuses comédies. L'Arioste, dans l'œuvre on-
doyante duquel se résument, comme dans un
grand conte de fées plein d'éclat et de grâce, les
fictions des romans de chevalerie reprises par un
génie sceptique, rejoint, par les épopées burles-
ques de Merlin Coccaie et de Rabelais, le chef-
d'œuvre bouffon de Cervantès, l'immortel *Don
Quichotte,* en qui expire la tradition du Moyen Age.

---

1. Outre les auteurs déjà cités, on y remarque Parabosco (vers
1550), Giovanni Fiorentino, l'auteur d'*Il Pecorone* (1558), Mori
(1575).

2. Ces deux grands maîtres de la fantaisie anglaise, aux XIVe
et XVIe siècles, l'un par ses *Contes de Canterbury (Canterbury tales),*
l'autre par sa *Reine des fées (The Faerie Queene* ou *Fairy Queen),*
complètent le cycle de la vieille littérature romanesque en la
parant des charmes de leur vive et riche poésie.

Débarrassé d'entraves surannées, le *roman*, au
sens moderne, va conquérir un monde aux per-
spectives infinies. Et par la lignée des essayistes
français, où brillent entre tous Des Periers et Du
Faill, Erasme rejoint Montaigne qui termine le
siècle, nous léguant, avec sa gloire et son œuvre
dominante, un genre indépendant auquel nous
devrons Pascal, La Rochefoucauld, La Bruyère,
Vauvenargues et la moitié du génie de Jean-Jac-
ques Rousseau.

Ainsi, par une opération mystérieuse d'assimi-
lation et de transmutation, comme celle qui
change en un sang vif et généreux les moindres
parcelles de substance nutritive entrées dans le
corps de l'homme, ces séries intermédiaires, plus
modestes, qui s'écartent des génies antérieurs,
dont elles émanent, ramènent l'éclosion de génies
de force égale. Leur justification sans réplique
n'est-elle pas dans la constatation de cette tâche
inconsciente, mais vitale? Ce phénomène, d'ordre
universel, ne prouve-t-il pas que les œuvres d'é-
clat et de grandeur suprêmes, si elles deviennent
des *causes* impérieuses, sont avant tout des *ré-
sultats*, auxquels concourent de sourdes et lointaines combinaisons de forces latentes?

Il n'est donc permis de mépriser aucune de
celles qui eurent leur moment d'importance con-
statée, et, partant, leur veine, si mince qu'elle
fût, d'influence. N'y eût-il dans les *Comptes du
monde adventureux*, dans les œuvres voisines et

congénères, que la valeur inhérente aux documents nécessaires pour l'interprétation d'une
époque et pour la connaissance des étapes accom-
plies, ces œuvres mériteraient d'arrêter nos regards.
Quant à la série des traditions venues de loin, s'il
nous était permis d'en présenter le tableau, dans
un résumé dont nous emprunterions les traits
aux divers travaux fragmentaires, on y verrait se
dérouler, toujours la même dans la vérité et la
variété de ses attitudes, dans les ondulations et
les entrelacements de la chaîne qu'elle forme à
travers les siècles, avec ses incidents bouffons,
gracieux ou tragiques, la danse parée et masquée
de l'existence et de la pensée humaines.

IV

Resserrons maintenant la trame autour des
Comptes du monde adventureux.

En me servant de la piste ouverte par un mot
de la Monnoye, j'ai dit qu'Antoine de Saint-
Denis et A. D. S. D. semblaient ne faire qu'un.
On voit, en effet, par ce qui précède, l'auteur
des *Comptes du monde adventureux* dans le milieu
littéraire le plus proche de la reine de Navarre,
ayant pour libraire-éditeur Vincent Sertenas,
l'éditeur même du premier texte des contes de Marguerite d'Angoulême, sous le titre des *Amans fortu-*

nez, — des *Hiſtoires prodigieuſes* de Boaistuau, — de
la traduction des *Amours paſtorales de Daphnis &*
de Chloé, par Amyot, un des protégés de Marguerite, — du texte de l' *Heptaméron* revu par Claude
Gruget, un de ses valets de chambre, et du *Tom-*
beau de la reine de Navarre. On le voit poursui-
vant l'entreprise d'acclimatation et d'imitation
des contes italiens, qu'elle avait provoquée et
soutenue de son propre exemple. Les *Comptes du*
monde adventureux se produisent encadrés entre
la traduction de Boccace, de Le Maçon, comman-
dée par Marguerite, les *Joyeux Devis* de Bonaventure des Periers, qui fut un de ses principaux
secrétaires et collaborateurs, les œuvres de Pierre
Boaistuau, de Claude Gruget, d'Herberay des
Essars, que j'ai cité en tête des panégyristes du
Tombeau de Marguerite, et les œuvres personnelles de celle-ci, depuis les *Marguerites de la*
Marguerite, publiées en 1547 par J. de La Haye,
jusqu'au recueil de l'*Heptaméron,* publié en 1558
et 1559. C'est dans cette période de quinze ans
(1545-1559), marquée par les débuts de Noël du
Faill (1547-1548) et illustrée par l'apparition du
Tiers livre de Rabelais (1546) avec le fameux
dizain « A leſperit de la Royne de Nauarre », et
du *Quart livre* (1552), — c'est là qu'il faut placer le
moment brillant de la littérature conteuse, romanesque et fantaisiste au XVIe siècle.

Bien au-dessous de l'œuvre de ce rieur de génie,
— dont la verve se crée un monde pour carrière

— et ne se proposant que de prolonger dans un champ nouveau le sillon tracé par les *novellieri* d'outre-monts, les *Comptes du monde adventureux* et l'*Heptaméron* se font directement concurrence, non certes par l'importance, mais par l'intention d'adapter au goût français du temps le cadre de Boccace et de ses continuateurs. Je n'aperçois nul personnage qui remplisse, comme Antoine de Saint-Denis, vivant dans l'entourage immédiat de Marguerite, les conditions auxquelles doit répondre l'auteur des *Comptes du monde adventureux*, masqué justement des initiales de ce curé de Champfleur.

Les initiales de ses amis, dont les noms auraient pu achever de nous éclairer, nous dérobent, il est vrai, le supplément de preuve désirable. Force est là-dessus de s'en tenir aux conjectures. Parmi les dames de la Cour de Marguerite, la seule dont le nom concorde avec les initiales M. I. est *Marie de la Jaille*, sa demoiselle d'honneur [1], prieure du monastère d'Almenesches, antique abbaye de filles de l'ordre de Saint-Benoît, aux environs d'Alençon [2], dont la réforme occupa Marguerite

---

1. V. H. de La Ferrière-Percy, *ouvr. cité*, p. 32.

2. «*Almenesches*, bourg en Normandie, diocèse de Séez, Parlement de Rouen, Intendance et Élection d'Alençon... Almenesches est dans un pays de bois, sur un ruisseau qui, à un quart de lieue au-dessous de l'Abbaye, se jette dans la rivière d'Orne, à cinq lieues deux tiers N. d'Alençon.» (Expilly : *Dict. géogr. histor. et politique des Gaules et de la France.*)

d'Angoulême [1]. L' « amy de l'autheur » L. D. se-
rait-il Jean *Le Devin*, de Sablé, qui « fut enquê-
teur d'Anjou et mourut dans la ville d'Angers le
14 avril 1563 [2] », ou Guillaume *Le Diacre?* Je
pencherais plutôt pour ce dernier, mentionné
dans le registre de Jehan de Frotté, secrétaire
de Marguerite, comme un des conseillers de
l'Echiquier d'Alençon, en 1544 [3], année où fut
donné, en présence et avec l'assistance d'Antoine
de Saint-Denis, le règlement de l'hôpital d'Alençon. Quant aux lettres L. C. P., elles s'applique-
raient au futur jurisconsulte *Le Caron, Parifien,*
surnommé Charondas, qui, avant de publier de
graves ouvrages de droit, tels que les *Pandectes*
du droit françois, et de devenir lieutenant du
bailliage de Clermont, en Beauvoisis, s'exerçait au
jeu des rimes, vers l'âge de vingt ans, en 1554 [4],
chez Vincent Sertenas, l'éditeur des *Comptes du*
monde adventureux, comme Belleforest et Du Haillan, en 1558, au frontispice du livre des *Amans*
fortunez. L'usage étant d'accoler au nom de chacun sa qualité de noblesse ou d'origine, et le plus
ordinairement celle-ci, on écrivait : le seigneur
de Launay, *Breton;* F. de Belleforest, *Comingeois;*

---

1. V. Odolant Desnos : *Mémoires sur Alençon,* t. II, p. 561.
2. V. B. Havréau : *Histoire de la littérature du Maine,* t. VII,
p. 123.
3. V. H. de La Ferrière-Percy, *ouvr. cité,* p. 174.
4. *Sonnets, Odes,* etc. (1554.) — V. *La Philosophie* (1555) et
quatre *Dialogues* sur la philosophie et la poésie (1556).

Bernard de Girard, *Bourdelois;* Gabriel de Lyrene, gentilhomme *Angoulmoyfin* [1]; Jacques Grevin, *de Clermont;* J. de Rieux, *Seigneur D'afferac,* et en abrégé J. D. R. S. D. [2]; Gabriel Chappuys, *de Touraine,* ou G. C. D. T. [3]. Les initiales L. C. P, représenteraient donc parfaitement *Le Caron, Parifien.* On remarquera que si ces hypothèses manquent de confirmation positive, elles ne sont pas du moins purement arbitraires, et concordent avec les circonstances de temps et de milieu indiquées plus haut.

Quoi qu'il en soit, le secret même de ces initiales nous fournit un indice pour la détermination du caractère de l'auteur des *Comptes,* que La Monnoye traite péremptoirement de *huguenot.* Comme La Monnoye, M. Courbet voit dans maint passage de ce recueil une vive et systématique satire des gens d'Église et de la religion elle-même, qui dénoterait « un *protestant* sermonneur ». J'y verrais— ce qui ne change guère l'appréciation— un de ces catholiques de nom, hérétiques *in petto,* médiocrement déguisés par un demi-masque, dont nul contemporain n'était dupe, et protégés par l'indulgent patronage de la reine de Navarre. Dans les *Comptes* de A. D. S. D., les

---

1. En tête des *Amans fortunez.* — V. ci-dessus, p. xxxvii.

2. En tête des *Hiftoires prodigieufes* de P. Boaistuau. — V. ci-dessus, pp. xlix-iv.

3 Il était d'Amboise. V. ci-dessus, pp. lii-liii.

exemples de cet esprit de sarcasme et d'antipathie
méprisante pour la gent ecclésiastique et les pratiques romaines, abondent tellement, qu'il serait
trop long de les relever tous. Sans contester que
la raillerie contre les moines et la gent ecclésiastique existe déjà dans le livre de Massuccio, avant
la Réforme de Luther et de Calvin, on s'aperçoit bien vite que le mystérieux A. D. S. D.,
sous le couvert de l'anonyme, renchérit sur les
traits de son prédécesseur, les renforce, les ai-
guise et les envenime avec une âpreté de touche
très-distincte de la malice joviale du Salernitain.
Si, dans le cours de ses anecdotes, entre le «lieu
commun grondeur » du début et la sévère ad-
monestation de la fin à l'adresse des femmes, « le
narrateur s'égaye et quitte à chaque instant le
langage d'un censeur pour prendre celui d'un
complice... *ces accès de bonne humeur*, dit avec
raison M. Courbet, *se changent en transports de
colère, lorsqu'il vient à parler d'un moine.* » Il
exècre la moinerie et daube ferme sur le clergé.

J'ai constaté ce fait nombre de fois. Tantôt, il
procède par l'ironie et l'antiphrase : « Encore
qu'il me faſche beaucoup de raconter choſe qui
foit au deſauantage des gens d'egliſe, ſi eſt ce
qu'eſtant l'occaſion ſi grande... » (Compte V).
Tantôt il critique et attaque de front l'ennemi
(Compte IX) :

　　« Pour ce qu'il ſe trouue vne infinité de preſtres oyſifz,

i

lefquels, à faulte de meilleure occupation, & plus curieux de la poche que des bonnes lettres (defquelz ils deuroient faire profeffion), inuentent toufiours nombre de fineffes, *pour attirer le peuple à leurs deuotions inuentées pour leur proffit*, il m'a femblé bon vous mettre en lumiere le compte qui s'enfuit. »

Ailleurs (Compte XII), il flétrit ces pasteurs qui « pechent non feulement par ignorance, mais de certaine malice », à qui il fuffit « de fçauoir combien ilz veulent augmenter leurs fermes, *s'attribuans comme propre le bien qui n'apartient pas à eux*, & duquel ie crains qu'ilz rendront mauuais compte ». L'histoire des Cordeliers de Boulogne, et des «deux ieunes garfes qui feruirent de nouices» aux grisards, est donnée par lui, « afin que la fotte ignorance n'aueugle les perfonnes fouz couleur d'une fainte ypocrifie ou fimulée fainteté. »

Le Compte se termine ainsi :

Sachez mes Dames, qu'encores qu'on die, en commun prouerbe que les Cordeliers ne portent iamais croix, ie craindrois fort qu'il s'entendiſt de celle, par laquelle nous fommes tous rachetez & faiſtz membres de Dieu par fon fils IESVS CHRIST, laquelle font fouuent accroire qu'ils portent foubz l'habit & aparence extérieure de fainſteté, par la couuerture duquel (fans parler des bons) fe nourrit vne infinité de tromperies & menfonges. » (Compte XIII.)

Sous prétexte ʼde blâmer le formalisme étroit des pratiques judaïques, il blâme l'obstination folle de ceux qui, la lumière venue et reçue de

tous les *fideles,* « ayment encores les tenebres. » Et
il s'écrie : « Venans donc à la perfection, foyons
charitables à nos prochains, *afin que facions
cognoiftre la difference de leurs fottifes à la verité
de noftre Euangile.* » (Compte XVII.) N'est-ce pas
là un langage protestant? Voici le sommaire du
Compte XIX :

En cefte hiftoire vous fera defcouuert la fubtile & cauteleufe inuention d'vn moyne, qui nonobftant le vœu de
pauureté, pour le fentir vn peu trop rude, tant pourchaffa que de beliftre deuint Euefque. *Et croye*ʒ *que
l'efprit de tel*ʒ *gens (viuans en oyfiueté) ne dort iamais,
qu'il n'ait inuenté dix mille moyens pour tromper le
fimple peuple, de la fimplicité duquel fouuent il*ʒ *s'engreffent.*

Autre variation du même sujet dans le Compte
XXII :

*Encore, que i'euffe deliberé de ne plus parler des
moynes,* fi eft ce que l'hypocrifie & fainte fainfteté de
ceux qui fe mettent hors le chemin de pure religion me
contraint de vous faire vn compte, par lequel cognoiftrez
que fouz un tel manteau fe forge vne infinité de tromperies, par l'inuention de leurs malices, & fouz couleur
d'vne fimulée pauureté, laquelle combien qu'ils facent
vœu de garder inviolablement, *leur vie, toutesfois (pleine
de quaymanderie)* fait cognoiftre que c'eft la chofe qu'ilz
trauaillent plus de fuyr.

L'auteur ne tarit pas contre ces cafards *beliftrant*
aux dépens du rude et pauvre peuple, qu'ils abu-

sent *par longues & emmiellées & fardées harangues.*
Il conclut ainsi :

Vovs ne devez eftre eftonnées (mes Dames) de la fotte
ignorance du peuple, lequel reffemble à vn petit enfant,
qui voyant faire quelque chofe (fans iugement de bien ou
mal) s'efforce de l'enfuyure. Et tant plus vn peuple eft
rude, plus il tend à faire chofes mauuaifes & contre raifon.
De la vient que (eftant la malice de telz hypocrites fi
couuerte) plus ayfement il demeure trompé : *& faut
qu'il porte les fautes de ceux qui par purité de doctrine
deuroient porter tefmoignage de la verité, lefquelz faifant
le contraire, fault croire en celuy qui eft feul iufte,
& non a ceux qui de vraye religion n'ont que l'habit.*

Le Compte **XXVII** amène cette déclaration
contre la profession de nonne :

Ie ne veux blafmer l'inftitution de la religion des filles
fages, quand l'aage de volonté, & les œuures fuyuent la
profeffion : mais depuis que l'oyfiueté (mere nourrice de
tous maux) furprend le cueur de celles qui fe font veuës
auoir l'habit auant que la cognoiffance, par le laps de
temps cela nourrift vn mal lequel au croiftre fe rend
inuiolable, comme cefte hiftoire vous le fera cognoiftre.

Le Compte **XXXIII**, pris du *Novellino* de Massuccio, et amendé fortement dans le sens anti-
catholique, s'annonce de la sorte :

Pour ce que l'opinion legere d'vn peuple fot eft quelquefois de croire que les *moynes de Rome* ont plus d'aparence
de faincteté que les autres, comme ceux defquelz on dit
venir toute fource & exemple de pure religion, ie ne

veux oublier à vous monſtrer (par ce plaiſant compt e) que la vieille auarice d'vn fiſt cognoiſtre qu'en luy y auoit plus de l'habit que du religieux.

Il y est dit que le héros du conte « auoit eſté ordonné l'vn des grands penitenciers en l'egliſe de Saint-Pierre, *non pas pour nettoyer les conſciences, mais vuyder les bourſes* ». Ces derniers mots sont du conteur français et non de Massuccio. La moralité de la fin est accentuée dans le même sens : où Massuccio glisse, A. D. S. D. appuie; de l'anecdote où se contient Massuccio, il part aussitôt pour généraliser peu ou prou contre les suppôts de l'Église romaine. Il les peint accourant de tous lieux « comme loups à la paſture ». S'il emprunte au *Petit Jehan de Saintré* la matière du Compte XLV, il n'est satisfait qu'après y avoir ajouté, au Compte LIV « une violente diatribe contre l'indigne abbé & la dame parjure ». Il serait trop long de pousser les citations au delà de ces limites. Le lecteur sent poindre partout l'esprit de satire hétérodoxe.

Or, si l'esprit qui anime les *Comptes* de A.D. S.D. suffit pour expliquer la précaution des initiales combien plus encore s'imposait cette règle de prudence au *curé de Champfleur,* après la mort de la reine Marguerite, et sous le coup des mesures terribles et sommaires de l'édit de Châteaubriaud (1551) contre les protestants ? Comment se risquer à la légère ? Jeanne d'Albret et Antoine de

Bourbon, qui devaient participer aux réunions hérétiques du Pré-aux-Clercs [1], ne firent profession
de calvinisme qu'un an plus tard (1556). Plus l'auteur des *Comptes du monde adventureux* était de
cœur avec les novateurs, tels que ce gentilhomme
du Maine, nommé La Ferrière, et ce jeune pasteur,
Jean le Maçon, dit La Rivière et Launay, fils du
procureur royal d'Angers, que Théodore de Bèze [2]
nous montre organisant au Pré-aux-Clercs, en
1555, la communauté réformée de Paris, — plus
il avait (s'il s'agit d'Antoine de Saint-Denis) des
ménagements à garder, tout en se révélant à demi
par un trait significatif.

Ainsi, dans le huitain placé sous la rubrique :
« L. D. *de l'autheur* » le vers final :

Admire en toy *du Seigneur les haultz faictz,*

et la devise latine : *Operatur qui cœlitus* se rap-
portent singulièrement au caractère d'Antoine de
Saint-Denis, tel que je l'ai établi ci-dessus d'après
diverses données : caractère de prêcheur protestant — sous l'habit d'un curé — persuadé qu'il
sert l'*œuvre du Seigneur* en attaquant les moines
et la moinerie, les *veſtuz de rouge* de Rome [3] et
toute espèce de papimanes.

---

1. En 1557. — On y chantait en plein air et processionnellement
les *Psaumes* traduits par Clément Marot.

2. Cité par F. Puaux : *Histoire de la Réformation française,*
t. I, liv. VII (Paris, Michel Lévy, 1859).

3. V. le Compte XL où il est question d'un cardinal « ieune

La devise redoublée, *Secreto lapide tutus,* qui termine l'*Epistre* dédicatoire et l'ouvrage, est plus étrange et plus obscure. Essayons pourtant de la deviner. Le nom de Marguerite, en ce temps-là, était l'objet de toutes sortes d'allusions et de concetti en français ou en latin, en passant du sens de *fleur* au sens de *perle.* La perle *(margarita),* assimilée aux *pierres précieuses* est quelquefois désignée en latin par le mot *lapis.* La devise *Secreto lapide tutus* signifierait donc, liée aux termes de l'Épître française, qu'elle complète : « ie puiſſe demeurer au nombre de ceux que vous eſtimez capables de faire perpetuel ſeiour en voſtre ſeruice, *ſauvegardé par la vertu ſecrète de la perle précieuſe* (marguerite). »

Marguerite d'Angoulême était morte en 1549; mais elle avait laissé une digne héritière de ses goûts littéraires et artistiques, joints au plus noble caractère, sa nièce, Marguerite de France, qui allait en 1559 épouser le duc de Savoie, Philibert-Emmanuel. Ronsard et sa Pléiade naissante ont loué, autant que la première, cette « ſeconde Marguerite », invoquée par Nicolas Denisot, dans le *Tombeau de la royne de Navarre,* dont j'ai parlé ci-dessus, qui, jeune fille [1], envoyait par Jehan de Frotté, au

---

& liberal » et de la « vertu cardinale » en amour, de ce « veſtu de rouge cramoyſi ».

1. Née en 1523, elle avait alors environ quatorze à quinze ans, ces relations existant probablement vers 1537, avant les épreuves qu'entraîna pour le poëte la condamnation du *Cymbalum* (1538.)

pauvre Bonaventure, malade, « un don de douce
confiture » et méritait que l'auteur du *Cymbalum
mundi* lui écrivît avec élan :

> Vous voulez donc voir Dedalus [1] qui vole,
> O Marguerite *où notre efpoir efpere* [2].

Celle qu'il appelle :

> Heureuſe fleur, de franche fleur iſſante
> Fleuron royal, Marguerite croiſſante [3]

recevait de lui cet éloge :

> Vous aimez tant & tant la voſtre tante,
> *Que tout cela qu'eſtre à elle ſçaueʒ*
> *(Pour l'amour d'elle) en grand amour aueʒ.*
> . . . .
> *De nom, d'efprit la nous reprefenteʒ*
> Et ſes vertus de ſi très près hantez
> Que noſtre efpoir a prou cauſe & matiere .
> S'il dict qu'en vous la doict veoir tout entiere.
> Car vous aymez tout ainſi qu'elle faict
> Toute vertu, & hayez tout malfaict,
> *Beaucoup priſeʒ, tout ne plus ne moins qu'elle,*
> *La poeſie & toute ſa ſequelle;*
> *Qui eſt ſauoir & ſcience anoblie.*

C'est pour elle que Bonaventure-Dædalus se
proclame prêt aux nobles aventures :

---

1. C'était le surnom favori qu'il prenait, par allusion aux doctrines hardies dont il était l'interprète.

2. V. le Recueil des Œuvres (*A Madame Marguerite, fille du
Roy*).

3. *Ibid.* : *Épiſtre à Madame Marguerite, fille du Roy de France.*

Il volera iufques en *terre neufue,*
Neufue ie dis, que trouuée on n'a poinĉt.

Elle était, comme le rapporte Brantôme et
comme l'indique le Prologue de l'*Heptaméron,*
une des personnes de la famille royale qui se
proposaient, de concert avec Marguerite d'Angoulème, d'imiter Boccace, avec une pointe d'originalité, « d'en faire autant, finon en vne chofe
differente de Bocace, c'eft de n'efcrire nouuelle
qui ne fuft veritable hiftoire; » dessein que la
reine de Navarre seule accomplit, mais où l'aida
évidemment, sous forme de causerie, sinon pour
le tour et le style, plus que nulle autre *devisante,*
« madame Marguerite », si étroitement unie à
elle de cœur et d'esprit.

Aussi, pourquoi Antoine de Saint-Denis, ayant
commencé son œuvre sous les auspices de la reine
Marguerite, n'aurait-il pas voulu, tout en s'abstenant de briguer ostensiblement le patronage de la
princesse Marguerite, confondre la tante et
la nièce dans un culte pareil, se couvrir du souvenir de l'une et de la présence bienfaisante de
l'autre[1], en leur rendant un commun hommage?

Pourquoi ne seraient-elles pas avec Françoise

---

1. C'est ainsi que, par un pieux souvenir, dans le Prologue de
l'*Heptaméron,* écrit après 1545, la reine de Navarre met en scène,
selon Le Roux de Lincy, la bonne dame Oisile ou *Osyle* (anagramme de Loyse), représentant Louise de Savoie, sa mère
morte en 1530. — V. ci-après, pp. xcix-c.

j

d'Alençon et Jeanne d'Albret, mais plus particu-
lièrement qu'elles, les *Dames de France* auxquelles
A. D. S. D. expose en ces termes comment s'est
formée la série de récits et histoires mémorables
qu'il leur offre ?

« Parquoy mes Dames receuez ce mien petit labeur
d'auſſi bon cœur qu'il vous eſt préſenté *comme venant du
plus entier de celuy qui eſt ſeulement nay au monde pour
en toute obeiſſance vous ſeruir,* & ſi mon ſeruice merite
recompenſe, que ce ſoit en *excuſant par voſtre douceur
l'imperfection de l'ouurage qui ne peult eſtre tel que ie
le ſente digne d'ataindre en ſi hault lieu.* »

On conviendra que si les *Comptes* sont d'un
sermonneur plus ou moins protestant, mais criant
toujours au vice et tournant en moralité chacune des galanteries qu'il narre, cette dévotion si
ardente pour les *Dames,* au sens général, ne se
conçoit pas fort bien. Elle s'explique parfaitement,
au contraire, si ces *Dames* sont, au sens particulier, *Dames de France;* s'il est question, en un
mot, des deux princesses Marguerite, sœur de
François Ier, reine de Navarre, et Marguerite de
France, sœur de Henri II, — ainsi que de Jeanne
d'Albret, fille de Marguerite d'Angoulême (mariée au duc de Vendôme, Antoine, héritière en
1555 du royaume de Navarre par la mort de
Henri d'Albret, veuf de la reine Marguerite), et
de Françoise, duchesse douairière de Vendôme,
sœur aînée du duc d'Alençon (premier mari de
Marguerite d'Angoulême) dont elle hérita, en

1525, les terres de Beaumont et de Sonnois.
Veuve de François d'Orléans, duc de Longueville,
celle-ci eut dans la nombreuse lignée issue de son
second mariage avec Charles de Bourbon, comte,
puis duc de Vendôme, — et où l'on compte le futur époux de Jeanne d'Albret, — cette *Marguerite
de Bourbon-Vendôme*[1], la troisième du groupe,
mariée au duc de Nevers, François de Clèves,
en 1538 [2], et sous les auspices de laquelle Boaistuau mit en lumière les *Contes de la reine de
Navarre*. — Voilà toutes nos *Dames de France*
rapprochées le plus naturellement du monde.

Les mots « ataindre *en ſi hault lieu* » reçoivent
ainsi une clarté nouvelle et une signification
précise, en accord avec le reste de l'*Epistre* :
« mais la bonne volonté *qu'en toute ma vie vous
deſire porter* doit eſmouuoir voſtre excellence à
ſuplier les faultes de l'ouurier, m'aſſeurant que
l'affeſtion dont vous offre ce preſent *ioinſte auec la
grace de voʒ faueurs* ſera plus ſuffiſante pour ſup-
porter le langage mal poly, que l'ignorance effrontée
d'un mal plaiſant & meſdiſant ennemy ne pourra
m'offenſer : *Eſperant auecq' l'ayde de Dieu & du
temps fauorable, où me fereʒ cognoiſtre mon trauail
vous auoir eſté agreable,* d'entreprendre œuure ſous la
faueur duquel *ie puiſſe demeurer au nombre de ceux*

___

1. Née en 1516, morte en 1589.
2. C'est pour ce mariage que François Ier érigea en duché-
pairie le comté de Nivernois.

que vous eſtimeʒ capables de faire perpetuel ſeiour en voſtre ſeruice. » Cette fin me paraît décisive : il ne s'agit point là de *toutes* les Dames quelconques de France ; car, dans ces conditions, il n'est point de période de temps au terme de laquelle l'auteur eût pu espérer que ces Dames lui *feraient connaître* leur opinion ; et les mots « *demeurer* au nombre *de ceux que vous eſtimeʒ capables de faire perpetuel ſeiour en voſtre ſeruice* » affirment encore davantage le sens particulier de ce passage.

Marguerite d'Angoulême et Françoise d'Alen-çon [1] n'étaient plus ; mais, indépendamment de Jeanne d'Albret, les deux autres princesses Marguerite de France et Marguerite de Bourbon vivaient, et il pouvait être délicat pour le curé de Champfleur, comme l'indique la compétition de Boaistuau et de Gruget, d'invoquer exclusivement l'une plutôt que l'autre en qualité de protectrice déclarée. Par le tour ingénieux de la Dédicace aux *Dames de France,* il esquivait la difficulté et se conciliait leurs bonnes grâces.

Telle est, je pense, de quelque façon qu'on entende la devise *Secreto lapide tutus,* l'intention de la Dédicace–Préface, en rapport avec le but poursuivi, dénoncé par les tendances évidentes de l'œuvre, et plus sérieux qu'il n'y paraît d'abord. Si l'on écarte cette interprétation, on retombe

---

1. Françoise d'Alençon était morte moins d'un an après Marguerite, le 14 septembre 1550.

aussitôt dans la banalité et dans le vague; si l'on s'y attache, au lieu d'un badinage dans le vide on rencontre une chaîne d'incidents et de menus détails, allant d'Antoine de Saint-Denis aux *Comptes*. Avec Antoine de Saint-Denis tout s'explique par un calcul serré de probabilités, et l'on se trouve en face d'une trame continue; Antoine de Saint-Denis mis de côté, les ombres s'épaississent et l'on ne voit partout que données incohérentes. Il serait aisé d'en multiplier les exemples.

On constate dans les *Comptes* des traces de voyage de l'auteur en Italie, et voici le début de sa Dédicace : « Mes Dames, peu de iours font paffez faifant vn voyage au païs de Prouence, & *trauerfant par le Daulphiné pour gaigner la Sauoye*, que le long du chemin *eftois fort foucieux en l'execution des affaires qui m'auoient conduit iufques là :* mais comme refuant difcourois en moy mefme *tous les moyens d'acheuer l'entreprife qu'auois encommencée...* » Il nous est loisible de regarder ce début comme un exorde de pure fantaisie. Cependant, puisque A. D. S. D. est réellement allé en Italie, comme Antoine Le Maçon, pourquoi ne pas admettre que la phrase du Prologue soit une allusion aux affaires d'intérêt privé ou public, diplomatique ou religieux, qui avaient motivé ce déplacement? En 1552, lors des guerres d'Italie et de la campagne de Piémont, il y eut des conjonctures dans lesquelles Antoine de Saint-Denis put avoir l'occasion d'accompagner ou de rejoindre, avec une mission, quelque haut personnage, soit au moment de la trêve du 29 avril 1552, entre Henri II, le pape Jules III et le duc de Parme, le maréchal de Brissac étant lieutenant du roi en Piémont, soit au mois de novembre 1552, lorsque le cardinal de Ferrare, Hippolyte d'Este, s'en fut à Sienne comme lieutenant du roi de France[1]. L'auteur des *Comptes*, qui, en tout cas, voyagea dans ces parages, aurait donc préparé la publication de son recueil et rédigé les lignes qu'on vient de lire peu après son retour, vers 1553. Je n'affirme rien, je signale une référence de plus.

V

Veut-on demander un moyen d'éclaircissement aux localités citées dans les *Comptes* et à celles qu'Antoine de Saint-Denis habita ou dut le

---

1. Ce personnage, frère du duc de Ferrare, Hercule d'Este, mari de Renée de France, fut très-activement mêlé aux affaires de notre pays sous François Ier et Henri II, et en rapports intimes avec la famille royale. A. de Saint-Denis avait bien pu le connaître vers 1545. (V. dans l'ouvr. de M. de La Ferrière-Percy, p. 75, un curieux mandement du 25 juin 1544 portant remise en faveur d' « Ypolite, cardinal de Ferrare » d'une amende encourue par lui pour un certain manquement au sujet des « paiffages des foreftz du duché d'Alençon », ce qui indique des relations d'intérêt très-spéciales entre la duchesse d'Alençon et le cardinal.)

mieux connaître et fréquenter, par sa situation
auprès de Marguerite et de la petite Cour d'Alençon? Les rapprochements se font d'eux-mêmes.

Sur les cinquante-quatre *Comptes du monde
adventureux*, le lieu de la scène est placé vingt-
quatre fois en Italie, ce qui s'explique de reste
par les sources italiennes ; vingt-quatre fois éga-
lement en France ; quant au surplus, en Hongrie,
en Aragon, en Allemagne, en Angleterre, en
Pologne et en Hainaut. La France et l'Italie se
disputent, comme on voit, le terrain. Le nom de
la *France* revient dans quatre contes, sans autre
désignation. Les mentions de noms de provinces
et d'endroits déterminés se présentent, pour les
régions du midi et du sud-est, au nombre de sept,
dont une pour le *Dauphiné* et la *Savoie*, en
dehors du Prologue ; autant pour la *Franche-
Comté* (dépendant alors de l'Empire), pour la *Pro-
vence*, *Montpellier*, *Périgueux*, *Lyon* et la *Limagne*
d'Auvergne. Les mentions de noms de la région
de Paris, de l'ouest et du nord-ouest se présentent au nombre de dix-sept, savoir : cinq pour
Paris ; deux pour ses environs (*Boulogne-sur-Seine*
et *Saint-Germain-en-Laye*) ; autant pour les pays
de l'ouest (*Poitou* et *Anjou*), pour les pays intermédiaires *(Beauce* et *comté de Montfort)*, et six
pour la région du nord-ouest (*Normandie* et *Bretagne)*, dont cinq pour la seule *Normandie*. La
balance penche donc visiblement de ce côté.
Après la capitale, c'est la province de Normandie

qui l'emporte. Notons parmi ces localités Paris et Saint-Germain[1], résidences de la Cour de France ; Boulogne, dans le voisinage de Saint-Cloud[2], où la Cour séjournait souvent aussi ; l'Anjou dans lequel la reine Marguerite possédait la seigneurie de Baugé[3] ; la Beauce, proche du Perche[4] (dont elle était comtesse) et des possessions de la maison de Vendôme ; le comté de Montfort-l'Amaury, que François Ier laissa pendant sept ans aux Bourbon-Vendôme, après 1537, en échange du comté de Saint-Pol livré aux Espagnols et rendu par la paix de Crespy en 1544[5], — la plupart de ces endroits et pays situés entre l'Ile-de-France et la Nor-

---

1. V. les *Lettres* de Marguerite d'Angoulême datées de Saint-Germain-en-Laye et celles où elle parle du séjour de la Cour en ce lieu. (Correspondance publiée par F. Génin.)

2. V. *ibid.* — Dans une lettre de Vanves (1537) au chancelier d'Alençon, elle lui écrit : « ... Ce porteur s'en va par delà, lequel vous dira des nouuelles du roy de Nauarre & de moy, comme nous auons changé l'air *pour venir de Saint-Cloud en ce lieu de Vanves.* » Elle écrit au grand maistre Anne de Montmorency : « Pour vour faire fcauoir la difpofition du roy de Nauarre, il changea hier *l'air du pont Sainâ-Cloud* en celui de Vanves. »

3. V. son contrat de mariage avec Henri d'Albret en 1527. (*Lettres* publiées par F. Génin : t. I, Pièce justificative n° IV.)

4. V. *ibidem.*

5. Le comte de Saint-Pol, mort en 1545, était alors François de Bourbon, frère cadet de Charles de Bourbon, duc de Vendôme, qui épousa en 1535 Adrienne d'Estouteville, par l'entremise de Marguerite d'Angoulème. En faveur des deux époux la baronnie d'Estouteville fut, par François Ier, érigée en duché. (V. *ibid.*, t. I, *Lettres* 102, 103, 104, 105, 108, et 109, pages 284-297.)

mandie, en inclinant vers le duché d'Alençon.

Enfin relevons les passages où se présente l'indication dominante de la Normandie :

Compte V : « En vn village de la baſſe Normandie... » — *Compte XI* : «... & ſe retira au pays de Normandie en vn petit village. » — *Compte XVI* : « En vne petite ville de ce royaume, non gueres loing de Rouen... » *Compte XLI :* « Nagueres en vne petite bourgade de Normandie... » — *Compte XLI* : « En vne bourgade *pres Alençon...* »

Les deux noms caractéristiques sont Rouen et Alençon : Rouen, capitale de la Normandie, province citée plusieurs fois, et où Marguerite se trouvait attirée par la famille d'Estouteville[1] et par sa belle-sœur Catherine[2]; Alençon, capitale de son duché et sa ville de prédilection. Comment

---

1. V. la Correspondance de Marguerite d'Angoulême (*Lettres* publ. par F. Génin, T. 1, lettre 103, au « grand-maistre » de Montmorency) concernant Mme d'Estouteville : « ... ou autrement nous nous deſpartirons, elle, *Normande*, ſentant la mer, & moy, Engoulmoyſe, l'eau douce de Charante. » — Estouteville, siége patrimonial de la famille, alliée aux d'Albret, est un bourg proche de Caudebec, dans le pays de Caux.

2. Catherine ou Quitterie, sœur de Henri d'Albret, abbesse du convent de la Trinité, à Caen, au sujet de laquelle Marguerite écrivait de Caen, au *grand-maistre* Anne de Montmorency : « Parquoy m'en eſtois venue à Caen, *voir madame Katerine*, eſperant encores faire Paſques au dict Saint-Germain (en Laye), mais le Roy s'eſt ſy bien trouué *en voſtre maiſon d'Argentan*, qu'il m'a mandé qu'il y fera Paſques flories. » (V. le recueil des *Lettres* de la reine de Navarre, de Génin, t. I, pp. 37, 290 et 291.)

k

admettre que ces indices soient l'effet d'un simple hasard de plume?

Or, parmi les bourgades des alentours d'Alençon,
est Champfleur dont le curé, Antoine de Saint-
Denis, paraît plus que jamais ne faire qu'un avec
l'A. D. S. D. des *Comptes,* car l'un et l'autre s'agitent
dans la sphère de la duchesse d'Alençon, reine de
Navarre. Déjà la présence d'Antoine de Saint-Denis
avec les membres de l'Échiquier d'Alençon et les
personnages de choix appelés pour le règlement de
l'hôpital, prouve qu'il n'était point un hôte de passage et qu'il appartenait au Conseil intime de Marguerite. Les détails concernant la cure de Champfleur nous ramènent encore vers celle-ci et le
cercle de ses devisantes.

Champfleur est indiqué ainsi par Le Paige[1] :
« Bourg et paroisse de l'Archidiaconé de Sonnois
dans le Doyenné de Linières, Élection du Mans,
au N. par O. de la Ville du Mans, dont il est
éloigné de 9 l. 1/4... *Il y a de Champfleur à Alençon une lieue...* La cure est estimée 1.100 livres et
est à la présentation de l'abbé de Saint-Aubin d'Angers. » Le dictionnaire d'Expilly porte : « Champfleur dans le Maine, diocèse de Séez, Élection du
Mans, Parlement de Paris, Intendance de Tours.
— On y compte quatre-vingt-huit feux. Cette
paroisse est à 1 lieue S. S. E. d'Alençon. » Le vil-

---

1. V. le *Dictionnaire topogr. histor. et généalogique de la province
du Maine* (Le Mans et Paris, 1777, 2 vol in-8°).

lage de Champfleur, qui forme aujourd'hui une
commune du département de la Sarthe[1] est si
proche du territoire d'Alençon, qu'il y touche
presque. De là, dans l'article d'Expilly une confu-
sion au sujet des diocèses de Séez et du Mans,
relevée dans la *Géographie ancienne du diocèse du
Mans* [2], d'où il ressort que Champfleur (*Campus
Flor, Campus Florus, Champflor,* au S. de Saint-
Paterne) relevait bien de ce diocèse [3], au XVIe
comme au XVIIIe siècle, et non de celui de Séez,
Ecclesia Sagiensis, qui descendait jusque-là, mais
s'arrêtait à la limite de la Sarthe.

Le point de séparation entre l'*Ecclesia Sagiensis* et la Normandie d'une part, l'*Ecclesia Cenomanensis* et le Maine d'autre part, était marqué par
Alençon, la ville normande, à cheval sur la Sarthe
avec ses faubourgs qui se prolongeaient au delà
de la ligne séparative. « Il nous reste, dit Odolant
Desnos, à faire connoître les églises & les établis-
sements qui sont sur le territoire du Maine & du

---

1. « Arrondissement et à 22 kilom. de Mamers, canton de
Saint-Pater, poste d'Alençon, 660 habitants. » (*Diction. géogra-
phique* de Bescherelle.) Pesche, dans son *Dict. topog. historique, etc.
de la Sarthe,* dit : « Popul. de 88 feux anciennement; elle en compte
698, dont 145 dans le bourg. »

2. Par Th. Cauvin (au Mans et à Paris, 1845, in 4°). Publication de l'*Institut des provinces.*

3. Ainsi que tout le grand archidiaconé de Sonnois comprenant
les cinq doyennés de Ballon, Beaumont, Fresnay, Sonnois et
Lignières.

diocèfe du Mans… où eft situé un très-grand
faux-bourg de la ville d'Alençon. Son nom de
Mont-Sor eft tiré d'une éminence appelée tantôt
Sorro, tantôt Sorre, fur laquelle on a bâti. Il
comprend la paroiffe de Saint-Pierre en entier, *&*
une portion de celle de Saint-Paterne qui eft à la
campagne. » Le même auteur raconte qu'après les
croisades on fonda une léproserie « à l'extrémité
du fauxbourg de Mont-Sor, *fur la paroiffe de*
Saint-Paterne, » et il ajoute qu'on y voit « une très-
vafte et très-belle place, dont l'*Hôtel-Dieu* occupa
quelque temps une place [1]. » Saint-Paterne,
du doyenné de Lignières, comme Champfleur,
« s'avançait jusque dans le faubourg d'Alençon ;
un décret du 18 juillet 1805 a réuni à cette ville
une portion du territoire de Saint-Paterne[2]. »
Saint-Paterne et Champfleur étaient du même
bailliage. Champfleur, au N.-E. et non loin de la
forêt de Perseigne, est au S.-E. de Saint-Paterne[3].

Le Sonnois, où se trouvent ces deux endroits,
est ainsi délimité par La Martinière : « SONNOIS
petit Pays de France avec titre de Baronie, dépen-

---

1. V. *ouvr. cité* : t. I, pp. 82-90.

2. V. *Géograph. anc. du dioc. du Mans*, article *Paternus (Sanctus)*.

3. Saint-Paterne est chef-lieu de canton depuis 1820. En 1790,
Champfleur et Saint-Paterne firent partie d'un canton dont Mont-
sor était chef-lieu. Montsor et trois autres communes, d'abord
comprises dans la Sarthe, en furent distraites et réunies au département de l'Orne en 1793. (V. Pesche : *Dict. topogr., histor. et*
statist. de la Sarthe. 7 vol. Monnoyèr frères, au Mans, 1826.)

dante de la Province du Maine… Ce petit Pays, qui
n'eſt guère connu aujourd'hui, confine du Cou-
chant avec Alençon, dont le Faubourg, nommé
Montſaux (*Monsor*) eſt compris dans ce Pays ;
du Levant il confine à Beleſme qui eſt dans le
Perche ; du Midi à Balon, dans le Maine ; & du
Nord à Séez en Normandie. Ce Pays a douze
lieues de longueur, depuis Balon juſqu'à Séez, &
autant de largeur depuis Alençon juſqu'au Perche,
de ſorte qu'il eſt carré. Memers, qui ſépare le Perche
d'avec le Maine, eſt ſa Ville capitale [1]. » Saône,
Saint-Rémy du Plain et Mamers en furent suc-
cessivement le chef-lieu. Ce nom de *Saône* ou
Soone (Seonia, Sagonia, Sagona et Saugonna),
comme celui du *Sonnois* (Terra *Sagonensis*) vient,
suivant les auteurs de *l'Art de vérifier les dates*,
d'une colonie de *Saxons* qui, chassés d'Angers
vers la fin du ve siècle auraient pénétré dans le
Nord du *Pagus Cenomanensis*, alors couvert de
bois, et y auraient bâti une forteresse du nom de
Saone [2]. Le Sonnois, après avoir appartenu aux

1. V. *Dictionnaire* de La Martinière, t. V (1741).
2. V. Th. Cauvin : ouvr. cité, aux mots *Sagonensis* (*Terra*),
Sagonensis ou *Suenensis* (*Pagus*), *Saugonna*, etc. Il distingue le
Pagus de la *Terra*. Peut-être les limites de celle-ci furent-elles
d'abord, dit-il, « les mêmes que celles du *Pagus Sagonensis*; » mais
« plus tard la féodalité les modifia ».

Voir aussi, le *Dict.* d'Expilly et Odolant Desnos (ouvr. cité,
t. I, p. 13) sur l'extension de ces Saxons vers Séez (*Saxia, Sa-*
gium, Sagiorum ou *Saxonum civitas*).

comtes du Maine, aux comtes de Bellesme, aux
Montgomery, aux Châtelleraut, aux d'Harcourt,
puis aux comtes d'Alençon et aux Laval (par le
mariage de Catherine, fille de Jean II d'Alençon, en 1461, avec François de Laval, sire de
Gauvre) passa, de Catherine, morte veuve en
1505, aux mains de Charles IV d'Alençon, son
neveu, qui épousa Marguerite d'Angoulême.
N'ayant pas eu d'enfants de cette union, il eut
pour héritière du Sonnois, en 1525, sa sœur Françoise d'Alençon. Deux fois veuve, de François
d'Orléans, duc de Longueville [1], en 1512, et de
Charles de Bourbon, duc de Vendôme, en 1536,
elle se plaisait dans ce pays, et « s'aimoit beaucoup à Beaumont-le-Vicomte. Elle obtint du roi
François Ier l'érection de cette terre & des baron-
nies & feigneuries de Sonnois, la Flèche & Châ-
teau-Gonthier, en duché, fous le nom de Beaumont, pour elle & fes fuccefleurs mâles &
femelles [2]... » Ce fut le roi Henri IV, qui, par son
père, fils de Françoise d'Alençon, hérita des
duchés de Vendôme et de Beaumont et les réunit
au domaine de la Couronne.

---

1. Petit-fils de Dunois. Sa mère était Agnès, fille du duc Louis
de Savoie et belle-sœur de Louis XI, qui avait épousé en secondes
noces Charlotte de Savoie. Louis XII érigea pour lui la terre de
Longueville en duché.

2. V. Le Paige (*ouvr. cité*). Il dit qu'Odolant Desnos lui avait
fourni un *Mémoire*.

Antoine de Saint-Denis, curé de Champfleur, relevait donc, par le siége de sa paroisse [1], de Françoise d'Alençon. Par les liens d'intérêt et de parenté de Françoise et de Marguerite d'Angoulème, par ses relations constatées avec l'hôpital d'Alençon et les affaires du duché, ainsi que par les facilités de voisinage, il relevait de Marguerite d'Angoulème. Maints liens domestiques existaient entre les deux princesses. Non-seulement les domaines de Françoise d'Alençon et de Marguerite d'Angoulème se touchaient par le *Sonnois ;* mais encore les « *viconté de Beaumont* » et « *baronnye de Sonnois* » figuraient (en sus des villes normandes de Verneuil, Séez et Bernay) au nombre des terres et seigneuries sur lesquelles, en vertu du contrat de mariage du 3 janvier 1527 (entre Marguerite et Henri d'Albret), reposait l'assiette du douaire de dix mille livres tournois « constitué par le feu duc d'Alençon » et apporté par elle *en dot* au roi de Navarre, moyennant, pour les seigneuries précitées « la tranſaction ſur ce faiⱥe *entre ma diⱥe dame la ducheſſe & les diⱥes dames heritieres* ». Ces dames héritières étaient les sœurs du duc d'Alençon, la marquise de Montferrat et madame de Vendôme (Françoise d'Alençon) qui

---

1. La cure dépendait jadis du prieuré de Saint-Léonard ou de Notre-Dame de Fresnay; l'église, d'origine romane, était sous l'invocation de Saint-Martin de Tours. (V. Pesche, *ouvr. cité,* t. l.)

lui redevaient 14,000 livres « à caufe de la reſti-
tution de ſa dot [1] ».

Certes, la résidence, pour Antoine de Saint-
Denis, en de pareilles conditions, dans ce pays
charmant, allait bien avec le titre. « Il y a dans
la Paroiſſe, dit naïvement Le Paige, des *monta-
gnes* & des bois. » Du centre au sud de sa paroisse
courait le ruisseau de Groustel [2]. Il devait se
plaire dans ce pays, qui fut, au XVIIe siècle, érigé
en comté pour Christophe de Vallée, seigneur
d'Isles [3]. Tantôt sans doute il en suivait le cours,
tantôt il remontait vers Saint-Paterne ou Saint-
Pater, distant de trois quarts de lieue. Le chemin
de sa paroisse était le chemin forcé de Saint-Pater : « Pour s'y rendre *il faut aller à Champfleur* [4]. »

Ce nom de Saint-Pater, qui surgit ici, tout près
du curé de Champfleur, resserre le lien entre
Antoine de Saint-Denis, les Contes de l'*Heptaméron* et les *Comptes du monde adventureux*. On sait
que Mlle de Saint-Pater, la distributrice habituelle des bienfaits de la reine de Navarre, était
sa dame d'honneur et l'une des personnes de son

---

1. V. F. Génin : Recueil des *Lettres* de Marguerite, t. I, pièce
justificative n° IV.

2. Nom d'un fief situé à 2 kilom. au sud du bourg auquel était
annexée la seigneurie de la paroisse de Champfleur.

3. V. *Dict.* d'Expilly (art. Champfleur) et Pesche, *ouvr. cité*,
t. I.

4. V. Le Paige : *ouvr. cité.*

entourage le plus intime; on se rappelle ses relations si amicales avec Bonaventure des Periers,
les sommes qu'elle lui fit passer dans sa disgrâce[1].
Antoine de Saint-Denis ne la rencontrait pas seulement au milieu de la Cour d'Alençon; pour
gagner Saint-Pater, elle traversait Champfleur.
Ces bourgades normandes, cette « bourgade pres
Alençon » qui reviennent au souvenir de l'auteur
des *Comptes*, n'y aperçoit-on pas maintenant, du
pays d'Almenesches, qui rappelle Mlle de la Jaille[2],
au pays de Champfleur, qui mène vers Saint-
Pater, — avec Alençon et la reine de Navarre au
centre — les traces de la personnalité d'Antoine
de Saint-Denis?

De tout ce qui précède, il est permis d'inférer
que celui-ci, outre ses besognes extra-littéraires,
s'occupa, dans le cercle de la Cour d'Alençon,
sous les yeux de Marguerite et de Mlle de Saint-
Pater, du recueil de ses *Comptes*, imités de l'italien, tandis qu'elle préparait elle-même, dans
un cadre analogue, le recueil de l'*Heptaméron*.
Le document cité par M. de La Ferrière-Percy
au sujet de l'hôpital d'Alençon, atteste qu'il

---

1. V. La Ferrière-Percy : ouvr. cité, *passim*, et le *Recueil des
œuvres* de Bonaventure des Periers.

2. Marguerite, dit M. de La Ferrière-Percy, l'avait pris en
affection : « Elle avait contribué à sa réforme; elle s'y était fait
bâtir un logement *et y venait souvent, attirée par l'amitié qu'elle
portait à la prieure, Marie de la Jaille, son ancienne dame d'honneur.* »

l

frayait avec les seigneurs et les hauts conseillers
du duché. Il y frayait évidemment aussi avec
les secrétaires de la reine et les écrivains qui s'y
trouvaient groupés à demeure ou pour quelque
temps : Charles de Sainte-Marthe, lieutenant criminel d'Alençon ; Guillaume du Maine, lecteur
ordinaire de Marguerite ; Guillaume le Rouillé,
Gouévrot, Thomas Cormier, Jehan de Frotté,
Clément Marot, Mellin de Saint-Gelais, Bonaventure des Periers, Antoine du Moulin, J. de la
Haye, Claude Gruget, Pierre Boaistuau, Nicolas
Denisot, Jacques Peletier du Mans, etc. « Les
salles du vieux palais des ducs... retentirent tour
à tour, disent MM. de La Sicotière et Poulet-
Malassis [1], des vers du gentil Marot, de Bonaventure des Periers, de Mellin de Saint-Gelais, de
Denisot d'Alsinois, de tant d'autres moins connus, et de la métaphysique subtile et alam-
biquée du *Miroir de l'âme pécheresse,* où Marguerite
est plus théologienne que femme et poëte. Puis
venaient les contes de Des Periers, de Le Maçon,
de Gruget, auxquels elle mélait les siens, plus
piquants que tous les autres, et dont elle em-
pruntait parfois le sujet à la chronique scan-

---

1. V. *le Département de l'Orne,* par MM. de La Sicotière et Poulet-
Malassis (Laigle, Beuzelin, 1845, in-folio). — V. encore sur la
Cour d'Alençon : *Mémoires de la société des antiquaires de Nor-
mandie,* par M. de La Sicotière (2ᵉ série, t. III), et Odolant
Desnos (*ouvr. cité,* t. II).

daleuse de l'Alençonnais; ou les graves dissertations de Nicolas Bourbon, un des meilleurs
poëtes latins et des plus savants hellénistes de son
temps, précepteur de sa fille, — de Guillaume
du Maine, son lecteur ordinaire, — de l'illustre
Charles de Sainte-Marthe, échappé aux flammes
de l'inquisition de Grenoble. Les littérateurs in-
digènes se mettaient aussi en frais de poésie ou
d'érudition en l'honneur de leur gracieuse sou-
veraine. Guillaume le Rouillé, dans les loisirs
que lui laissait la composition de ses savants
Commentaires sur les Coutumes du Maine et
de la Normandie et son *Recueil de l'antique
préexcellence de Gaule & des Gauloys*, célébrait
la venue de Marguerite dans sa bonne ville
d'Alençon :

> ... La ville en ioye fut efmuë,
> Honneftement chafcun fe mift auant
> Pour t'honnorer & aller au deuant.
> Lors oyoit on l'artillerie tonner,
> Cloches partout à carillon fonner.

« Ou bien il chantait les regrets des *rossignols
de son parc*, à l'heure lamentable du départ. Frotté,
son secrétaire, rimait aussi; Gouévrot, son mé-
decin et son conseiller, écrivait son *Summaire
très-fingulier de toute médecine & cirurgie*, le
premier ouvrage imprimé à Alençon; Thomas
Cormier, un autre de ses conseillers, d'importants
ouvrages d'histoire et de droit. » Ce tableau rend

bien le caractère de la Cour de Marguerite[1].

A ces noms il convient d'ajouter désormais en bon rang celui d'Antoine de Saint-Denis.

VI

Ici se place un dernier indice de ses rapports avec la reine de Navarre, indice tiré des ressemblances frappantes qu'offrent la disposition générale des *Comptes du monde adventureux* et de ceux de l'*Heptaméron*, le cadre du Prologue, et jusqu'à des phrases de Marguerite et d'Antoine de Saint-Denis.

Dans le Prologue de l'*Heptaméron*, Parlamente, en qui l'on s'accorde à reconnaître Marguerite elle-même [2], dit :

... Ie croy qu'il n'y a nulle de vous qui n'ait leu les *Cent Nouuelles* de Iean Bocace, nouuellement traduictes d'Italien en François, defquelles le Roy tres chreftien François, premier de ce nom, monfeigneur le Daulphin, ma dame la *Daulphine,* ma dame *Marguerite,* ont faict tant de cas que, fi Bocace, du lieu où il eftoit, les euft pu ouïr, il euft deu reffufciter à la loüenge de telles perfonnes. A l'heure *i'ouy* les deux dames deffus nommées

---

1. V. en outre H, de La Ferrière-Percy (ouvr. cité, *passim*) et mon *Étude* sur Marguerite d'Angoulême.

2. V. Le Roux de Lincy. Édit. de l'*Heptaméron,* t. I, p. cxxx iij, et p. 162, note.

auec plufieurs autres de la court, qui fe deliberoient *d'en faire autant, finon en vne chofe differente de Bocace, c'eft de n'efcrire nouuelle qui ne fuft veritable hiftoire.* Et premierement les dictes dames & monfeigneur le Daulphin auecques elles conclurent d'en faire chacun dix, & d'affembler iufques à dix perfonnes qu'ils penferoient plus dignes de racompter quelque chofe, *fauf ceux qui auroient eftudié & feroient gens de lettres, car monfeigneur le Daulphin ne vouloit que leur art y fuft meflé,* & auffi de peur que la beauté de la rethorique feift tort en quelque partie à la vérité de l'hiftoire. *Mais les grandes affaires depuis furuenuës au Roy, auffi la paix d'entre lui & le Roy d'Angleterre, & l'acouchement de ma dame la Daulphine, & plufieurs autres chofes dignes d'empefcher toute la court, a faict mettre en oubli du tout cefte entreprife,* qui pour noftre long loifir, pourra eftre mife à fin...

Les indications de ce passage permettent de fixer, par un calcul d'approximation, le point de départ de l'œuvre, et nous apprennent, avec le nom de ceux qui en conçurent le dessein, outre la reine de Navarre, l'étendue et le caractère de ce dessein, ainsi que les causes d'abandon de l'entreprise, accomplie ensuite sous les seuls auspices de la reine Marguerite.

La traduction du *Décaméron,* dont il est ici question, est celle d'Antoine Le Maçon. Le Dauphin et la Dauphine sont Henri, qui régna sous le nom de Henri II, et sa femme Catherine de Médicis. « *Ma dame Marguerite* » est, non pas Marguerite d'Angoulême, quoiqu'elle fût souvent

ainsi désignée, mais sa nièce Marguerite de
France. En effet, on ne doit pas oublier que ces
propos sont mis dans la propre bouche de la reine
de Navarre, sous le nom de Parlamente ; chacun
le savait, et elle n'eût pas observé les bienséances
du langage en se comprenant dans la phrase d'é-
loge où elle déclare que Boccace « s'il les euft
pu ouïr, euft deu reffufciter *à la louënge de telles
perfonnes* ». Bien plutôt se dérobe-t-elle sous l'anonyme de ce tour général : « avec *plufieurs autres de
la court* », les propos de Parlamente la mettant suffisamment en scène, puisqu'elle y prend l'initiative de ce nouveau *Décaméron*, ajoutant : « Et fi
Dieu faiĉt que noftre labeur foit trouué digne
des yeux des feigneurs & dames deffus nommées, *nous leur en ferons prefent au retour de ce
voyage...* » Cela revient à exprimer, sous forme
de badinage et de fiction, le désir véritable d'exé-
cuter à la Cour de Navarre le projet ébauché à la
Cour de France, et d'offrir au roi, à sa fille, au
Dauphin et à la Dauphine cent nouvelles de la
façon de *Marguerite-Parlamente*. On remarquera
que, si la rédaction de l'*Heptaméron* fut poursuivie
après 1547 (comme il ressort de quelques circonstances des derniers récits), le Prologue fut écrit
de prime abord avant la mort de François Ier,
car Parlamente se propose d'offrir aux personnes
« deffus nommées », sans formuler d'exception,
l'hommage de ce recueil de contes. Quant à la
« dame Marguerite » du Prologue, le témoignage

de Brantôme (fort au courant, par sa mère et sa grand'mère [1], des affaires de la reine de Navarre) confirme l'opinion que j'ai émise :

J'ay ouy dire que *la Reyne-mere & madame de Sauoye eſtant ieunes,* ſe voulurent meſler d'eſcrire des nouuelles à part, à l'imitation de la Reyne de Nauarre. Mais quand elles eurent veu les ſiennes, elles eurent ſi grand deſpit des leurs, qui n'approchoient nullement des aultres, qu'elles les ietterent dans le feu & ne les voulurent mettre en lumiere [2].

La *reine-mère* — au moment où Brantôme écrit — est Catherine de Médicis, Dauphine sous François Ier ; et *madame de Savoie* est Marguerite, fille de ce prince, qui portait alors le nom de *Madame Marguerite* [3]. La seule différence entre ce témoignage et celui de la reine de Navarre dans le *Prologue* de ses contes, c'est que, selon Parlamente, le projet des deux dames, du roi et du dauphin, ne fut ajourné, puis laissé de côté, que par l'effet des circonstances ; tandis que, selon Brantôme, Catherine et la fille du roi y renoncèrent par conscience de leur infériorité. Les deux explications peuvent très-bien concorder. Brantôme dit :

---

1. Sa mère Anne de Vivonne et sa grand'mère Louise de Daillon, sénéchale de Poitou.

2. V. *Dames illustres* : Marguerite, reyne de Navarre.

3. La reine de Navarre la désigne ainsi dans ses lettres (v. le Recueil de Génin, t. I, *passim.*), de même que Des Periers dans le *Recueil des œuvres.*

« Elle compofa toutes ces nouuelles, *la plupart dans
fa liâiere,* en allant par pays, car elle auoit de plus
graves occupations eftant retirée. *Je l'ay ouy ainfi conter à ma grand'mère, qui alloit toufiours auecques elle
dans fa liâiere comme fa dame d'honneur, & luy tenoit
l'efcritoire dont elle efcripuoit,* & les mettoit par efcrit
auffy habilement ou plus que fi on luy euft diâé[1].

Ces particularités et quelques autres m'aideront,
avec les dates certaines, à établir, en y adjoi-
gnant comme élément de comparaison et comme
point de repère la publication du livre de Le
Maçon, les situations respectives de Marguerite
d'Angoulème, de Bonaventure des Periers et
d'Antoine de Saint-Denis, au sujet de la composition de l'*Heptaméron,* des *Joyeux Devis* et des
Comptes du monde adventureux.

Ces quatre œuvres de même famille, qui parurent de l'année 1545 à l'année 1558 (la traduction
du *Décaméron* de Boccace, en 1545 ; les *Comptes
du monde adventureux,* , en 1555 ; les *Joyeux Devis* et l'*Heptaméron,* en 1558), se seraient succédé
par ordre d'exécution entre 1538 et 1549, savoir :
de 1538 à 1545, la traduction du *Décaméron,* les
Comptes du monde adventureux et les *Joyeux Devis;*
de 1546 à 1549 l'*Heptaméron des Nouvelles* de la
reine de Navarre.

Il y faudrait voir quatre essais, de commune origine, représentant chacun en quelque sorte un

---

1, V, *ibid.*

degré d'acclimatation et de transformation du
conte en France et dans notre langue, depuis la
translation pure du texte de Boccace jusqu'aux
récits originaux de Bonaventure et de la reine
Marguerite, en passant par les *Comptes du monde
adventureux,* d'étoffe mi-partie française et italienne, — tirée du *Novelliero* et de nos *fabliaux* —
où presque tout est de fantaisie, mais d'une fantaisie d'emprunt, et où l'individualité de l'auteur
s'est concentrée dans les réflexions de morale satirique. Une part du travail de préparation de ce
recueil, qui a devancé le travail de rédaction de
l'*Heptaméron* et, vraisemblablement, des *Joyeux
Devis,* peut remonter au delà de 1537, aux
années vécues par Marguerite d'Angoulême, jusque vers 1533, dans sa bonne ville ducale d'Alençon; quoique la composition et la rédaction en
soient bien certainement postérieures.

En 1521 avait paru une réimpression gothique[1]
de la traduction de Boccace par *Laurens de Premierfait,* qui fut rééditée en 1534, 1537 et 1540[2].
Marguerite, bien qu'ayant la ressource de lire
Boccace dans la langue de l'original dont elle
savait « plus que son pain quotidien [3] » eût désiré
le retrouver dans une version meilleure, qu'elle

---

1. Paris, veuve Michel Le Noir, petit in-folio.
2. V. ci-dessus, p. xxvi.
3. V. un passage de Brantôme dans les *Rodomontades espagnoles*
(V. édit. de 1740, t. XII, p. 117), appliquant cette assertion,

suscita plus tard. Dès lors elle devait rêver une imitation de ces contes qui fît honneur au génie des écrivains de notre pays, révélé dans ce genre par les *Cent Nouvelles nouvelles* de la Cour de Bourgogne. Les plaisants récits d'outre-monts lui étaient familiers de longue date et la piquaient d'émulation. Dans la bibliothèque de son père, le comte Charles d'Angoulême, au château de Cognac, elle avait rencontré, — entre les livres de sainteté ou de philosophie tels que l'*Imitation de Jésus-Christ* et la *Légende dorée*, Aristote et Boëce, — auprès de la *Divine Comédie* de Dante et des fabuleux romans de la Table ronde, les *Facéties* de Pogge [1]. On eût dit qu'elle avait tiré de là sa mysticité, sa poésie et ses *gayetés*, comme parle Brantôme, avec un rayon de la grâce délicate de son aïeul Charles d'Orléans, cette *Marguerite des princesses* qui va en se jouant, et retenant souvent une larme, des vifs élans, des tendres cris, des rimes subtiles de ses poëmes profanes et de ses *Chansons spirituelles*, aux francs devis de l'*Heptaméron*.

Par une coïncidence curieuse, les *Comptes du monde adventureux* (où les aventures du XVIᵉ siècle

---

non à des *pratiques galantes* comme l'avait compris F. Génin, mais aux *termes* italiens et espagnols.

1. V. Le Roux de Lincy (ouvr. cité, Appendice I : *Inventaire des biens meubles du comte d'Angoulême au château de Cognac en 1496*).

dont on peut assigner la date se passent vers les
années 1526, 1535, 1545 et 1547¹) débutent par
une histoire qui se rattache comme la première de
l'*Heptaméron*, au temps où Marguerite d'Angoulême était duchesse d'Alençon : « Au temps du
magnifique roi de Hongrie... etc. » disent les
Comptes. « En la ville d'Alençon, du viuant du duc
Charles, dernier duc, » dit l'*Heptaméron*. Or le roi
de Hongrie régnant avant les incursions vic-
torieuses des Turcs est Louis II, qui périt en
1526 à la bataille de Mohacz, et, quant au duc d'A-
lençon, on sait qu'il mourut en 1525, peu après
la bataille de Pavie ².

M. Leroux de Lincy, en cherchant les vrais
noms des personnages du Prologue de l'*Heptaméron*, s'est avisé que le nom de la vieille dame Oisile
ou *Osyle*, anagramme de *Loyse*, cachait celui de
Louise de Savoie, comme celui de *Parlamente* le
nom de Marguerite en personne. J'ai lieu de croire,
d'après des indices qui seront ailleurs l'objet d'une
étude spéciale, que Louise de Savoie (si c'est bien

---

1. *Compte XVIII* : « Au temps du comte Francifque Sforce. »
Compte XLIII : « Après la mort de Francifque Sforce, dernier
duc de Milan, » décédé en 1535. — *Compte XL :* « En la ville de
Trente... » (Le concile de Trente fut inauguré en 1545.) — *Compte
XLVII :* « Es marches du pays d'Angleterre, au temps du Roy
Henry dernier decedé. » (La mort de Henri VIII arriva en 1547.)

2. La II⁰ Nouvelle de l'*Heptameron* nous reporte à l'époque des
couches de la reine de Navarre pour son fils Jean, né et mort
en 1530.

elle [1]) morte en 1530, longtemps avant la rédaction définitive du recueil des contes et du Prologue de Marguerite, ne serait pas le seul personnage, vivant ou défunt, que la reine de Navarre aurait emprunté, par un artifice bizarre et touchant, aux plus chères années de sa jeunesse. Dans ce cercle, jadis réel, maintenant imaginaire, ses plus intimes compagnons de plaisirs, de sentiments, de pensées, ressuscitaient et l'escortaient. Autour de sa *noire litière* ils l'avaient suivie par toute la France ; elle les avait ramenés des palais de Paris, d'Alençon, de Saint-Germain, de Fontainebleau, de Blois et d'Amboise, et leur offrait, au pays de Béarn, sa dernière hospitalité

---

1. Il y avait à la Cour de Marguerite une autre *Loyse*, Louise de Daillon, sénéchale de Poitou, compagne habituelle de litière de la reine de Navarre, grand'mère de Brantôme et mère d'Anne de Vivonne (une des *devisantes* de l'*Heptaméron*, dont elle savait plus d'un secret, au dire de Brantôme). — La maison de Bourdeille était du Périgord ; la famille du Lude (celle de Louise de Daillon) du Poitou, et celle de Vivonne, de la Guyenne : elles étaient donc proches voisines. Or, dans l'entretien qui sépare la XXIIe Nouvelle de l'*Heptaméron* de la XXIIIe, madame Oisile dit : « Vous m'auez remis en memoire vne piteufe hiftoire que feray contrainĉte de dire, *pour ce que ie fuis voifine du païs où de mon temps elle eft aduenuë.* » Et elle commence ainsi : « *Au pays de Perigord y auoit vn gentilhomme...* » Sans doute Louise de Savoie, comme comtesse d'Angoulême, s'était aussi, jadis, trouvée du voisinage ; mais ce propos ne convient-il pas mieux encore à une personne appartenant vraiment au pays, à Louise de Daillon, qu'à une princesse d'origine étrangère ? — En tout cas ce détail, qui mérite réflexion, ne change rien au point de vue d'ensemble.

« dedans ce beau pré le long de la riuiere du
Gave, où les arbres font ſi feuilluz que le ſoleil
ne ſçauroit perſer l'ombre ni eſchauffer la fres-
cheur ». Et si elle ne paracheva pas la *centaine* de
contes entreprise avec eux, c'est qu'elle partit
prématurément avec les fantômes évoqués ; c'est
que ce *Décaméron* en projet, tant de fois interrompu
déjà, le fut pour toujours par le *Tombeau* de la
reine de Navarre, nous laissant, comme sa vie,
l'idée et l'image d'une belle chose contrariée par
maintes traverses et n'ayant pas atteint sa pleine
destinée.

Est-il bien sûr, néanmoins, que nous soyons
là en présence d'un simple procédé littéraire, d'une
ingénieuse fantaisie d'auteur réunissant dans
un cadre unique les souvenirs épars de maintes
affections et amitiés lointaines ? Est-il bien sûr
que la série de ces contes n'ait pas été *commencée*
vingt ans plus tôt, pour être fréquemment laissée
et reprise, jusqu'au jour où l'ordonnance et
le style en furent arrêtés d'une manière complète ?
Rien de plus conforme au train d'esprit et d'existence de Marguerite. Elle n'aurait donc fait que
maintenir, en perfectionnant et en achevant l'œuvre si longtemps en suspens, l'indication des
premiers *devisants* et *devisantes* qui lui avaient
fourni des sujets de nouvelles. On conçoit qu'elle
ait aussi, entre temps, pendant qu'elle amassait
de toutes mains des matériaux, entravée par mille
besognes diverses de politique ou de famille,

excité la verve de quelque serviteur et confident
choisi, en lui signalant pour modèles les beaux
contes d'Italie.

Je regarde les *Comptes du monde adventureux*
comme le résultat d'une pareille invitation, et
Antoine de Saint-Denis (qu'on me pardonne ce
mot un peu gros pour la chose) comme le pré-
curseur immédiat de la reine de Navarre dans la
carrière. Voici, en effet, comment s'établit l'ordre chronologique des quatre œuvres qui sont
ici en jeu, en raison de leur groupement naturel :

Dans le passage du Prologue de l'*Heptaméron*,
cité plus haut, aussitôt après la mention de la
nouvelle traduction des contes de Boccace, Parlamente nous montre François Iᵉʳ, le Dauphin et
la Dauphine, la princesse Marguerite et autres
dames de la Cour, esquissant le projet d'un *Décaméron* de leur crû. Le Dauphin et la Dauphine
étant Henri et Catherine, et Henri n'étant devenu
Dauphin que par la mort de son frère François,
le 10 août 1536, l'époque où fut conçu ce dessein est évidemment postérieure. On pourrait
même croire, le privilége de la traduction d'Antoine Le Maçon datant du 2 novembre 1544, qu'il
faut redescendre jusqu'après cet enregistrement,
si l'on ne savait, par l'exemple des *Contes de la reine
de Navarre*, combien, en ce temps-là, les œuvres
manuscrites couraient le monde avant l'impression ; or le livre de Le Maçon était certainement

connu, en copie inédite, et des personnes que Marguerite met en scène, et d'elle-même, instigatrice
de ce travail. Nous voilà donc ramenés entre le
10 août 1536 et le 2 novembre 1544. D'autre
part, il faut placer entre 1542 (comme il ressort
de ce qui suit) et la fin de 1546 l'intervalle dans
lequel sont contenus « les *grandes affaires fur-
venuës au Roy*, auffi la *paix d'entre luy & le Roy
d'Anglétérre & l'acouchement de ma dame la
Dauphine, & plufieurs autres chofes dignes d'empefcher toute la Court.* »

L'époque où nous reporte le Prologue de
l'*Heptaméron* était assurément une période de
calme relatif, puisque Parlamente insiste sur les
diverses causes de trouble *depuis survenuës,* qui
firent oublier ou négliger ce doux projet de collaboration romanesque et princière caressé, à
quelque heure de répit, dans un de ces châteaux
de plaisance où François Ier aimait à se délasser
des soucis de la politique et de la guerre, aux rives
favorites de la Seine ou de la Loire. La fin de
1536, l'année 1537 et la moitié de l'année 1538
appartiennent à une époque de guerres en Pro-
vence, puis en Picardie, en Savoie et en Piémont,
arrêtées par la trêve de Nice et l'entrevue
d'Aigues-Mortes (juin-juillet 1538). En outre,
la Cour de France y est désolée successi-
vement par la mort de Madelaine, fille de
François Ier, reine d'Écosse (7 juillet 1537), par
les maladies du roi de Navarre, de la reine

Éléonore, de la Dauphine, de Marguerite de France et de Jeanne d'Albret (juin, septembre et décembre 1537[1]).

La fin de 1538 et les années 1539, 1540, 1541, forment, au contraire, une véritable époque de trêve. Les embarras du roi, si nettement indiqués par la reine de Navarre, ne recommencent que vers l'été de 1542, par la guerre avec l'Empereur, et par la coalition de Charles-Quint et de Henri VIII contre la France (1543), pour se terminer du côté de l'Empire par la paix de Crespy (18 septembre 1544) et du côté de l'Angleterre, par le traité d'Ardres ou de Guines (7 juin 1546[2]).

La défection (septembre 1543), du duc de Clèves, premier mari de Jeanne d'Albret[3], l'accouchement de Catherine de Médicis (3 janvier 1544), l'invasion du nord de la France (mai-août 1544), la guerre de Piémont illustrée par la victoire de Cerisoles (15 avril 1544), la mort du troisième fils de François Ier, le duc d'Orléans, enlevé par la peste (8 septembre 1545), sont de cette période qui voit la fin attristée de Marot dans son exil de Genève et de Turin (1543-1544), la fin violente de Bonaventure des Periers, vers

---

1. V. les *Lettres* de Marguerite d'Angoulême. *Ouvr. cité.*

2. La situation du camp où il fut conclu, entre Guines et Ardres, motive ces deux appellations.

3. La célébration du mariage (non suivie d'effet) avait eu lieu le 15 juillet 1540.

le printemps ou l'été de 1544; les massacres de Cabrières et deMérindol (1545), les emprisonnements et le supplice d'Estienne Dolet (1543-1546).

C'est donc, forcément, au cours des années 1538-1542 que Marguerite aurait *commandé* à Antoine Le Maçon (récemment revenu d'Italie, où il avait séjourné « un an entier », peut-être avec Clément Marot), d'écrire sa version de Boccace, et que Le Maçon se serait appliqué à cette besogne, tandis que Des Periers, dont les œuvres posthumes ont un privilége du 31 août 1544, travaillait au recueil des *Joyeux Devis*, et que l'auteur des *Comptes du monde adventureux* poursuivait sa tâche, entreprise avant celle de Bonaventure, sinon avant l'œuvre de Le Maçon. Des Periers n'aurait guère pu s'occuper de la composition de son livre de contes avant 1539, bien qu'il ait pu les saisir un à un, à la rencontre et au jour le jour, pour les garder par devers lui, en attendant l'occasion de les produire. La *Bible* d'Olivetan et les *Commentarii linguæ latinæ* de Dolet, travaux de longue haleine auxquels il collabora pour une large part, avaient de quoi l'absorber jusqu'en 1535. En 1536, il paraît avoir fait un séjour assidu et actif auprès de la reine de Navarre. En 1537, indépendamment du service de secrétaire et de copiste qui lui incombait et qui avait d'assez dures exigences, il préparait le *Cymbalum mundi,* publié deux fois, au début et dans le cours de 1538, et qui

n

appela sur sa tête la persécution de la Sorbonne.
Obligé de quitter brusquement la Cour de Marguerite et de gagner Lyon, asile plus sûr pour
lui que Paris, il y vivait encore soutenu en secret
par elle et plein d'espérance, en 1539, comme le
prouve la jolie pièce de vers du *Voyage à Nostre
Dame de l'Isle (Barbe)*, sur la Saône, au-dessus de
Lyon. On ne sait rien de l'année 1540 qui, sans
doute, fut aussi tranquille pour lui. Mais en 1541
il végète, délaissé, oublié, oublié du moins sur
l'état des appointements de la Maison de Marguerite. En octobre, Marguerite, de passage par Lyon,
reçut la plainte du pauvre Bonaventure, et y fit
droit. Le *mandement* du 31 octobre 1541 n'indi-
quant pas de rappel ni d'omission pour ses gages
de 1540, c'est aux années 1541, 1542, 1543 qu'il
faut exclusivement rapporter les cris de détresse
de Bonaventure, vers la fin de sa vie. Ce fut
alors que, par une étrange ironie du sort, certainement dans ses pires moments de souci et
d'angoisse (1541-1543), il travailla aux *Joyeux
Devis*. De tels contrastes ne sont pas rares entre
la vie et les œuvres des grands rieurs : on se
souvient de Cervantes, concevant et entreprenant
Don Quichotte dans sa prison d'Argamasilla. Il
suffit, pour n'avoir pas de doutes sur ce point,
de relire les deux sonnets, liminaire et post-limi-
naire, des *Joyeux Devis*, où le poëte dit :

Ie me fuis bien contrainct pour les efcrire;

Et :

> l'ay ieune & vieux pefle mefle entaffez ;
> Hay au meilleur & me laiffez le pire ;
> Mais reiectez chagrin qui vous empire
> . . . .
> Affez, affez les fiecles malheureux
> Apporteront de trifteffe entour eux.

C'est donc bien après les rudes et absorbants
travaux d'érudition de 1534-1537, et après les
lueurs de fortune de 1536-1540, que Des Periers
donna ses soins aux *Joyeux Devis*, peut-être sur
un mot de Marguerite, en 1541, et dans l'espoir
de conjurer la mauvaise fortune par cette œuvre
d'un autre genre.

Les mots de sa première nouvelle, servant
d'introduction, s'appliquent à merveille, non
aux traductions de Boccace, qui étaient nécessaires, mais aux *Comptes du monde adventureux*,
tirés en partie de Massuccio, Sabadino [1] et autres
Italiens.

> Et puis *ie ne fuis point allé chercher mes Comptes à
> Conftantinople, à Florence, ny à Venife, ne fi loing que
> cela...* N'ay ie pas mieux faict d'en prendre les inftruments
> que nous auons à noftre porte, que non pas les aller em-
> prunter fi loing? Les nouuelles qui viennent de fi loing-
> tain pays, auant qu'elles foyent rendues fur le lieu, ou

---

1. Sabadino ou Sabbadino degli Arienti, auteur des « Settanta
novelle, dette le *Porretane* » (Venise, 1484, in-folio), dont l'édition princeps, en latin, est de 1483 (Bologne).

elles s'empirent, comme le fafran, ou s'encheriffent comme les draps de foye, ou il s'en pert la moitié comme d'efpiceries, ou fe buffetent comme les vins, *ou font falfifiées comme les pierreries , ou font adulterées comme tout.* »

De même, le Prologue de *l'Heptaméron* montrant l'intention (vers 1542-1543) d'écarter les gens de lettres, semblerait vouloir dire que les *devisants* de la Cour se proposaient, non de faire, comme un Antoine de Saint-Denis, des contes empruntés d'Italie et de pure fantaisie, au moins en majeure partie, mais, dans un cadre pareil à celui de Boccace, des histoires de la vie réelle. Les *Joyeux Devis* auraient donc suivi, sans les imiter, les *Comptes du monde adventureux*, en tentant une œuvre plus française et plus originale.

Dans cette voie, Antoine de Saint-Denis aurait, en regard de Boccace, que Le Maçon vulgarisait, et sans oser lutter directement avec lui, pris le sentier de côté de Massuccio, dans un *Prologue* où se risque un pâle reflet de Boccace, et suivi timidement, pour le reste, la trace de Massuccio, tout en l'allégeant de son superflu de dissertations, mais en s'abstenant d'aller au delà des réflexions individuelles et isolées de l'auteur. Bonaventure, écartant de propos délibéré ce bagage, aurait abordé hardiment, à la moderne, le conte simple et net. Marguerite, enfin, ne trouvant suffisants pour l'idéal qu'elle pourchassait ni les *Comptes* ni les *Joyeux Devis,* toujours

séduite et hantée par le souvenir de Boccace,
bien que voulant, comme Bonaventure, laisser là
les contes de Venise et de Florence, aurait fondu
les deux tentatives en une seule, ou plutôt elle y
aurait substitué la sienne en mariant les deux sys-
tèmes, revenant du cadre incomplet de Massuccio et des contes sans lien de Bonaventure au
cadre harmonique du maître florentin, prenant
de Boccace la forme du Prologue et des conversations qui accompagnent chaque nouvelle, et,
quant au surplus, d'après le programme tracé
par elle-même et adopté par Des Periers, recher-
.chant l'anecdote réelle, contemporaine, récente.

La succession ainsi établie, outre qu'elle s'accorde
pleinement avec les paroles, citées plus haut, de
Bonaventure des Periers, et avec la série des
dates et des faits de l'époque, trouve encore, pour
les *Comptes du monde adventureux* et l'*Heptaméron*,
sa confirmation dans les ressemblances que je vais
signaler entre ces deux œuvres si inégales par
leur valeur comme par leur destinée.

VII

Les *Comptes du monde adventureux* et l'*Heptaméron* se rapprochent naturellement par la
donnée principale de leurs Prologues : ce que l'un
esquisse, l'autre l'achève.

L'auteur des *Comptes* expose que « faifant vn
voyage au païs de Prouence & trauerfant par
le Daulphiné pour gaigner la Sauoye » il rencontra une troupe de « Gentilz-hommes & Damoyfelles fuyuantz d'affez près vne littière » ; qu'un
page demeuré en arrière le renseigna sur le nom
de son maître, « conducteur de la trouppe; »
qu'il rejoignit bientôt celui-ci, de figure et d'ac-
cueil si aimables, que l'*iniure du temps contraire*
au voyage ne fut rien pour notre voyageur « au
regard d'vne fi fauorable rencontre » ; que dans
la litière était la femme de ce seigneur, « vne
ieune Damoyfelle » de la plus rare beauté, mais à.
laquelle les gentilshommes durent prêter aide pour
descendre, la portant de là dans une chambre de
l'hôtellerie où l'on s'arrêta, car elle avait les jambes
« fort foybles & douloureufes ». Le voyageur,
ému de ce spectacle, et « emprainct iufques au vif »
d'un sentiment de sympathie plus tendre que la
pitié ordinaire, reste songeur, après le baiser de
courtoisie, en contemplation devant « la Damoyfelle qui commença plufieurs propos au Gentilhomme en atendant aprefter le difner, durant
lequel tant de difcours furent deduicts principalement du folaftre amour, qu'on laiffa efcouler
toute cuyfante melancholie ». Vite on se remet
en route de compagnie :

Or pource que le lieu où nous allions coucher eftoit
loing, on fit diligence de preparer les cheuaux & la

littiere, où l'on porta la Damoyſelle, chacun montant
à cheual. Le gentilhomme qui me monſtroit ſigne d'vne
bien grande amytié, ne voulut partir ſans moy & tout au
long du chemin, fuyuant ſa vertueuſe couſtume s'efforçoit
à me faire cognoiſtre le plaiſir qu'il auoit de me commu-
niquer ſes plus priuez affaires iuſques à diſcourir par le
menu la ſeule occaſion de ſon voyage.

Il lui apprend comment, après deux ans entiers
d'une poursuite infructueuse et de cruelles traverses, souffertes pour l'amour de la *Damoyselle*
qui « contre l'opinion de toûs les ſiens l'auoit
voulu pour mary », il l'a heureusement épousée ;
puis comment elle a été atteinte d'une maladie
procédant de « l'ardeur & vehemence d'amour ».
C'est pourquoi, désireux de « monſtrer le deuoir
d'amy & de mary » il mène « *ceſte gentille Damoyſelle aux baings,* pour *en la vertu d'iceux* faire
rendre à l'amour la chaleur qu'il auoit empruntée
de ſes membres pour renforcer vn pauure cueur
paſſionné. » La *Damoyſelle* voyant que les deux
causeurs se tiennent loin d'elle, les appelle, afin
« de *pouuoir iouyr en partie des plaiſans propos* »
qu'ils échangent. Lorsqu'elle en sait le sujet, elle
les invite à deviser de choses qui les touchent de
moins près et elle leur donne l'exemple :

Pour doncques rompre noſtre premier deſſein ſoudaine-
ment *commença le diſcours d'vn compte fort plaiſant,
enrichy de ſi amoureuſes rencontres que ie m'eſtimé quaſi
malheureux d'eſtre ſi toſt arriué au logis, auquel deuions*

*coucher pource qu'ayant fini fes propos fut portée en fa
chambre où le fouper eftant deligemment couuert,* ie
n'euz autre bien finon qu'vn fouuenir de ma premiere
bleffure qui ne pouuoit encore prendre parfaiƈe guarifon :
car nature qui difperfe fes beautez en diuers fubjeƈts
fembloit en cefte perfonne les auoir voulu toutes affembler,
tellement que tant plus y cherchois plus y trouuois de
perfeƈtion : *Or à l'iffue du fouper comme celle qui tout
fon plaifir prenoit à deuifer fceut fi fagement reprendre le
compte qu'elle auoit commencé qu'à l'acheuer demeu-
rafmes tous muetz, & comme rauis,* fans aufer entreprendre de parler apres : mais nous contemplant ainfi
efperdus geƈte fon fort fur moy de telle grace que *vaincu
d'vne infinité d'honneftes prieres pour n'entrer en opinion
mauuaife de cefte troupe m'efforcé à defduire vne hiftoire trefueritable de deux paffionnez amants, au difcours de laquelle me prefta fi doulcement l'oreille qu'au
bout de la courfe ne peuz facilement efchaper, fans
recommancer nouueaux propos, n'euft efté l'heure du
coucher & la traiƈte grande qu'il falloit faire le lendemain, qui pour ce coup fuplierent à ma peine.* Mais
d'autant qu'elle monftroit prendre tout fon contentement à difcourir, auffy que mon chemin, le feiour, & retour s'adreffoit en mefme endroit, *tout le long du voyage
me fut impoffible d'auoir repos fans demeurer chargé
par fon commandement de tant de difcours qu'atendu
le petit moyen que i'auois d'y fatisfaire me fuis cent
fois eftonné comment elle y prenoit fi grand plaifir
finon d'aultant que fa nature eftoit tant benigne & facile à contenter qu'vn plus grand bien n'euffe peu receuoir
qu'en luy faifant affeƈtueux feruice.* Vous affeurant mes
Dames durant que mon heur m'a retenu auec eux *par le
Gentilhomme, la Damoyfelle & autres de la compagnie*

fut raconté vne infinité d'hiſtoires ſi memorables, veu le bon & fauorable traictement qui m'a eſté faict en ceſte troupe, les rencontres & aduentures du petit archer qui y ont eſté par differents effetz ſpecifiées, *i'ay penſé eſtre entaché d'ingratitude d'vn ſi grand bien receu ſi ne conſacrois à voʒ eſpritʒ le meilleur qui ſoit en ma memoire.*

On se rappelle trop bien le Prologue de l'*Heptaméron* pour que je l'analyse ici en détail. Mais on sera frappé de l'analogie du début. Là il est question de personnes qui se rencontrent aux Pyrénées, venant de France et d'Espagne aux bains de Cauterets, comme dans les *Comptes du monde adventureux,* il est question de personnes se rendant de France en Savoie, pour expérimenter aussi la vertu des bains. Comme dans l'*Heptaméron,* les voyageurs du Prologue font connaissance, et pour se distraire, au cours du voyage, conviennent de se conter des histoires. Comme dans l'*Heptaméron,* ces histoires sont des histoires d'amour qui serviront d'honnête délassement. Ainsi parle Hircan, l'un des *devisants,* en réponse aux propos un peu austères de dame Oisile :

... Si nous ſommes en noz maiſons, nous auons la chaſſe & la vollerie qui nous faict paſſer & oublier mille folles penſées, *& les dames ont leur meſnage & ouurages* & quelquefois les dances, où elles prennent honneſte exercice; qui me faict dire (parlant pour la part des hommes) que vous, qui eſtes la plus ancienne, nous liſiez au matin la vie que tenoit noſtre Seigneur Jeſus-Chriſt & les grandes & admirables œuures qu'il a faictes pour

o

nous. Puis après difner, iufques à vefpres, *fault choifir quelque paffe temps qui ne foit pas dommageable à l'ame* & foit plaifant au corps, & ainfi pafferons la iournée ioyeufement.

Et Simontault, un de ses compagnons, prélude en ces termes au récit de la première nouvelle :

Mes Dames, i'ay efté fi mal recompenfé de mes longs feruices, que, pour me venger d'Amour & de celle qui m'eft fi cruelle, *ie mettray peine de faire vn recueil de tous les mauuais tours que les femmes ont faiɔ̃ aux pauures hommes,* & fi ne diray que pure verité.

Plus gravement le Prologue en forme d'*Epiftre* des *Comptes du monde adventureux* moralise sur le même thème : « Je vous offre ces contes, dit l'auteur aux « Dames de France », comme objet de distraction et d'édification,

Afin qu'eftans quelquefois *hors du foing qu'engendre le mefnage* & en repos d'autres paffions donnant fouuent melancholie, *à faute d'vn plaifir plus profitable* vous ayez parfaite cognoiffence qu'aporte le vice vne fois enraciné en la partie des Dames *qui doit eftre la mieux gardée,* d'auantage *qui fait entre les fages reluyre vne vertu fi grande,* laquelle ne peult iamais eftre effacée, leur rendant le nom d'immortalité. »

Ce ton prêcheur, l'auteur des *Comptes* le gardera dans le sommaire et l'épilogue de toutes ses histoires, sans relever l'aridité de la morale, tirée tant bien que mal des contes les plus saugrenus, par ces traits de malice enjouée et de badinage

dont Marguerite use, dans les entretiens de ses
devisants, après et avant chaque récit.

Au lieu du Prologue ample et superbe du *Décaméron* de Boccace, du Prologue général, si mou-
vementé, des *Contes de Canterbury* de Chaucer,
et du Prologue ingénieux, quoique moins riche,
de l'*Heptaméron,* les *Comptes du monde adventureux*
n'ont qu'un Préambule réduit, sans éclat ni développement, où les interlocuteurs ne sortent pas
de l'ombre. Au lieu d'être reliés ensemble par des
causeries souples et variées, comme celles des
œuvres que je viens de citer, ils sont invariable-
ment flanqués d'un sommaire et d'un épilogue
formant double moralité, comme dans le *Novellino* de Massuccio.

Toutefois il n'en est pas moins vrai que si l'imi-
tateur français suit en cela Massuccio plutôt que
Boccace et Chaucer[1], dont s'inspire mieux la reine
de Navarre, il est le seul conteur qui, avec celle-
ci, ait alors pris quelque chose du cadre de ces
maîtres ; le seul dont le récit d'introduction soit
comme l'ébauche et le projet du récit d'introduction de l'*Heptaméron ;* le seul qui emploie cette formule consacrée, pour clore la fable et annoncer
les réflexions qu'elle provoque : « *Mes Dames,
contemplez icy* l'intolérable ardeur de l'amour... »

---

1. On parle ici du cadre, car, pour les tendances, l'auteur des
Comptes du monde adventureux, ennemi acharné des moines, est
de la lignée du wicléfiste Chaucer.

— « *Vous voyez, mes Dames,* la gloire de telz fotz. » — « *Voyla comment (mes Dames)* l'homme doit hayr le vice du larrecin » — « *Je vous fuplie, mes Dames* de contempler icy l'invention fine de ces deux compagnons. » — « *Il me femble, mes Dames,* que fi le chartier... » etc., — formule reproduite par la reine de Navarre en ses épilogues : « *Ie vous fuplie, mes Dames, regardez* quel mal il vient pour vne mefchante femme » (Nouvelle I). — *Voyla, mes Dames, vne hiftoire veritable,* qui doibt bien augmenter le cueur *à garder cefte belle vertu de chafteté*[1] » (Nouvelle II). — « *Par cecy voyez-vous, mes Dames...* » (Nouvelle VII). — « *Il me femble, mes Dames,* que fi tous ceulx qui ont faict de pareilles offences » (Nouv. VIII), etc.

Tantôt c'est un détail ou un tour de phrase qui se répète comme dans le passage du Prologue des *Comptes* où le narrateur dit de la dame : « Mais nous contemplant ainfi efperdus *gecte fon fort fur moy...* » et dans ce passage du Prologue de l'*Heptaméron :* « Parlamente voyant que *le fort du ieu eftoit tombé fur elle...* » Tantôt c'est une pensée adoptée ou retournée par Marguerite. Dans l'*Epistre* préliminaire des *Comptes :* la « Damoyfelle » réplique au gentilhomme, son mari, qui vient de faire le récit de leurs mésa-

---

1. V. plus haut la réflexion pareille du Prologue des *Comptes du monde adventureux.*

ventures : « *Les chofes paffées, qui en renouuellant peuuent apporter une fouuenance des defplaifirs qu'on a fouffertʒ, le meilleur me femble de les taire.* » On a ici le contre-pied de la fameuse pensée de Dante. Marguerite, inversement, avec Dante, s'écrie, dans un rondeau qui date, comme l'*Heptaméron*, de ses dernières années [1] :

. *Douleur n'y a qu'au temps de la mifere*
Se recorder de l'heureux & profpere,
Comme autrefois en Dante i'ay trouué,
Mais le fçay mieulx pour auoir efprouué
Felicité & infortune auftere.

On lit dans les *Comptes du monde adventureux* (Compte I) :

Mᴇꜱ ᴅᴀᴍᴇꜱ contemplez icy *l'intolerable ardeur de l'Amour qui tellement enflambe le cueur des plus grandʒ* que fouuent *il leur fait perdre fens, & la conduicte principalle de l'honneur,* lequel tant plus eft la perfonne grande & d'opulente maifon, plus doit regarder à ne faire chofe qui tant foit peu puiffe amoindrir fa reputation : *car depuis qu'on delaiffe Dieu,* fe laiffans gaigner par ie ne fçay quelles fotes paffions qui entreprennent fur nous, on tumbe facilement en vn chemin fi fafcheux que fans regarder où il conduit, & quel en doit eftre le retour, *le danger eft fi grand & perilleux qu'à toufiours on s'en fent.*

---

1. Pièce reproduite par M. de La Ferrière-Percy, ouvr. cité. (Biblioth. de l'Arsenal. — Vers inédits de François Iᵉʳ et de Marguerite. Nᵒ 108, fᵒ 109, recto.)

On lit dans la Nouvelle XII de l'*Heptaméron :*

Voylà, mès Dames, qui vous doit bien faire craindre *ce petit dieu qui prend son plaisir à tourmenter autant les princes que les pauures & les forts que les foibles, & qui les rend aueugles iusques là d'oublier Dieu & leur conscience, & à la fin leur vie.*

N'est-ce pas une réduction, en style plus concis, de la réflexion, extraite des *Comptes,* sur le « petit archer » de l'*Epistre* dédicatoire et sur ses « rencontres, » sur ce « fol amour » que les poëtes « figurent... nud » et « descriuent aueugle », dit le sommaire du Compte I, — tyran dont les sujets sont « si nudz *tant aueuglez & eslongnez du bon sens naturel,* qu'eſtans ainſi deſpouillez de toute vertu ſe laiſſent tellement manier & conduire en vn ſi faſcheux bourbier, *que la malheureuſe fortune* les en faiét à iamais reſſentir? »

Sur les moines et le clergé, sur l'esprit de vérité qu'ils ignorent ou méprisent, sur leurs déportements et leurs méfaits, les analogies abondent. Comparez les Nouvelles V (de la batelière et des deux cordeliers), XI [1] (propos facétieux d'un cordelier), XXII (d'un prieur hypocrite essayant de séduire une jeune religieuse), XXIII (d'un cordelier aussi méchant que débauché), XXIX (d'un curé de village et de la femme d'un de ses paroissiens), XXXI (de l'exécrable cruauté et de la dé-

---

1. Numéro d'ordre de l'édition de 1559. — Donnée par Le Roux de Lincy en appendice (t. II, note A).

testable paillardise d'un cordelier), XXXIII (d'un
prêtre incestueux), XXXIV (de deux cordeliers
« trop curieux d'eſcouter »), XXXV (de « l'in-
duſtrie d'un ſage mary pour diuertir l'amour que
ſa femme portoit à vn cordelier »), XLI (de
« l'eſtrange & nouuelle penitence donnée par vn
cordelier confeſſeur à vne ieune damoiſelle »),
XLIV (du cordelier qui eut deux pourceaux pour
un), XLVI (du cordelier De Vale qui prit de force
une jeune fille « en lieu de la chaſtier du peché
de pareſſe, comme il auoit promis à ſa mere »),
XLVIII (des deux cordeliers qui, une première
nuit de noces, « prindrent l'vn après l'autre
la place de l'eſpouſé »), LVI (du cordelier qui
maria frauduleusement un sien confrère et compagnon « à vne belle ieune damoiſelle »), LX
(d'une Parisienne qui abandonna son mari pour un
chantre), LXI (du chanoine d'Autun et de sa maîtresse bourguignonne, femme mariée), LXXII (du
jeune moine qui, veillant un mort avec une religieuse, « paracheua avec elle l'œuure que ſoudain
le diable leur auoit mis au cueur »); comparez
ces dix-sept récits de l'*Heptaméron* avec autant
de *Comptes du monde adventureux* (IV, V, VIII,
IX, XII, XIII, XVI, XIX, XXII, XXIII, XXVII,
XXXII, XXXIII, XXXV, XL, LXV, XLVI). La
parité des tendances, des réflexions et des propos,
avec leur blâme direct ou leurs réticences ironi-
ques, vous frappera. J'en rapporterai quelques
exemples.

HEPTAMÉRON	COMPTES
	DU MONDE ADVENTUREUX

NOUVELLE XLIV.

Mais qui fe garderoit de croire à eulx, diſt Enna-fuitte, veu qu'ils ſont ordon-nez de nos prelatz, pour preſcher l'Euangile & pour nous reprendre de noz vices? — *Ceulx,* diſt Parlamente, *qui ont cogneu leur ypocriſie* & qui congnoiſſent la difference de la doctrine de Dieu & de celle du Diable. Ihefu, diſt Ennafuitte, penſerez vous bien que ces gens là oſaſſent preſcher vne mauuaiſe doc-trine? — Comment penſer? diſt Parlamente; *mais ſuis-ie ſeure qu'ilz ne croyent rien moins que l'Euangille : i'entens les mauuais.....*

COMPTE V.

Encores qu'il me faſche beaucoup de raconter choſe qui ſoit au deſauantage des gens d'egliſe, ſi eſt ce qu'eſ-tant l'occaſion ſi grande & memoire recente d'vn conte plaiſant qui m'a eſté fait, craignant de l'oublier il fault qu'on le ſçache : & que la verité (qui ne ſe peult ca-cher) à la longue ſoit de-couuerte, *ſans toutes foys en rien vouloir toucher les ſages,* vous affeurant que *où il ſe trouuera quelque compte à leur auantage ce me fera trop plus grand plaiſir de le dire.*

... Et toutes foys n'ont point de honte de foy pre-ſenter *pour miniſtres de la parolle de Dieu, laquelle certainement leur eſt ſi peu familiere* que nous en deuons plaindre le mal pour eux.

NOUVELLE XXXI.

Ie suis bien marry, mes Dames, *de quoy la verité ne nous amene les comptes autant à l'aduantage des Cordeliers comme elle faict à leur defauantage, car ce me seroit grand plaisir,* pour l'amour que ie porte à leur ordre, *d'en sçauoir quelqu'vn ou i'eusse moyen de les louer.*

... Et suis marry qu'il ne s'offre quelque beau discours duquel ie les peusse louër, & ie vous asseure que *le sens & le pouuoir ne seroit espergné à le faire trouuer beaucoup plus grand & bon que ie n'ay fait à raconter leurs veritez.*

NOUVELLE XLVIII[1].

Vous esmerueillez vous qu'ils ne font pis, quand Dieu retire sa main d'eux? *Car l'habit ne fait pas tousiours le moyne...*

COMPTE VIII.

Combien que ie ne desire empescher la bonne opinion qu'on doit auoir des bons religieux, *toutes foys l'ypocifie[2] de ceux qui ne vallent gueres* veult que ie monstre l'homme selon sa vie : car d'autant que de sa nature il est menteur, suiet au mal plus qu'au bien, *il ne fault point penser que l'habit diminuë rien de tout cela,* mais souuent y est cachée *une extreme concupifence.*

---

1. Concernant un cordelier et sa *meschante concupiscence.*
2. V. ci-dessus, p. cxx, Nouvelle XLIV.

Nouvelle XLIV.

Il y eſt queſtion des *gens de bien* lesquels preſchent purement & ſimplement l'Eſcripture & viuent de meſure ſans ſcandale, *ſans ambition, ne conuoitiſe,* en chaſteté, de pureté non fainĉte ne contrainĉte. *Mais de ceux-là ne ſont pas tant les rues pauées que marquées de leurs contraires.*

Compte IX.

... Contemplez icy l'*enuie* &*auarice* de ces deux preſtres qui ſe trompoient l'vn l'autre. Et conſiderez de combien eſt heureux le peuple gouuerné *de telʒ paſteurs qui ne cherchent que leur ambition, & non le ſalut du tropeau. Mais ce mal eſt tant commun* qu'il y en a aſſez de ſemblables...

Nouvelle XXII.

(Dieu) lequel eſt tout puiſſant pour nous ſauuer en la vie eterneIle & en ceſte temporelle *nous conſoler & deliurer de toutes nos tribulations,*... cognoiſſant que ſouuent l'ange Sathan ſe transforme en ange de lumiere, afin que *l'œil exterieur, aueuglé par l'apparence de fainĉteté & deuotion,* ne s'arreſte à ce qu'il doibt fuir.

Compte XIII.

Afin que la ſotte ignorance n'aueugle les perſonnes *ſouʒ couleur d'une fainte ypocriſie ou fimulée fainteté, & l'œil troublé par l'exterieur ne penſe trouuer quelque choſe de plus parfait ſouʒ un déguiſement,* ſi ce n'eſt en celluy *duquel depend toute conſolation,* ie vous veux raconter vn diſcours treſueritable, le ſuiet duquel eſt auenu de notre temps.

NOUVELLE LVI.

Voilà, mes Dames, pour vous monſtrer que *tous ceux qui vouënt pauureté ne ſont pas exempts d'eſtre tentez d'auarice, qui eſt l'occaſion de faire tant de maux.*

COMPTE XIX.

En ceſte hiſtoire vous ſera deſcouuert la ſubtile & cauteleuſe inuention d'un moyne qui, *nonobſtant le vœu de pauureté,* pour le ſentir vn peu trop rude, tant pourchaſſa que de beliſtre deuint Eueſque.

Ie vous laiſſe à penſer, mes Dames, de combien eſt ruzée & grande, la fineſſe de telz mignons, qui empruntant le nom de ſainct François, duquel ils n'ont que l'habit, *contrefont les gens de bien pour amaſſer des richeſſes contre le vœu que ſi rigoreuſement ſe diſent obſeruer.*

NOUVELLE XLVIII.

Mon Dieu, diſt Oiſille, *ne ferons nous iamais hors des Comptes de ces moynes?*

COMPTE XXII.

Encores que i'euſſe deliberé de ne plus parler des moynes, ſi eſt ce que l'hypocriſie & fainte ſainĉteté de ceux qui ſe mettent hors le chemin de pure religion *me contraint de vous faire vn*

NOUVELLE XLI.

Car il ne faut point craindre
à fcandalifer ceux qui fcan-
dalifent les autres, *Et me
femble que c'eft grand merite
de les faire cognoiftre tels
qu'ils font...*

*compte, par lequel cognoif-
trez que fous vn tel man-
teau fe forge vne infinité de
tromperies.*

NOUVELLE XI.

Voilà, mes Dames, les
belles viandes *de quoy ce
gentil pafteur·nourriffoit le
troupeau de Dieu.* Encores
eftoit il fi effronté que
après fon pefché, *il en tenoit
fes comptes en pleine chaire,
où ne fe doit tenir propos
qui ne foit totalement à
l'erudition de fon prochain
& à l'honneur de Dieu
premierement.* Vrayement,
dift Saffredent, voilà vn
maiftre moyne...
— Vous ne dictes pas, ma
Dame, dift Nomerfide,
qu'en ce temps là, encores
qu'il n'y ait pas fort longtemps, *les bonnes gens de
village, voire la plufpart
de ceux des bonnes villes,*

COMPTE XXXV.

Il ne faut pas tant s'ef-
tonner *fi les gens de baffe
condition par ignorance* font
quelquefois (& le plus fouuent) trompez d'vne fainte &
fimulée faincteté, *veu que les
plus grandz & ceux aufquelz
deuroit eftre la vertu plus
familière, en font maintes
fois abufez...*
... Mais pour eftre ces
bonnes gens affez fuperftitieux
fe faifoyent gouuerner par de
vieux moynes n'ayant de
vraye religion que l'habit...
... (Tellement) que d
tous en droitz & de toutes
couleurs y en venoit, comme
Loups à la pafture. Et entre
les autres vn... *armé d'vne
langue fardée* de douces

qui *fe penfent bien plus*
habilles que les autres,
auoient de tels predicateurs
en plus grande reuerence
que ceux qui les prefchoient
purement & fimplement le
faint Euangile.

parolles pour attraper deniers, & abufer les fimples...
en habit de trompeur... (&
au moyen de reliques), *par*
vertu defquelles fe vantoit
faire vne infinité de beaux
miracles...

Nouvelle XXII.

Et à fin mes Dames,
que l'hypocrisie de ceux qui
s'eftiment plus religieux
que les autres, ne vous en-
chante l'entendement, de
sorte que votre foy diuertie
de ce droiɛt chemin, s'eftime
trouuer falut *en quelque autre*
creature qu'en celuy feul
qui ne veult auoir compai-
gnon à noftre creation
& redemption...

Mes Dames, *il fe fault*
donner garde de telʒ enchan-
teurs, lefquelʒ feignent vou-
loir garder vos ames, & au
contraire les mettent en voye
de perdition. Auffi cognoiftre que de telʒ veuʒ[1] faitz en
fi grande ieuneffe aìnfi legerement qu'ilz font faiɛtz pluftoft vient le repentir. Parquoy
croyez que ceux qui font faiɛtz
à la fuafion de telʒ hommes,
fans la conduite & cognoif-
fance de Dieu... l'iffue en
eft toufiours dangereufe.

On pourrait relever bien d'autres similitudes.
Je n'en citerai plus qu'une, s'appliquant au sujet
même du récit.

Le *Compte XXVII*, où un évêque « voulant

---

1. Il s'agit de vœux de religion faits par une jeune fille.

faire l'office d'un *bon réformateur* » va visiter un
monastère de dames « auquel eftoit dix ieunes
nonnains » et, pris de lubricité, essaie en vain de
suborner l'une d'entre elles, ressemble fort par
le fond du sujet comme par le caractère du prélat
au récit de l'*Heptaméron* (Nouvelle XXII) où la
reine de Navarre met aussi en scène, avec plus
d'art et une héroïne plus intéressante, mais dans
une situation pareille, une jeune nonne pour-
chassée par un prêtre libertin singeant l'austérité
la plus grande. Comme dans les *Comptes du monde
adventureux* (il est prieur au lieu d'être évêque)
un haut personnage d'Église « reformateur fous
l'ombre de fon hypocrifie » s'y efforce de séduire
une religieuse. Comme le héros du *Compte XXVII*
« contemploit particulierement les beautez deces
nonnains » celui de l'*Heptaméron* « en regardant
les beautez que les voiles rendent plus defirables,
commença à les conuoiter », surtout les beautés
de l'une d'elles. Comme celui du *Compte XXVII*
« fut frapé d'vne amoureufe enuie de iouyr du
fouhait de l'amy », le héros de l'*Heptaméron*
« fut efmeu en vne paffion d'amour qui paffoit
toute celle qu'il auoit eu aux autres religieufes ».
Comme celui du *Compte XXVII* « laid » et « de
mauuaife grace », le héros de l'*Heptaméron* est
« laid » et « vieil ». Ils éprouvent le même refus
et méditent même abus de pouvoir. Dans ces
deux récits, le méchant prêtre insulte devant ses
compagnes la pauvre nonnain, l'outrageant comme

il est dit au *Compte XXVII*, « de plufieurs iniures de paillardife. » La ressemblance s'arrête là;
car l'héroïne de l'*Heptaméron* est une sainte fille,
dont Marguerite donne le nom, et l'aventure est
présentée comme ayant eu lieu du temps de la
reine de Navarre; tandis que l'héroïne du
Compte XXVII, placé en Italie, est une nonnain de
joyeuse vie, désignée seulement par le nom de
Clere, et qui s'est jouée de l'évêque parce que sa
laideur et sa vieillesse lui répugnaient. L'analogie
des deux contes n'en reste pas moins évidente et
la reine de Navarre devait avoir sous les yeux,
en présence de la réalité qui le rajeunissait, l'ancien canevas de l'anecdote; de telle sorte qu'elle
aura formé de ce double élément la trame de sa
Nouvelle.

VIII.

Par ces points de contact fréquents entre le
livre de la reine de Navarre et le recueil des
Comptes du monde adventureux se trouve corrobo-
rée l'opinion que j'ai déjà émise au sujet de la
priorité de ces *Comptes*, priorité d'ailleurs publiquement affirmée par les amis de l'auteur au moment de l'impression du recueil en 1555, et qui
ne souleva de la part des contemporains aucune
réclamation.

Il est avéré que l'auteur des *Comptes* était au

service de Marguerite d'Angoulême, soit qu'on
se réfère au document concernant Antoine de
Saint-Denis ou au simple témoignage de Brantôme. On ne saurait supposer qu'un serviteur de la
reine de Navarre se soit donné licence de copier
le livre de Marguerite et de lui faire des larcins
visibles, que chacun se fût alors empressé de re-
dresser ; tandis qu'elle avait le droit, comme in-
spiratrice et maîtresse, de prendre ou de reprendre
son bien sur le serviteur. En janvier 1545 (1544
vieux style) et dans le cours de l'année précé-
dente, quand elle vit à Alençon A. de Saint-
Denis [1], elle put y recevoir communication du
travail des *Comptes,* et, en notant ce qui s'y trouvait de bon, se promettre d'accomplir mieux
l'œuvre qu'elle avait toujours dessein de faire
elle-même, et dont elle ne s'occupa sérieusement
qu'un peu après, vers 1546.

Malgré la mention de sa *litière* de route[2], il est
clair que ces conversations de l'*Heptaméron* sont
trop raffinées, trop ingénieusement combinées et
trop bien écrites pour que *tout* cela fût achevé au
courant de la plume, en chemin, dans le décousu
et le mouvement du voyage. Elle revoyait, com-

---

1. Avant le 5 janvier 1545, date du règlement de l'hôpital,
cité plus haut, elle avait passé à Alençon, au mois d'avril 1544,
et y était revenue et restée depuis le mois de septembre.

2. V. ci-dessus. p. c, et La Ferrière-Percy et Le Roux de Lincy,
ouvr. cités, *passim.*

plétait, continuait ensuite ces esquisses dans les
loisirs de plus en plus rares de sa vie de château.
Rien ne sent moins l'improvisation. Les ressemblances sont donc voulues, comme les différences,
et les conclusions qu'elles suggèrent et que je
résume ne paraîtront pas excessives.

Les *Comptes du monde adventureux,* inédits jusqu'en 1555, ont devancé, par leur élaboration
comme par leur publication, l'*Heptaméron,* inédit
jusqu'en 1558. Marguerite, après avoir excité le
zèle des gens de lettres tels qu'Antoine Le Maçon,
Bonaventure des Periers et un troisième (en qui
j'ai montré la personnalité d'Antoine de Saint-
Denis) paraît avoir voulu se passer pour le choix,
l'ordonnance et la rédaction primesautière de ses
contes, des écrivains et lettrés de profession : ce
qui n'exclut pas leur participation ultérieure au
point de vue de la révision du texte, dans une
mesure plus ou moins large, eu égard aux rapports multipliés de la reine de Navarre et de ses
secrétaires.

Quant aux *Comptes du monde adventureux,* si
leur auteur eût pillé la reine de Navarre, ses deux
éditeurs rivaux et jaloux, Boaistuau et Gruget,
n'eussent pas manqué de protester. Mais ils sa-
vaient que la *première* et imparfaite imitation de
Boccace, ou plutôt de ses continuateurs italiens,
par Antoine de Saint-Denis, ne pouvait soutenir
la comparaison avec la *seconde* et magistrale imitation du prince des *novellieri* par Marguerite

9

d'Angoulême; imitation vraiment neuve par
l'authenticité comme par la date récente de la plupart des sujets, et déjà connue par la lecture des
copies en circulation, depuis le cercle de la Cour
jusqu'au monde des gens de lettres. Aussi ne s'é-
murent-ils point de l'antériorité d'impression des
Comptes, antériorité légitime autant qu'indiffé-
rente pour leurs propres desseins. En effet, l'*Heptaméron*, infiniment supérieur par l'agencement,
l'esprit et la forme, au recueil des *Comptes*, devait,
dès qu'il parut, les éclipser entièrement, et les
éclipsa en effet.

Accueillis et réimprimés avec assez de faveur,
ils firent donc, pour cette raison, peu de bruit et
jetèrent peu d'éclat. Ils s'effacèrent vite, comme
la première aube du matin devant l'aurore. Bien
que leur marche et leurs tendances fussent celles
de l'*Heptaméron*, ils remontaient vers le passé par
leurs origines fictives, au lieu d'étayer leurs moralités satiriques et anti-cléricales des réalités du
présent. Pour racheter ce défaut et s'assurer de
l'avenir, ils n'avaient pas non plus le charme de
style et la gaieté vibrante des *Joyeux Devis*.
Quand les préoccupations et les allusions du moment eurent disparu, il ne subsista que la valeur
intrinsèque des œuvres, et l'*Heptaméron* survécut
avec le livre de Bonaventure. Mais l'auteur des
Comptes du monde adventureux, narrateur de seconde main, polémiste en sous-ordre et écrivain
débile, n'eut qu'une heure fugitive de crédit. Sa

noble maîtresse et le grand François Rabelais, qui l'invoquait si ardemment au frontispice de son *Tiers livre*, et le hardi Bonaventure des Periers, leur émule, le laissèrent bien loin en arrière dans l'obscurité où nous sommes allés le chercher. Qu'un peu de leur lumière y pénètre désormais, et qu'il soit dans la pénombre de leur gloire comme un bon soldat qui fut à la peine et auquel un signe d'estime est dû. Tel est, je pense, le dernier mot sur les *Comptes du monde adventureux* et sur le curé de Champfleur, que je nommerais volontiers un curé de Meudon au petit pied.

En le caractérisant ainsi, en le classant parmi ces hérétiques à l'état latent ou masqué, en bon nombre alors, que l'exemple de Des Periers et celui d'Estienne Dolet avaient de quoi rendre prudents; en le rangeant à la fois dans le groupe des conteurs au centre duquel trônait la reine de Navarre, et dans ce que j'ai appelé ailleurs [1] la *bande* des Rabelais, des Bonaventure et autres esprits émancipés travaillant en communion de pensée avec elle et entre eux, sous ses yeux ou avec ses plus vives sympathies, au milieu des dangers qu'elle ne pouvait toujours détourner de leurs têtes; en déterminant et en appréciant son effort littéraire comme la direction dominante de ses pensées; en pesant les faiblesses et les mérites

---

[1]. V. mon Introduction au *Cymbalum mundi* (réimpression de l'édition princeps. — A. Lemerre. 1873).

de l'œuvre d'essai où il se hasarda bravement
dans une carrière nouvelle et périlleuse, je crois
ne l'avoir ni amoindri ni surfait.

En identifiant ce personnage littéraire avec le
personnage du curé de Champfleur, je crois avoir
tiré des indications et des références de toute
sorte exposées au cours de cette Étude, — avec
l'évaluation distincte et aussi exacte que possible des choses sujettes à doute, plausibles ou
probantes, — un calcul d'approximation très-
sérieux, enchaînant les certitudes éparses, s'y
appuyant et ne s'y heurtant jamais. Il en est de
cette enquête bibliographique et biographique,
aux éléments si multiples, comme de l'instruction
d'un procès où, faute de preuves éclatantes,
immédiates, provenant d'irréfragables documents
et de révélations soudaines, la vérité se découvre
et enfonce la conviction dans l'esprit par coups
successifs.

On estimera sans doute qu'en l'état, si j'ai pris
à cœur de creuser la question par toute espèce de
moyens, je n'ai pas excédé la limite des inductions légitimes, des concordances valables, des conclusions logiques, et que les rapprochements qui
m'ont servi de base, s'ils comportent naturellement la contradiction ou les corrections de la
critique, ont de quoi repousser toute négation
péremptoire.

FÉLIX FRANK.

LES
COMPTES
DV MONDE
ADVENTVREVX

Ou sont recitées plusieurs belles
Histoires memorables, &
propres pour resiouir la
compagnie, & éviter
melancholie.

Par A. D. S. D.

A PARIS

Par Estienne Groulleau.

1555.

AVX SAGES ET VERTVEVSES
Dames de France. A. D. S. D.
leur tres humble & affectionné feruiteur
falut & heureufe foelicité.

es Dames peu de iours font paffez faifant
vn voyage au païs de Prouuence, & trauer-
fant par le Daulphiné pour gaigner la Sauoye que le long du chemin eftois fort foucieux en l'execution des affaires qui m'auoient conduit
iufques là : mais comme refuant difcourois en moymefmes tous les moyens d'acheuer l'entreprife qu'auois
encommencée, penfant chercher propre remede à mon
retardement, fe defcouurit fur les champs certaine trouppe
de Gentilz-hommes & Damoyfelles fuyuantz d'affez pres
vne littiere lors, perdant le foing qui me rendoit tout
penfif, defireux d'ataindre cefte compagnie pour euiter
l'occafion d'vn mal plaifant foucy, auançay le train de
mes cheuaulx, & par fortune s'offrift vn page eftant demeuré derriere, lequel fans attendre plus longue priere,
facilement me nomma le maiftre & conducteur de la
trouppe. Ainfi trouuant ce page de condition gracieufe
& modefte (felon l'aage) foubdain penfay à mon iuge-

ment que le seigneur duquel il auoit pris ceste bonne
nourriture estoit bien quelque chose d'auantage, comme à
la verité ne fus trompé, pour ce qu'au ioindre se presenta
vn ieune Gentil-homme ioignant les branquarts de ceste
littiere qui me faisant recueil fort honneste d'vn visage
gay s'enquist du chemin que ie voulois tenir. Adonc
voyant vne face franche & ouuerte y remarque ie ne sçay
quoy tant aymable que l'iniure du temps contraire à mon
voyage ne m'estoit rien au regard d'vne si fauorable rencontre : veu qu'impossible m'eust esté pouoir choisir compagnie plus familiere ne plus aprochant mon naturel.
Car ayant alené ceste gracieuse personne, trouuay sa
volonté fraterniser tellement à la mienne, qu'auant que
d'arriuer en l'hostellerie l'excellence des bons propos par
luy descouuertz me firent cognoistre à l'effect ce qu'au
parauant i'auois seulement pensé : Et ainsi qu'estions à
l'entrée du logis chacun se preparant à descendre, le
Gentil-homme s'excuse enuers moy & descend le premier,
àfin d'aprocher la littiere dedans laquelle n'auois aperceu
qui y pouuoit estre pour auoir esté trop longuement
amusé aux discours passez, sur le chemin : Mais comme
ie baillois mon cheual à l'vn de mes gens, descouure incontinent des Gentilz-hommes, lesquelz s'aprochant du
personnage qu'auois si curieusement entretenu, luy ayderent à descendre de la littiere, vne ieune Damoyselle
monstrant auoir les iambes fort foybles & douloureuses,
d'autant qu'on la porta dedans sa chaire en vne chambre
ou le seigneur de la trouppe print ma main pour me
conduire, descouurant à l'entrée au premier trait d'œil
son visage, qui iusques alors m'auoit esté couuert, faisant luyre sur nous vn rayon de si grande & rare beauté,

qu'au mesme instant mon cueur ne se peult tant commander pour voir vne chose si excellente qu'il ne s'es-
meult de telle puissance que la raison qui deuoit maistri-
ser en moy eut assez affaire à couurir ie ne scay quel sot
& soubdain changement, esblouissant tous mes espritz.
Et en ceste alteration suis conduict & presenté deuant elle
pour la baiser, non toutesfois sans monstrer ma contenance quelque peu esgarée : mais desirant fuyr vn si es-
pineux passage & repoulser viuement l'occasion d'y entrer
m'efforce selon mon pouuoir de remercier la Damoyselle,
qui commença plusieurs propos au Gentil-homme en
atendant aprester le disner, durant lequel tant de discours furent deduicts principalement du folastre amour,
qu'on laissa escouler toute cuysante melancholie : mais me
sentant encores un peu estonné d'vne telle rencontre, de-
mourois fort pensif en contemplant les contenances di-
uerses de tous & principalement du sugect, auquel contre
mon vouloir & sans y penser, m'estois emprainct iusques
au vif : Or pource que le lieu ou nous allions coucher
estoit loing, on fit diligence de preparer les cheuaux & la
littiere, ou l'on porta la Damoyselle, chacun montant à
cheual. Le gentilhomme qui me monstroit signe d'vne
bien grande amytié, ne voulut partir sans moy & tout au
long du chemin, suyuant sa vertueuse coustume s'efforçoit
à me faire cognoistre le plaisir qu'il auoit de me com-
muniquer ses plus priuez affaires iusques à discourir par
le menu la seule ocasion de son voyage, m'ostant hors
d'vne bruslante enuie que nourrissoit secrettement mon
cueur d'entendre le nom de la Damoyselle qui estoit sa
femme comme ie sceuz par son discours, d'auantage me
compta que l'espace de deux ans entiers auoit esté à la

pourſuitte du mariage d'elle, auant lequel acomplir au
moyen des parens lors contraires à leur cordialle amytié,
amour les auoit ſi vifuement maniez donné auſſi tant de
trauerſes & ſi faſcheuſes eſperances, que cent foys en vn
iour s'eſtoit veu preſt à ſe donner la mort pour le tour‑
ment qu'il me comptoit auoir eſté enduré par ceſte Da‑
moyſelle en l'aymant loyalement, & contre l'opinion de
tous les ſiens l'auoir voulu pour mary : Vous aſſeurant
mes Dames qu'en oyant deſduire choſes ſi pytoiables, i'ay
maintesfois caché mes larmes, àfin qu'on ne cogneuſt la
paſſion que enduroit mon eſprit pour tant de peines ſouf‑
fertes auant que paruenir à la conionction de deux ſi
parfaictes moytiés : Suffiſe vous que le ſubgect cauſant
ſa maladie eſtoit procedé par l'ardeur & vehemence d'a‑
mour. Et comme celuy qui eſtoit paruenu au but principal
d'vne iouyſſance de tant longues attentes, voulant mon‑
ſtrer le deuoir d'amy & de mary menoit ceſte gentille Da‑
moyſelle aux baings pour en la vertu d'iceux faire ren‑
dre à l'amour la chaleur naturelle qu'il auoit empruntée
de ſes membres pour renforcer vn pauure cueur paſ‑
ſionné : Tant continuerent nos propos ayant acouſtumé
les douceurs d'vn bien aymé mary qu'elle commença à
mettre la teſte hors ſa littiere, luy diſant. Comment
Monſieur il ſemble qu'à la venuë de ce Gentil‑homme ie
doiue demeurer ſeule : Ie vous prometz, eſtre trop foible
pour empeſcher qu'vn ſoupeçon, ou de Ialouſie, ou d'vne
oubliance de moymeſmes n'engendre quelque mal conten‑
tement, vous voyant ſi longuement eſloigné de ma pre‑
ſence. A tout le moins approchez vous tous deux à fin
d'auoir ceſte faueur de pouuoir iouyr en partie des plai‑
ſans propos qui vous tiennent ſi tranſportez enſemble :

Le Gentilhomme naturellement humble & gratieux s'aproche d'vn costé & moy de l'autre, commençant à desduire ce qu'il m'auoit racompté. La Damoyselle reprenant ses dernieres paroles, luy replicque : les choses passées, qui en renouuellant peuuent aporter vne souuenance des desplaisirs qu'on a souffertz, le meilleur me semble de les taire, mais ie vous prie commençons à traiter chose qui nous face receuoir nouueau plaisir sans qu'il nous touche : pour doncques rompre nostre premier dessein soudainement commença le discours d'vn compte fort plaisant, enrichy de si amoureuses rencontres que ie m'estime quasi malheureux d'estre si tost arriué au logis, auquel deuions coucher pource qu'ayant finy ses propos fut portée en sa chambre ou le souper estant deligemment couuert : Ie n'euz autre bien sinon qu'vn souuenir de ma premiere blessure qui ne pouuoit encore prendre parfaicte guærison : car nature qui disperse ses beautez en diuers subgects sembloit en ceste personne les auoir voulu toutes assembler, tellement que tant plus y cherchois plus y trouuois de perfection : Or à l'issue du souper comme celle qui tout son plaisir prenoit à deuiser sceut si sagement reprendre le compte qu'elle auoit commencé qu'à l'acheuer demeurasmes tous muetz, & comme rauis, sans auser entreprendre de parler apres : mais nous contemplant ainsi esperdus gecte son sort sur moy de telle grace que vaincu d'vne infinité d'honestes prieres pour n'entrer en opinion mauuaise de ceste troupe m'efforce à desduire vne histoire tresueritable de deux passionnez amants, au discours de laquelle me presta si doul-
◆ cement l'oreille qu'au bout de la course ne peuz facilement eschaper, sans recommancer nouueaux propos, n'eust este

l'heure du coucher & la traicte grande qu'il falloit faire
le lendemain, qui pour ce coup suplierent à ma peine.
Mais d'autant qu'elle monstroit prendre tout son contentement à discourir, aussy que mon chemin, le seiour,
& retour s'adressoit en mesme endroit, tout le long du
voyage me fut impossible d'auoir repos sans demeurer
chargé par son commandement tant de discours atendu le
petit moyen que i'auois d'y satisfaire me suis cent fois
estonné comment elle y prenoit si grand plaisir sinon
d'aultant que sa nature estoit tant benigne & facile à
contenter qu'vn plus grand bien n'eusse peu receuoir qu'en
luy faisant affectueux seruice. Vous asseurant mes Dames
durant que mon heur m'a retenu auec eux par le Gentilhomme, la Damoyselle & autres de la compagnie fut
raconté vne infinité d'histoires si memorables veu le bon
& fauorable traictement qui m'a esté faict en ceste troupe,
les rencontres & aduentures du petit archer qui y ont esté
par differents effetz specifiées. I'ay pensé estre entaché
d'ingratitude d'vn si grand bien receu si ne consacrois à
voz espritz le meilleur qui soit en ma memoire, àfin
qu'estans quelquefois hors du soing qu'engendre le mes-
nage & en repos d'autres passions donnant souuent melancholie à faute d'vn plaisir plus profitable vous ayez
parfaite cognoissence qu'aporte le vice vne fois enraciné
en la partie des Dames qui doit estre la mieux gardée
d'auantage qui fait entre les sages reluyre vne vertu si
grande, laquelle ne peult iamais estre effacée leur rendant le nom d'immortalité. Parquoy mes Dames receuez ce
mien petit labeur d'aussi bon cœur qu'il vous est presenté
comme venant du plus entier de celuy qui est seulement .
nay au monde pour en toute obeissance vous seruir, & si

mon *feruice merite recompenfe que ce foit en excufant*
par voftre douceur l'imperfection de l'ouurage qui ne peult
eftre tel que ie le fente digne d'ataindre en fi hault lieu :
mais la bonne volonté qu'en toute ma vie vous defire
porter doit efmouuoir voftre excellence à fuplier les
faultes de l'ouurier, m'affeurant que l'affection dont vous
offre ce prefent ioincte auec la moindre grace de voz fa-
ueurs fera plus fuffifante pour fuporter le langage mal
poly, traictz & enrichiffementz mis à propos que l'igno-
rance effrontée d'vn mal plaifant & mefdifant ennemy
ne pourra m'offenfer : Efperant auecq' l'ayde de Dieu
& du temps fauorable, ou me ferez cognoiftre mon tra-
uail vous auoir efté agreable, d'entreprendre œuure fouz
la faueur duquel ie puiffe demeurer au nombre de ceux
que vous eftimez capables de faire perpetuel feiour en
voftre feruice.

Secreto lapide tutus.

L. C. P. AMY DE L'AVTHEVR.

Venez icy doctes Grecs & Latins
Gens du sçauoir de la Minerue attains
Aprochez vous tous rethoriciens,
Muses venez & vous musiciens.
Grands & petits, noz Poëtes modernes
Garnis de lucz harpes & guyternes,
Venez aussi Dames & Damoyselles,
Tous accordans chanter aussi pucelles.
En ce pré verd prenez tous vostre place,
Pour exalter un esprit de Boccace,
Et pour chanter l'honneur loz & hommage,
Que nous deuons à ton heureux ouurage.

VNE DAMOYSELLE FAVORABLE.

Si le Ronsard par sa lyre accordée,
Fait resiouyr & les boys & les champs,
Si du Bellay la memoire imprimée
Demeure en nous par ses vers triomphans,
Si des Essars les liures florissans
Font aparoir Mars & Venus ensemble :

Par le difcours de ces comptes me femble
Qu'entre les fiens doit en honneur la France
Mettre l'autheur qui tant de traiĉʒ affemble
En fon françoys d'vne amoureufe effence.

Souffrir fait offrir.

MA DAMOYSELLE. M. I.

O' climat inuincible, o France belliqueufè
Heureufe nation, nation plus qu'heureufe,
Ou Françoys ton grand Roy les neuf feuʁs a conioinĉtes
A ton Mars qui luy font obferuer leurs loix fainĉtes
Si qu'ores lon te veoit monarque des puiffances
Monarque des threfors, des armes, des fciences,
Tes plaines, tes foreftʒ, tes fontaines diffufes
Seront pour tout iamais le feul feiour des Mufes
Ia lon veoit des Françoys les efcrits furmonter
Les ars & leurs efpris, Rome & Grece dompter,
Si Florence a vanté de fon Boccace aymé,
Les deuis amoureux le ftyle bien limé,
C'eft qu'il eftoit premier & feul en ce fubgeĉt,
Et que nul n'a ofé imiter fon proieĉt.
Mais ceft autheur hardy a premier en la France,
Imité le difcours des comptes de Florence,
Et en les imitant a vaincu le Boccace
Et deuancé fes pas fuyuant mefmes fa trace.

L. D. DE L'AVTHEVR.

Les cieulx qui font par un Dieu grand ouurage
Monſtrent cy bas mainte tres belle plante,
Par mons & vaulx ſur verdoyant riuage
Croiſtre lon veoit toute vertu plaiſante :
Mais quand ie voy d'vne veine excellente
Sortir en ieu ta Muſe & ſes effectz
Lors m'eſtonnant de doulceur ſi coulante,
Admire en toy du ſeigneur les haultz faictz.

Operatur qui cœlitus.

LES COMPTES

DV

MONDE ADVENTVREVX

COMPTE PREMIER.

I'ay toufiours cogneu le dire des poetes en ce qu'ilz figurent le fol amour nud eftre veritable, parce que de toutes bonnes vertuz eft denué: auffi le defcriuent aueugle, demonftrans que fans difcretion ou iugement il fe laiffe tumber en tous vices. Ie puis donc bien auec eux conclurre que fes fuieſtz font fi nudz tant aueuglez & eflongnez du bon fens naturel, qu'eftans ainfi defpouillez de toute vertu fe laiffent tellement manier & conduire en vn fi fafcheux bourbier que la malheureufe fortune les en faiſt d iamais reffentir, comme cognoiftrez par cefte hiftoire.

v temps du magnifique Roy de Hongrie dernier mort lequel (comme apartient à vn tel Prince) & au parauant que le Turc euft degafté & mis le païs fouz fon empire, tenoit vne court ouuerte & auoit en fa fuitte vn grand nombre de gentilz-hommes & Damoyfelles, autant acompliz de toutes perfeſtions que Roy de la Chreftienté, & ou l'amour fe manioit fi viuement qu'il feroit mal aifé trouuer en autre court de plus

affectionnez feruiteurs enuers les Dames qu'eftoit vn
Gentilhomme de fa maifon nommé Barifor : lequel encores qu'il fuft de bas lieu, & peu fauorifé des biens
de fortune, toutesfoys nature luy auoit fait tant de
grace qu'elle l'auoit formé en toutes vertuz & beautez
fi parfait qu'entre les grands eftoit eftimé le plus
acomply de la court : & auoit tant d'auantage fur les
autres Gentilz-hommes qu'en tous endroictz (fuft à
courre la bague, rompre boys en lice, hors lice ou
contre les plus durs effors des ennemys) fe monftroit
toufiours le mieux faifant : de forte qu'il eftoit en vne
opinion fi grande de tous, & principallement des Dames
de la court qu'au moyen du bon vifage qu'il en receuoit, prenoit fort grand plaifir à leur tenir fouuent compagnie fe monftrant enuers elles tant feruiable & gratieux que de la plus part il fçauoit gaigner & attirer les
cueurs. En ce troupeau eftoit vne ieune Infante nommée
Flora d'vne maifon riche & ancienne, laquelle voyant
ce gentil-homme loué & eftimé de tout le monde fors
d'elle, fans y penfer, ne fe peuft garder de luy geter vn
regard piteux & paffionné. Luy qui d'autre cofté contemploit la delicate blancheur & beauté naturelle d'vne
fi honnefte Dame fut tellement attaint, qu'il en perdoit
toutes contenances. Amour incontinent durant fes regardz vfant de fa puiffance accouftumée en vn inftant
lya les cueurs de cefte ieune Dame & du Gentilhomme
fi eftroitement, qu'ilz fe trouuerent tellement furprins
l'vn de l'autre qu'on euft facilement iugé à les regarder
de quelle alteration leurs pauures efpritz eftoient tor-
mentez, chofe fort eftrange, mefmes à cefte Infante,
laquelle vaincuë du premier traict eut tant agreable

cefte paffion qu'elle l'acompagna iufques à la mort.
Ainfi difcourans couuertement leurs penfées, n'eurent
pour cefte foys autre entretien que le doux regard des
pauures yeux fort empefchez à defcouurir le commencement de ce couuert & nouueau feu, qui tant tour-
menta le pauure Gentilhomme, qu'eftant retourné feul
en fa maifon (comme tranfporté de foy) fe met deffus
fon lict, efperant y trouuer quelque repos : mais
amour & le continuël penfer de fon mal recent le
reueilloient fi fouuent qu'il ne fe peut garder de
proferer telles parolles : Ha a pauure malheureux
& infortuné, tu as bien perdu vie & liberté pour te
rendre efclaue & le plus malheureux Gentilhomme de la
terre, ayant affis ton amour en lieu fi hault auquel tu
n'es capable d'ataindre de l'œil, encores moins de la
penfée qui me fait iuger qu'à bon droit tu deurois
mourir, fi poffible eftoit de mille mortz : que dois-tu
donc efperer finon que la ruïne entiere du corps & de
l'efprit, te voyant hors d'efpoir d'aucun remede au
commencement d'vn tel amour ? veu le lieu, la petiteffe
de tes biens, & grandeur des fiens. En ces parolles
entremeflées d'vne infinité de paffions ne pouuoit
trouuer endroit de fon corps fur lequel il peuft trouuer
aucun repos. La pauure Flora qui d'autre cofté n'eftoit
attainte de moindre ardeur que Barifor fe retire en fa
chambre & fceut tellement difpofer fon vifage que par
vne fainte maladie : trouua façon cefte nuict de coucher
feule pour mieux contenter fes penfées, & comme celle
qui eftoit troublée par la chaleur de l'amour perdoit
toute modeftie & honnefteté : Helas (difoit elle) fault il
que ce cruel tirant me traite maintenant fi mal, que ie

veux ce que ne puis, & ne puis ce que ie veux! Ha
a Barifor? bien doit eftre eftimée malheureufe pour
moy l'heure que ie vous ay iamais veu, laquelle comme
ie voy que le commencement m'eft fi dur & poignant,
ie crains que la fin fera caufe d'engendrer vn mal
infuportable, & la ruine peult eftre de nous deux. Et
qu'ainfi foit ie fouffre des maintenant vn tel effort,
& auquel ne cognoiffant aucun remede (fans grandement offenfer mes parens & mon honneur), la mort me
feroit trop plus plaifante que d'endurer vn tel tor-
ment. Ces pauures paffionnez tant continuërent par
regardz & faueurs les plus couuertes qu'ilz pouuoient,
que le gentilhomme ne pouuant plus porter le mal qui
le confommoit, par longues pourfuites defcouurit à la
fin n'eftre moins aymé qu'amant : Donc voyant vn
iour ma dame Flora feule en vne feneftre penfiue à
merueilles, pouffé d'vne hardieffe amoureufe, trouua
façon le plus fecretement qu'il peuft d'entrer en fa
chambre fans eftre defcouuert de perfonne que d'vne
fienne loyale Damoyfelle qui pour lors l'acompagnoit, •
& feignant luy apporter nouuelles de l'vn de fes parens,
comme celluy qui auoit acouftumé de fe trouuer entre
les plus grandz, fait la reuerence humble & gratieufe,
& commença auec vne voix fort tremblante & non
affeurée à luy dire : Ma dame encores que ie fçache
fort bien que l'excellence & grandeur de voftre beauté,
enfemble le lieu que tenez merite que lon penfe
plus d'vne foys quelz propos on vous doit tenir,
& regarder fur tout qu'en quelque endroit on ne puiffe
tant foit peu offencer l'honneur que ie vous dois, & que
toute ma vie ie defire vous porter comme le plus

affeƈionné & humble feruiteur qui fe puiffe prefenter
deuant les yeux d'vne fi perfaite & accomplie Dame,
toutesfoys cognoiffant le cruel tourment qui mortelle-
ment me pourchaffe en tous endroitz pour douter fi ie
pourray auoir place au feruice de perfonne à qui ie
defire de cueur & corps obeïr & complaire, & pour
laquelle ma vie n'eft fouftenuë que pour eftre employée
iufques à la mort le comme defefperé de tout fecours
prendz pour cefte foys cefte priuauté, fuppliant (ma
dame) voftre acouftumée bonté de receuoir l'excufe de
voftre pauure efclaue, qui ne defire viure d'auantage
finon tant que luy ferez cognoiftre fa vie vous eftre
agreable & fupportant mon indifcretion acuferez cefte
voftre beauté fi rare & excellente qui m'a tellement
enuelopé & captiué ma liberté que me fentant ainfi
furpris & lyé par la feule refponce que i'attends de vous
(difoit il les larmes es yeux) depend ma mort ou ma vie.
L'Infante Flora qui n'auoit acouftumé ouïr telz propos,
comme le naturel de cefte tendre ieuneffe eft d'eftre quelque peu honteufe, tenoit les yeux contre bas : toutesfoys
vaincuë de la douceur de telles parolles, fans pouuoir
aucunement refifter à l'ardeur de fon mal, du premier
coup mettant honte fouz le pied, dreffe fa veuë, contemplant d'vn œil doux & affeƈionné celluy pour lequel
cent foys le iour elle mouroit : & apres auoir ietté du
plus profond de l'eftomach vn foufpir, luy refpond,
d'vne voix craintiue : Seigneur Barifor à ce coup fault
que ie confeffe malgré moy que la force me deffault,
& que l'honneur que ie doibz à ma reputation eft fi
viuement attaint d'vn mal femblable, & duquel fans y
penfer ie fuis caufe, qu'à tous propos le cueur me bat

& fe tourmente, me voyant fi fort affoiblie que ie n'ay
quafi aucun fentiment, tellement que fuis contrainte
(me oublians iufques la) de vous dire que la premiere
foys que i'ay eté furprinfe de voftre honnefteté ie fentis
en moy telle defaillance qu'il me fembloit qu'on m'ar-
rachoit le cueur du lieu de fa propre refidence pour
l'aproprier & ioindre auec le voftre. Et depuis vos
vertuz & la cognoiffance fecrette que i'ay euë de
l'amytié vehemente (dont l'affeurance & effort d'icelle eft
maintenant defcouuerte) a efté fi viuement empraincte
en mon efprit que i'ay penfé par vn defefpoir & paffion
demefurée voir cent foys partir l'ame de mon corps :
parce que ie deliberois toute ma vie tenir fecret cefte
amoureufe eftincelle, laquelle auec le temps la voulant
trop celler, croiffant de plus en plus m'euft à la fin
confommé. Mais puis qu'à fi iufte ocafion ie voys mon
bien prefent fans diffimulation, & que ie ne puis nyer
ce que cognoiffez auffi bien que moymefmes, ie vous
fuplie à tout le moins puis que de tant ie me fuis
oubliée que de remettre mon honneur entre voz
mains, de penfer & pouruoir aux dangereux malheurs & inconueniens qui peuuent furuenir fi vne foys
fommes defcouuers, veu la grandeur de ma maifon,
& tant de feigneurs qui fe pourront empefcher de la
faueur que ie defire vous porter, & laquelle me fera
impoffible de pouuoir fi bien cacher qu'on ne s'en
aperçoiue. Amour qui auoit tant efguillonné fes deux
amantz voulut faire cognoiftre fon pouuoir, & comme
victorieux de deux telles perfonnes, ayant vendicqué
leur liberté, planta tellement au plus profond de l'in-
terieur fon enfeigne, qu'il ofta entierement à la pauure

infante Flora tout le pouuoir de refiftance, & donna au
feigneur Barifor vne temeraire concupifcence d'entreprendre ce qui luy coufta depuis la vie, de forte que
lafchant la bride à fes defirs par le moyen d'vn long
baifer & gratieux, confirma tellement fon amytié qu'en
cefte douceur comme tranfporté de fens & rauy de
l'aife de tant de continuëlles & fauorables careffes, fe
voyant feul en liberté fit conquefte de la place qu'amoureufe on appelle : & tant de foys continuërent cefte
delicate execution, que le bruit de foupçon offença non
feulement les aureilles des Gentilz-hommes de la court,
mais celles de fes parens qui voulans vfer de correction rigoureufe, & la feparer loing de celluy qui
luy donnoit fi mauuais bruit, delibera de fe rendre
à iamais pluftot malheureufe que de viure fans la
prefence d'vn fi fauorable & affectionné feruiteur.
Et apres longue deliberation cognoiffant eftre preffée
d'abandonner la court au moyen de la fureur & crainte
de tous fes amys, conclud auec fon mieux aymé (à fin de
chercher ailleurs liberté de fes amours) habandonner
le païs : & pour paruenir à ce but fecretement le plus
qu'ilz peurent s'efpouferent. Et vn iour ayans mis
ordre à leurs affaires garniz d'argent, & de tout ce
qu'vn chacun de fon cofté peut amaffer felon fa puiffance
de peur d'eftre defcouuertz fe mifrent en chemin par
fentiers & voyes incogneuës, & tant trauaillerent qu'ilz
paruindrent au riuage de la mer pour paffer en Italie,
efperans viure au païs le refte de leurs ans heureux
& contens. Mais la malheureufe fortune inconftante
& enuieufe du bien que pour vn temps elle auoit permis
fe changea en vne amertume fi eftrange qu'elle doit

eftre pitoyable à tous amans prenans vn chemin tant
hazardeux. Parce qu'eftans embarquez & feulement
eflongnez du port enuiron dix mil s'efleua vne telle
tempefte en mer que le ciel couuert de tant de nues
obfcures, & l'eau agitée de la vehemence des ventz,
euffiez proprement dit tout eftre en vn chaos & confufion fi meflée que le plus hardy du nauire ne peuft
autre chofe faire que de remettre tout à la mifericorde
du temps qui fut fi diuers que la nau maiftrifée de
l'impetuofité des vents, fut brifée en mil pieces contre
vn rocher, & tous ceux qui eftoient dedans fubmergez
& perduz, hors le pauure Barifor : auquel amour ayant
redoublé fes forces tenoit la dolente Flora toute
efplourée, & cognoiffant le peril eminent l'auoit chargée
fur fes efpaulles, & auec vn courage inuincible s'eftoit
mis à la conduitte & puiffance des vagues trenchant l'eau
comme vn Dauphin auec fes æfterons. La pauure dame
cognoiffant le grand deuoir de fon amy luy difoit :
Helas mon amy ie crains merueilleufement que ie fois
caufe de nous fubmerger tous deux veu le fardeau que
portez. Non (difoit Barifor) mon efpoir & ma vie, tu me
confole & renforce, tellement que me femblez plus
legere que le vent. Adonc la trifte Flora fe baiffoit
pour baifer & accoller fon porteur, luy donnant tel
courage, qu'à l'aide du temps & de la mer qui fe
rendit vn peu calme ilz aborderent vne petite Ifle
deferte, & feulement frequentée de beftes fauuages,
ou, fans y penfer, furent affailliz d'vn lyon. Ces triftes
amans eftimans eftre venuz au comble de leur
malheur, comme s'ilz euffent eftimé fortune les fauorifer
grandement de mettre fin à tant de trauaux infuportables

& non acouftumez fe couplent & accollent à fin de
mourir enfemble. Mais cefte cruelle befte (ou pour
eftre de nouueau repeuë ou par ie ne fçay quelle
fatalle deftinée) leur pardonna. Ainffi effrayez de tous
coftez coururent vagabondz par trois iours & trois nuitz
fans voir autre chofe qu'vn païs defert & la mer
l'enuironnant de toutes partz, & ne pouuans fuporter
la mortelle famine qui les pourchaffoit de trop pres
defaillantz par le trop long ieuner, furent contraintz de
repofer leurs corps debilitez de forces naturelles, & fe
tenir fur le bord de l'eau eftendans leurs bras l'vn fur
l'autre, & pour la viande derniere de leur vie n'eurent
qu'vne infinité de pleurs & regretz difant le pauure
Barifor à fa Flora : Helas ma Dame ta douce & delicate
ieuneffe fe pert pour ne pouuoir endurer cefte famine
extreme. Barifor (refpondit elle) ie me feas affez repeuë
d'eftre auec toy : puis getant vn foible foufpir : Mon cher
amy tu ne peux plus refifter, toutes les forces du cueur te
defaillent. Non à l'amour, repliqua Barifor, mais à ce mien
corps feulement : à tout le moins noz deux efpritz con-
iointz enfemble par efgalle volunté fe repaiffent iufques
à la mort des doux baifers refroidiz par le deffault des
biens de nature. De cefte façon lamentable eftroitement
embraffez & mourans furent defcouuertz en mer par
quelques marchans eftrangers, lefquelz contraintz par
la tempefte d'approcher la route de cefte Ifle demeu-
rerent grandement eftonnez d'vn cas fi eftrange,
& efperans fauorifer à neceffité tant vrgente prindrent
port. Mais apres auoir veu deux perfonnes fraifchement
paffez de ce monde en l'autre fi acompliz en toutes
beautez, & que le remede du fecours eftoit perdu,

cogneurent incontinent que la feule famine les auoit
reduitz à tel paffage. Et apres les auoir enterrez le
mieux qu'ilz peurent & remarqué quelques fignes
apparens de leurs perfonnes, comme gens qui trafi-
quoient par les païs eftranges & mefmes au païs de
Hongrie, racontans vne fi eftrange nouuelle, fut foudain
cefte piteufe auenture defcouuerte de tous, au contentement des heritiers de Flora qui eftoit de riche maifon,
& au regret & crainte de ceux quï eftoient tourmentez
de femblable paffion,

Mes Dames contemplez icy l'intolerable ardeur de
l'Amour qui tellement enflambe le cueur des plus
grandz que fouuent il leur fait perdre fens, & la con-
duiéte principalle de l'honneur, lequel tant plus eft la
perfonne grande & d'opulente maifon plus doit regarder à ne faire chofe qui tant foit peu puiffe amoindrir fa reputation : car depuis qu'on delaiffe Dieu, fe
laiffans gaigner par ie ne fçay quelles fotes paffions
qui entreprennent fur nous, on tumbe facilement en vn
chemin fi fafcheux que fans regarder ou il conduit,
& quel en doit eftre le retour, le danger eft fi grand
& perilleux qu'à toufiours on s'en fent.

COMPTE II.

En cefte hiftoire eft monftré la pourfuitte amoureufe d'vn Romain, lequel vaincu de l'excellente beauté d'vne Iuifue tant fagement conduit fon entreprinfe qu'à la fin ne pouuant vaincre le dur & obftiné courage de fa loy par l'exemple du baptefme, fut fi vifuement attainte qu'elle fe fit chreftienne.

N la ville capitalle de Rome y a vne infinité de Iuifz qui opiniatrement viuent en l'efperance de l'aduenement du vray meffias de longtemps venu au monde. En cefte finagogue vn riche Iuif auoit vne ieune fille accompagnée d'vne tant naturelle & naïue blancheur qu'en toutes les plus belles dames de la ville meritoit bien d'eftre nommée la premiere. Aduint qu'vn ieune Gentil homme Romain vifitant ces Iuifz pour acheter des ouurages & autres merceries dont ilz font grand faict, s'adreffe au pere de cefte fille comme l'vn des plus fameux vfuriers de la troupe : & ainfi qu'il manioit fa marchandife aperceut cefte ieune fille, laquelle parée d'vne douceur de vifage getta vn fi vif regard au Gentilhomme que du premier coup fut tellement attaint à couuert que l'interieur de fon cueur en demeura blecé & faify d'vne extreme paffion. Et cognoiffant que toufiours elle continüoit à renforcer fes attaintes, s'efforça le plus couuertement qu'il peut luy

faire cognoiftre par fignes couuertz de combien luy plaifoit le meffage amoureux de fes yeux. La ieune fille
d'autre cofté contemplant l'honnefteté & bonne grace
du Gentilhomme, demeura vaincuë du mefme mal duquel eftoit furprins : & les enuelopa tellement à l'inftant
ce petit archer qu'il ne reftoit quafi que le temps propre à defcouurir ce petit feu caché fouz vn affectionné
defir, lequel tant continüa augmentant fon ardeur, qu'à
la fin apres longues pourfuittes & entreprifes la dame
gaignée & auertie du vouloir de fon amy attendoit
toufiours l'heure de la confommation de cefte heureufe rencontre qui fut telle que le Gentilhomme, auquel le temps fembloit fort long de paruenir au contentement & plaifir de fes affections trouua façon de
gaigner par argent vn marchant qui pour la frequentation de quelque fecrete marchandife auoit grande
familiarité & habitude auec le Iuif. Et ayant fait faire
vn coffre propre à l'entreprinfe du pauure amoureux,
vint en la finagogue prier affectueufement le Iuif (pource qu'il alloit faire quelque voyage hors Rome pour
trois ou quatre iours) de luy garder ce coffre auquel
eftoient plufieurs befongnes & papiers de confequence,
fe fiant en luy plus qu'en tous les hommes du monde :
mais (difoit le marchant) ie vouldrois bien voir la place
ou le mettrez feurement. Incontinent ceft incredule,
qui defiroit faire plaifir au marchant pour le gaing ex-
ceffif que fouuent il faifoit, au moyen de l'argent qu'il
luy faifoit prefter à vfure, monte en fa chambre & de
bon heur luy monftre vne garderobe ioignant, & en
laquelle couchoit fa fille : le marchant faifant l'empefché regarde de toutes parz vn lieu commode à fon

gré : & apres auoir bien contemplé çà & là luy dit :
Ie vous prie mon cher amy de le mettre en cefte
place, ie le voys faire aporter, & foudain s'en retourne en la ville, fait charger fon coffre, & le fait
porter en la garderobbe du Iuif, lequel ne fe doutant de
la fineffe du marchand demeura trompé : parce que
le Gentil homme qui eftoit dedans, venuë la nuit qu'vn
chacun dormoit, ouure fa prifon de laquelle il auoit
la clef par deuers luy, & fort dehors fe prefentant
auec vne gratieufe reuerence deuant fa dame, qui fur-
prife d'vne ioye exceffiue, & vaincuë de l'amour & du
plaifir fi long temps attendu & plus fouhaitté, ne fouf-
frit fort longues harangues pour venir aux careffes qui
rendent les filles femmes : continuans fort foigneufement
cefte amoureufe bataille l'efpace de trois ou quatre
nuitz, au bout defquelles & le quatriefme iour vint le
marchand requerir fon coffre, qui luy fut rendu auec
grandz remerciemens de chacun cofté. Le Gentilhomme
ayant fi bien chaffé & mieux prins, craignant que cefte
execution, ou par quelque groffeffe, ou autre inconuenient, ne vint à la cognoiffance des hommes dont il
pourroit tomber en vne rigueur de iuftice s'efforça de
perfuader fa dame de renoncer à la loy fuperftitieufe
des Iuifz : Mais elle nourrie & inftruite des fa ieuneffe
en cefte incredulité, demouroit opiniaftre luy alleguant
beaucoup de raifons, & entre autres difoit, comment
mon amy, voulez vous me faire ce mal? veu que la
circoncifion qui eft l'vn des principaux pointz & des
plus neceffaires en la religion, vous autres chreftiens le
laiffez derriere fans l'obferuer. Ie vous diray ma dame,
refpond le Gentilhomme, s'il n'y a autre difficulté qui

I.   4

empefche l'execution d'vn fi grand bien & que puif-
fiez demain trouuer moyen de venir par la ville, ie vous
feray voir le baptefme d'vn Turc qui a renoncé Maho-
met pour fuivre Iesvs Christ : & cognoiftrez de combien nuit ou proffite la circoncifion qu'aleguez. Cefte
ieune fille gaignée des douces parolles de fon amy par
tant de prieres follicita fon pere qu'en fa compagnie la
conduit voir ce baptefme, ou (comme à chofe nouuelle) fe trouuerent vne infinité de toutes fortes de gens.
Et comme ce Turc euft efté mis nud fur les fons le
contemplant homme fi beau & bien formé, print trop
plus grand plaifir à regarder tous les membres & parties d'vn corps fi parfait que la grandeur des ceremonies qu'on y faifoit : lefquelles finies fe trouuant le Gentilhomme auec fa dame, luy demanda quelle opinion elle
auoit du baptefme, & fi la circoncifion y eftoit tant neceffaire qu'elle penfoit, veu le dommage qu'on faifoit
d'ofter ce que Dieu & Nature (pour rendre perfection
en fon ouurage) auoit donné aux hommes. Mon amy
(refpond la dame) ie n'auois iamais veu ne cogneu telles
chofes fi bien à mon plaifir, & confeffe affeurement que
cefte circoncifion eft inutile : càr de ma part i'aymerois
trop mieux qu'on creuft telles parties honteufes, que
d'en ofter tant foit peu, & partant ie fuis deliberée de
faire entierement ce qu'il vous plaira. Ainfi la conclufion prinfe, fut fagement executée : & renonça le
iudaifme fe faifant baptifer, au grand regret du pere,
& entiere fatisfaction des deux amans, lefquelz mariez
depuis enfemble vefcurent heureux & contentz.

C'est chose affez commune, mes Dames, qu'Amour
engendre à fes vaffaux pour vne douceur dix mil amer-

tumes. Toutesfoys il peult auffi eftre caufe (quand il eft
bien conduict) de faire naiftre vn plus grand bien, mais
que les perfonnes qui fe laiffent tumber en fes latz ne
demeurent trop longuement aueugles : ains comme
refueillez d'vn fomme dangereux, & qui fafche les dor-
mans, fe r'affeurent vn peu au chemin de vertu, pour
iouïr de la recompenfe qu'on reçoit de bien faire.

COMPTE III.

Ceux qui ont accouſtumé de frequenter la court ſe promettent ſou-
uent de ſçauoi̖ plus que les autres : de ſorte qu'en toutes compagnies
prennent quelquefoys plus grande hardieſſe de ſe mocquer : mais il
auient que d'autant qu'ilz s'eſtiment plus fins, quand ilz rencontrent
bille pareille, cela les rend ſi eſtonnez, que ſur eux en demeure la
moquerie beaucoup plus plaiſante.

N Gentilhomme courtiſan conuié aux nop-
ces d'vn marchant de Paris, comme celluy
qui prenoit vn merueilleux plaiſir de rencontrer ſur tous propos, ſe miſt auec
aucuns marchans de la compagnie, entre leſquelz en
choiſit vn, lequel (ſelon ſon iugement) il penſoit le plus
digne d'eſtre mocqué : & pour en raporter quelque
nouueau compte en̄ court le miſt fort auant en parolles,
luy diſant : Vous autres marchandz eſtes trop heureux,
oſté vne choſe qui vous met en grand'peine, c'eſt que
pour amaſſer des biens, & entretenir le train de voſtre
marchandiſe il vous fault trafficquer en païs eſtranges
& loingtains, delaiſſans voz femmes qui ſont acompa-
gnées d'autant de beautez que ie peu voir en ville de ce
royaume, & auſſi ou il y a plus grand nombre de
beaux ieunes hommes tant mignardement acouſtrez
que de leur bonne grace ilz ſçauent ſi bien gaigner les
cueurs des plus ſages pendant voſtre abſence, que ie

crains fort qu'en tel hazard ne foyez beaucoup tourmentez, ou de l'effet du change, ou d'vne ialoufie extreme,
qui fouuent vous fait tourner bride, pour efpier & regarder qui fort & entre en voz maifons. Ce qui me
fait grandement plaindre le peril d'vn fi facheux eftat,
& au contraire louër les Gentilzhommes qu'on cognoift
de beaucoup plus fauorifez de fortune : par ce qu'e-
ftant à la fuitte de la court nous laiffons noz femmes
aux champs contrainctes de demeurer es chafteaux
enfermées, & feparées de toutes compagnies, à la garde
feulle des arbres & oyfeaux. Le marchant qui (oultre la
frequentation des païs eftranges) auoit l'entendement
auffi bon ou meilleur que le Gentilhomme, fe fentant
chatouillé de fi pres, luy refpond : Monfieur, à la verité
vous auez depaint vn hazard qui eft affez commun en
cefte ville. Et combien que foyons à tel denger fuietz,
fi eft ce que nous auons vn bien & auantage plus grand
que vous. Et qu'ainfi foit, ne voyez vous pas monfieur
communement que les enfans des Gentilzhommes ne
font fort beaux, mais mal propres, tenans quelque peu
du village & lourdois. Au contraire les enfans des citoyens beaux, propres, & bien entretenuz. Et fçauez
vous d'ou vient la caufe, c'eft au moyen de l'abfence des
bourgeois (comme auez dit) que fes ieunes amoureux
adroitz & de bonne grace qui careffent leurs femmes
engendrent lignée belle & plaifante. Mais es chafteaux
en voftre abfence, les touaffes, mulletiers, ou cuifiniers
qui y demeurent entretiennent & font l'amour de fi pres
à voz Damoyfelles, dont vous nourriffez les enfans laidz
fuyant le naturel de leurs peres, comme s'ils eftoient
voftres. Ce Gentilhomme couftumier de brocarder les

autres, fe trouua lourdement touché de forte que huit
iours apres ne luy fouuint de moquer : mais cogneut
bien que les mocqueurs ne faifoient tous leur demeure
en court.

CELA MES DAMES auient communement à beaucoup
d'hommes de peu de iugement, encores qu'ilz le penfent auoir bon, toutesfoys fe trompent fi fort qu'en leur
fote fineffe cuydans mocquer reçoiuent la mefme honte
& mocquerie. Et vint cefte faute pour prefumer par
trop & de fon fens, & de fa perfonne, fans eftimer
les autres.

COMPTE IIII.

En cefte hiftoire cognoiftrez la grande & finguliere aftuce de doux compagnons, lefquelz mal garniz d'argent, & pour remplir leurs bourfes s'ayderent de l'ypocrifie & langaige d'vn frere predicateur, qu'ilz fceurent fi finement prefcher que luy qui faifoit croire au peuple fot tout ce qu'il vouloit demeura luy mefmes trompé.

'A pas long temps qu'en la ville de Salerne auoit vn citoyen nommé Angelot, homme en tromperies & fineffes auffi experimenté que nul autre du païs. Ce compagnon pour eftre trop defcouuert en fes entreprinfes, print chemin pour chercher fes auantures & arriue à Florence ou eftoit vn frere predicateur, qui auoit fi bien efpouuenté le peuple de tout le païs qu'ilz penfoient ne pouuoir eftre fauuez que par fa prefence, le fuyuants en tous lieux comme vn Moife. Ce vaillant Angelot qui ne cherchoit qu'à pefcher en eau trouble, s'acointa incontinent d'vn autre ruftre nommé l'Euefque (auffi bien conditionné que luy) & en céfte rencontre y euft vne infinité d'embraffemens, deuifans familierement de leurs fortunes, & apres s'eftre longuement chatouillez l'vn l'autre commencerent à parler de faire vn tour de leur meftier, & qu'il y auoit fort bon moyen veu l'oportunité des gens & du temps. Angelot, comme celuy qui ne faifoit voyage en ville que pour tromper quel-

qü'vn, difoit que cefte fotte & inepte multitude qui
fuyuoient ce prefcheur par la perfuafion de fes miracles, qui font fi bien palliez de fainctz & doux propos,
ainfi qu'ilz croyent legerement, d'autant feroient ilz plus
faciles à endormir. L'Euefque refpond, fi nous auions
vn peu d'argent content, ie tiens pour certain que tout
ainfi que ce frere conuertit tout ce populace à fon
opinion, ainfi de mefmes tromperons & le predicateur
& fes difciples, en tirant d'eux iufques à fept ou huict
cens ducatz pour refiouyr noftre ieuneffe. l'ay (dift Angelot) encores content quatre centz ducatz, s'ilz nous
peuuent feruir à la multiplication de cefte alcmye ilz
ne feront efpargnez. Mon amy (replicque l'Euefque) tout
eft affeuré. Et apres auoir conclud l'entreprife ache-
terent vne bourfe en laquelle auoit plufieurs petitz
bourfoz, chacun defquels remplirent de toutes fortes
de efpeces d'or, faifans toutes enfemble la fomme des
quatre centz ducatz : dont ilz firent vn bordereau contenant toutes les mefmes pieces d'or, lequel demeura
entre les mains de l'Euefque, & la bourfe en la garde
d'Angelot, qui s'eftant defguifé en l'habit d'vn de ces
pelerins perpetuelz, qui difent aller en Hierufalem,
chargé d'enfeignes, de patenoftres, bezaffes, & d'vn grand
bourdon, fans riens oublier de ce qui eftoit le propre
d'vn vray pellerin, alla à la predication contrefaifant le
marmiteux & laz du chemin. Quand le predicateur fut
defcendu de fa chaire, & qu'il vouloit aller en vne chapelle pour faire fes ceremonies acouftumées, le deuot
pellerin s'aprochant de luy le fuplia qu'il vouluft entendre vn cas de grande confequence. Ce fratre ayant
l'oreille à commandement acorda facilement cefte re-

quefte, ainfi le pellerin entre en la chapelle, & fe mettant
à genoux commence à dire : Sainct homme & amy de
Dieu ie confeffe que pour la grandeur de mes pechez
n'a pas long temps i'ay fait le fainct voyage de Rome,
ou graces à Dieu i'ay trouué fa mifericorde. Et par la
charité ordinaire des adminiftrateurs du noble fiege
i'ay eu pardon de toutes mes fautes paffées, moyennant
que pour ma penitence ie fuis tenu d'acomplir aucuns
voyages, & entre autres celuy de fainct Iacques, duquel
eftant en chemin (comme pouuez cognoiftre) l'ennemy
de tout bien & du falut de noz pauures ames me
voyant efchappé de fes lyens, pour me remettre en la
voye de perdition, a mis en mon chemin cefte bourfe
en laquelle y a la iufte valeur de quatre cens ducatz.
Et combien que le faulx efprit ayt propofé deuant mes
yeulx l'indigente pauureté en laquelle ie fuis, & la neceffité de mes trois pauures filles preftes à marier,
toutesfoys ferme en la grace du feigneur, par les armes
du faint Efprit, ay refifté à telles & fi damnables ten-
tations, & comme victorieux (encores que euffe peu retenir ces deniers fans le fceu de perfonne) fuis demeuré
en cefte opinion de les rendre comme affeuré que Dieu
feul qui cognoift toutes chofes par fon iufte iugement
euft referué la vengence. Pource pere deuoft foit voftre
bon plaifir prendre ceft argent, & demain à voftre
predication prononcer que s'il y a marchant ou autre
perfonne à qui il apartienne en difant enfeignes fuffifantes, luy fera la bourfe renduë. Auffi pere fpirituel
vous plaife auoir memoire de ma pauureté enuers
voftre peuple : car ie n'ay dequoy parfaire fi long
& difficile voyage finon de l'aumofne des bonnes gens.

Le predicateur ayant cogneu l'effect de la parole du
pellerin par la bourse & deniers qu'il luy offroit, fut
esmerueillé d'vne conscience si loyalle, veu l'infatiable
auarice du monde tant corrompu, & luy dist : Mon
filz si tu auois cruçifié Iesuchrist, pour ce bien fait
il te pourroit estre pardonné, & ie t'asseure que Dieu
t'aydera. De mon costé ie feray demain tant en ma
predication que tu auras autant & plus des aumosnes
du peuple pour acomplir ton voyage que le mauldit
ennemy ne t'en a getté deuant les yeulx pour en la
cupidité de les retenir iniustement te conduyre à perdition. Ce vaillant pellerin faisant l'humble & piteux le
remercia grandement, supliant de le conseiller en cest
affaire : Car (disoit il) monsieur ie suis Gentilhomme
d'ancienne & noble maison, & à grand' peine souffrirois
ceste honte d'aller par l'eglise demander comme vn be-
listre. Cest hypocrite creut legerement, & enchargea
au pellerin qu'il se tint en vn endroit de l'Eglise sans que
le peuple l'aperceust. Le lendemain à l'heure de son
sermon au lieu de prescher l'Euangille, vint subtillement
tumber en ce propos : *Fecit mirabilia : quis est iste
& laudabimus eum.* Et commença à compter au peuple
en parolles fardées d'affection l'histoire du pellerin allant
à sainct Iacques, qui ayant trouué vne bourse luy auoit
baillée pour la rendre au marchant à qui elle apparte-
noit. Et monstrant publicquement l'argent disoit : Ou est
la langue qui pourroit assez louër la grand' vertu de ce
pauure homme chargé de trois filles à marier? lequel
pour estre descendu d'vne grande maison, ayme mieux
souffrir pauureté que d'auoir le bien d'autruy, ou mendier par vne Eglise. Puis commençant à haulser sa voix,

erioit à grand'force : O maudiétz Loups auaricieux, faulx
vſuriers enſepueliz es mondanitez & ordures de ce damnable monde, vous deuorez les biens des ſimples auecq'
faulx contraétz & vſures manifeſtes, delaiſſantz le chemin
de ſalut ſuyuez l'enſeigne du dyable. Soudain commençant vn peu à moderer ceſte collere continüa, diſant :
Mes bons amys on ne ſçauroit aſſez louër la grande
ſainteté & loyauté de ce pauure homme : & affin qu'on
cognoiſſe ſa vertu voyla la bourſe, s'il y a quelqu'vn
qui l'ayt perduë vienne deuers moy, en nommant les eſ-
peces tout luy ſera rendu. Mais pour recompenſe du
vouloir d'vn ſi ſainét homme, qui n'a voulu s'enrichir
du bien d'autruy ſans luy apartenir, il fault qu'vn
chacun s'efforce des biens qu'il poſſede au nom de Dieu
& de ſa glorieuſe paſſion de monſtrer ſa liberalité ſelon
ſa petite puiſſance enuers ce pauure Gentil-homme,
lequel de honte n'a iamais voulu ſe queſter ſoymeſmes,
& cognoiſſant l'integrité du perſonnage mes compagnons eſtendront mon manteau ſur lequel eſlargirez voz
petites aumoſnes pour reconforter le reſte de ſa vie :
aſſeurant qu'vn tel bien ſait ſera auſſi agreable à
Dieu que ſi le donniez aux pauures de l'hoſpital. Apres
les propos de ceſt hypocrite (le manteau eſtandu) vint
vne ſi grande & affluante multitude de peuple geter
tant d'offrandes qu'il fut amaſſé en petite monnoye iuſques à la valleur de mil ducatz. Le compagnon de ce
pellerin qui s'eſtoit deſguyſé en mercadant Geneuois
voyant la proye preſte d'eſtre prinſe, tout eſchauffé
commence à fendre tellement la preſſe, que nonobſtant
tout empeſchement s'aproche du frere predicateur
deuant lequel ſe met à genoulx en luy iurant la bourſe

eftre fienne. Le beau pere fe retournant vers luy
(comme celuy qui peult eftre euft bien voulu que ces
deniers n'euffent trouué maiftre) refpond : mon amy
tu as eu plus d'heur de retrouuer ton argent que de
fens pour le garder. Et apres auoir monftré fon bulletin
qui fe trouua veritable, bourfe & argent luy fut foudain
rendu auecq' la benediction du fratre. Le bon pellerin
Angelot voyant la bourfe rendüe à fon compagnon,
auec vn vifage marmiteux fe retire pres l'offrande faite
par le peuple à fon intention, laquelle pour eftre en me-
nuë monnoye difficile à porter au moyen du danger des
paffages & longueur du chemin fut conuertie en or par
vn riche changeur filz deuoft du predicateur, & à luy
contée iufques au dernier denier. Ce fait auec vn congé
gratieux du beau pere alla chercher le chemin de faint
Iacques non plus loing que Pife, ou fe trouuans plufieurs compagnons de fon meftier fut le butin raporté
& party au contentement & plaifir de tous les trompeurs.

Je vovs fuplie mes Dames de contempler icy l'inuention fine de ces deux compagnons, qui non affeurez
de leur tromperie, fe font aydez de l'ypocrifie d'vn
moyne, lequel (comme lon peult douter, veu que leur
naturel eft de prefcher fouuent pour la poche) eftoit
poffible compagnon de l'entreprife, & croyez certainement que fouz parolles fardées & pleines d'affection fe
cache toufiours le dangereux venin de menfonge.

COMPTE V.

Encores qu'il me fafche beaucoup de raconter chofe qui foit au defauantage des gens d'eglife, fi eft ce qu'eftant l'occafion fi grande & memoire recente d'vn conte plaifant qui m'a efté fait, craignant de l'oublier il fault qu'on le fçache : & que la verité (qui ne fe peult cacher) à la longue foit defcouuerte, fans toutesfoys en rien vouloir toucher les fages, vous affeurant que ou il fe trouuera quelque compte à leur auantage ce me fera trop plus grand plaifir de le dire.

 N vn village de la baffe Normandie faifoit refidence vn notable curé, lequel pour la bonne opinion qu'il auoit de foy-mefmes, s'eftimoit vn fecond Salomon, tenant en fi grande crainte tous fes parroiffiens que le plus humble d'eux eftoit bien empefché de luy complaire. Vn païfant entre les autres homme (riche) & qui auoit affez frequenté le monde pour n'eftre eftimé des plus fotz, voyant la gloire de fon curé qui fouuent frequentoit les ta-uernes, n'en faifoit pas grand compte : dequoy il fe trouua tellement esboufé de colere, qu'apres auoir longuement enduré cefte irreuerence, comme celuy qui fe fentoit grandement offencé, le print fi fort en hayne qu'vn iour vint trouuer fon parroiffien au retour d'vn bancquet de commere, ou il auoit tellement efchauffé fon cerueau du mouft de Bacchus, qu'à l'inftant il entra fi auant en pic-ques auec luy qu'il y eut vne infinité d'iniures dites des

deux coftez. De telle forte que tenant vn petit beaucoup de
fa perfonne ne pouuoit contenter fon efprit, s'eftimant
eftre de qualité fi grande qu'il ne deuoit eftre tant
vilainement piqué d'vn homme qu'il penfoit luy deuoir
porter honneur en toutes chofes. Et pour auoir fatisfaction le fift apeller deuant le iuge par decret d'aiour-
nement. Le pitault craignant d'eftre furprins ne fift faute
de comparoir le curé prefent : lequel remonftra que fon
parroiffien qui luy deuoit toute obeïffance l'auoit outragé
de beaucoup de parolles atroces & iniurieufes, & qu'en
la prefence de tous ceux du village l'auoit fans raifon
fcandalifé & entre autres iniures luy auoit dit publiquement qu'il auoit vn afne lequel eftoit beaucoup
plus prudent & auifé que fon curé. Et fur ces propos
l'amonneftant doucement comme vn bon pafteur doit
faire que ce n'eftoit chercher le chemin de paradis,
mais pluftoft d'enfer d' ainfi parler des gens d'eglife, me
fift refponce qu'il auoit le paradis & l'enfer en fa maifon,
& que Dieu faifoit tout à fon vouloir. Partant concluoit
à l'acufation que comme mefchant fufpect de la foy
& iniurieux heretique d'auoir fait comparaifon d'vn
afne à vn homme d'eglife, fuft condanné en amende
honorable & proffitable pour la reparation de fon
honneur. Le rufticque comme homme de bon fens voulut fe defcharger, & en plain auditoire commenca à
dire : Meffieurs on dit que ceux qui veulent auoir
mauuaifes aureilles & entendent mal font les raportz
de mefmes. I'ay efté acufé de trois chofes que ma
partie a prefentement bien deduites, mais ie fouftiens
auoir veritablement parlé : pour le premier point,
& qui le touche plus, d'auoir dit que mon afne eft plus

fage que noftre curé : la raifon eft telle que mon afne
quand il va boire à la riuiere & en pleine eau, il n'en
prend point plus que fa nature peult porter, & qu'il ne
puiffe bien retourner en fon eftable : mais le curé qui
deuroit eftre plus fage, quand il va à la tauerne remplit
fi bien fon ventre du meilleur & plus friant vin que fon
cerueau en demeure tant brouillé qu'à grand peine
peult recognoiftre fa maifon, ne fon lit : & qu'ainfi foit,
tous ceux du village icy prefens peuuent tefmoigner
combien de foys ilz l'ont conduit par deffouz les bras,
pour cacher le fcandalle, & de crainte d'offencer fa
couronne au tomber. Secondement que ie me fuis
vanté d'auoir en mon logis paradis & enfer en mon
choix : C'eft que mon pere & ma mere ia vieilz & ca-
ducques, ne pouuans gaigner leur vie, outre l'honneur
que ie leurs dois, fi auec vne reuerence ie les nourriz
& eftime, i'efpere paradis, comme l'efcriture me
promet. Mais au contraire, fi ie les traite mal me
monftrant ingrat du bien qu'ay d'eux receu, ie ne
doute qu'enfer fera ma maifon. Quant au troifiefme
point, que le feigneur fait ce qu'il me plaift, cela eft
fuyuant l'oraifon quotidiane, que tout ce que Dieu fait
& difpofe bien me plaift, & par raifon dois ainfi vouloir,
& penfe faire fon commandement de conformer mes
voluntez aux fiennes. Le Iuge oyant les remonftrances
du paifant eftoit rauy de l'ouir ainfi parler & cognoiffant l'ignorance du curé plus grande que l'iniure du
ruftique, renuoya les parties hors de court & de proces.

V o v s v o y e z, mes Dames, la gloire de telz fotz, qui
voulans trop eftimer d'eux, en fin fe font declarer eftre
la mefme ignorance : & toutesfoys n'ont point de honte

de foy prefenter pour miniftre, de la parolle de Dieu,
laquelle certainement leur eft fi peu familiere que nous
en deuons plaindre le mal pour eux, & fuis marry qu'il
ne s'offre quelque beau difcours duquel ie les peuffe
louër, & ie vous affeure que le fens & le pouuoir ne
feroit efpergné à le faire trouuer beaucoup plus grand
& bon que ie n'ay fait à raconter leurs veritez.

COMPTE VI.

En ceſte hiſtoire vous ſera depaint l'eſprit d'vn homme conduit d'vne charnelle affection, lequel cuydant tromper ſa moitié ſe trouua trompé du tout & de l'entier, demeurant tant aueuglé & confus en ſon entreprinſe par le vice qui le conduiſoit, que par ſon imprudente ſotiſe il en receut vne honte & mocquerie perpetuelle.

 N la riche ville de Lyon demeuroit vn marchand lequel auoit l'entendement plus propre à conduire l'eſtat de ſa marchan-diſe qu'à ſagement faire l'amour & d'au-tant qu'il faiſoit grand train par le moyen de ſon credit l'vn de ſes compagnons luy bailla vn ſien filz pour aprenty, & de l'aage de dixhuit à vingt ans, marché conclud, que pour le tenir deux ans en ſa maiſon & luy aprendre le commencement de l'eſtat qu'il con-duiſoit luy fourniroit contant la ſomme de quarante eſcuz d'or. Ce marchand (à grand peine eſtoient ſix mois paſſez) auoit eſpouſé vne ieune dame Lyonnoiſe de riche maiſon, & d'aſſez paſſable beauté, & comme auient ſouuent qu'vne ieune femme n'entendant les ruſes qui deſpendent d'vn meſnage prend voluntiers ſeruante de ſon aage ſans ſoy deffier du changement qui plaiſt ſouuent aux mariz : le ſemblable fit ceſte ieune Dame, le mary de laquelle diſpoſt & aſſez bien nourry deuint amoureux de ceſte chambriere, ieune,

affetée, & graffette, laquelle il pourfuiuit fi viuement tant
par belles parolles que promeffes, que cefte garfe, ou
pour obeïr àu commandement de fon maiftre penfant faire feruice trefagreable à fa maiftreffe, ou pour
auoir quelquefoys experimenté le mal qui fait les filles
femmes, ne fut long temps fans acorder liberalement
la requefte du fire, qui fe trouua fort content d'vn fi
fauorable acord, reftoit feulement le moyen du ioindre,
qui fut tel que la nuit enfuyuant il iroit coucher auec
elle, & luy donneroit oultre fes gages vn corfet du plus fin
drap de fa bouticque. La chambriere (tant pour le
plaifir qu'elle attendoit, que pour l'efperance du corfet)
fut contente. Ainfi le marchant voyant que fon entreprife fuccedoit felon l'intention de fon cueur, bruflant
d'vn cofté d'vne longue attente, d'autre eftant enuelopé
d'vne crainte d'eftre defcouuert de fa femme, ne peut
trouuer autre remede en fa lourde tefte que de tirer en
fecret fon aprenty : & fe fiant plus en fa fotte ieuneffe
qu'en fon aparante folie, luy dift : Efcoute i'ay vne
entreprinfe neceffaire ou il me fault aller cefte nuiĉt
pour le fait de ma marchandife en laquelle ie pourrois
auoir fort grande perte fans ma prefence, mais parce
que ta maiftresse (craignant qu'il ne furuint quelque
ennuyeufe fortune) ne me voudroit donner congé, au
moyen de ce qu'elle eft ieune, craintiue de nuit, & ne
veult coucher feule : Pource que ie t'ay cogneu fidelle,
quafi de fon aage, & que tu as bon˙ vouloir de me
feruir loyallement pour l'honneur de tes parens me
fiant en toy fans luy riens dire, incontinent qu'elle fera
couchée & endormie, ie te commande pour l'affeurer,
de te coucher en ma place, mais donnes toy garde de

parler ou remuër tant foit peu, de peur qu'elle ne te
cognoiffe, car tu ferois à iamais perdu. Ce lourdault
d'aprenty (qui n'auoit acouftumé telle compagnie à
fon coucher) pleuroit quafi de l'execution d'vne telle
commiffion : mais pour ce qu'il auoit receu expres
commandement de fon pere d'obeïr en tout & par tout
à fon maiftre, n'ofa contredire de crainéte de quelque
plainte qu'eut peu faire le fire enuers fon pere de forte
qu'à l'heure qui luy auoit efté ordonnée, auec vne
frayeur tout tremblant fe coucha aupres de la dame.
Le mary d'autre cofté (eftimant auoir mis bonne
efcorte pour fon embufche) alla d'vne gayeté de cueur
chercher fa marchandife non plus loing que le lit de fa
chambriere, de laquelle pour bien iuger s'il fut mieux
receu qu'attendu ie m'en raporte à ceux qui fe font
trouuez au labeur & plaifir d'vn tel changement.
L'aprenty qui au commencement de fon coucher trem-
bloit & de froit & de peur, fentant la challeur du lit
& de la femme, commença à s'affeurer quelque peu.
La dame qui au mylieu de fon fomme euft affeétion de
fentir fon mary, s'aprocha plus pres, eftimant eftre
celuy duquel felon Dieu elle pouuoit chercher contentement. Ce ieune garçon fentant fes approches cuyde
reculer fuyuant le commandement de fon maiftre,
mais plus il fuyoit plus la dame coulloit fa cuiffe le
long de la fienne, tellement qu'en cefte fuitte fe trouua
bord à bord du lit fans pouuoir reculer d'auantage s'il
n'euft voulu tomber. En fes alteres demeura quelque
temps fi paffionné & preffé, qu'vne chaleur autre que
la premiere, luy caufa fi chaulde fieûre, qu'oubliant
le commandement du marchand ne fe peuft garder de

remuer fi dextrement que de la maiftreffe fut receu
pour fon mary : & d'aprenty fe fit tel maiftre que
pour le bon traitement qu'ilz receurent l'vn de l'autre
ne leur print enuye de parler vn feul mot. Ainfi tout
eftonné de s'eftre trouué en fi nouueau trauail, n'oublia
de foy leuer du plus matin, de peur d'eftre cogneu,
& s'en retourna tout gay en la bouticque fans fe vanter
de la faueur qu'il auoit receu de la Dame : laquelle fur
les fept heures prend le chemin du marché pour
acheter des viures, & retournant en la maifon rencontre
fon mary qui eftoit en la bouticque, lequel aperceuant
vn gras chapon qu'elle tenoit luy demande s'il y auoit
quelqu'vn de fes parens à difner au logis : la Dame
paffant plus outre luy refpond que non : le mary qui
n'auoit accouftumé de tenir fi gras ordinaire ne fut
content de telle refponce, & la pourfuyuit l'interrogant
de fon marché. Sa femme hochant la tefte luy replicque,
voire vrayement vn chapon, il me femble que ne deuez
point tant faire le courroucé, veu que l'auez fi bien
gaigné : le ne fçay que gibet auiez mangé, cefte nuyt,
vous eftiez enragé. A ce mot d'enragé le mary fut fort
eftonné d'vne telle couronne d'efpines, & cogneut par là
fon euidente fotife, tellement qu'en cefte extreme
colere, fans plus parler du chapon, rencontre ce
ieune garfon, lequel voyant les eftranges menaces,
& craignant la violance & fureur de fon maiftre, fort
du logis & fe retire chez fon pere, qui commença foudain à le reprendre d'vne rigoureufe façon , luy difant
que c'eftoit vn enfant perdu, qui ne valloit rien, & qui
ne demandoit qu'à fuyr la bouticque. Ce pauure garfon
ainfi chaffé de tous coftez, fans fçauoir ou foy retirer,

n'ofoit retourner à fon maiftre, & s'en alloit pourmenant
par la ville pour chercher lieu feur à fe cacher, mais le
pere allant à fes affaires le rencontre, & voyant que fon
filz auoit vn vifage fi craintif & piteux euft foudain
opinion qu'il euft defrobé le fire, dequoy voulant
fçauoir la verité le rameine en fa maifon, ou tant
d'amour que de rigueur le contraignit de confeffer
affez piteufement la verité du premier effay de fa
ieuneffe, & que le maiftre par force l'auoit fait coucher
auecq' la Dame, dont depuis il s'eftoit fi fort courroucé
contre luy, qu'il l'auoit voulu tuer. Le pere ayant
entendu vn fi bon tour (aduenu par la fottife du marchand) s'appaife & le va au pluftoft chercher iufques
en fa maifon, ou apres l'auoir falué, luy demande fi fon
filz l'auoit defrobé, veu qu'il l'auoit chaffé comme vn
arron, ce qu'ou il fe pourroit trouuer veritable, luy
mefmes en feroit la punition fi violente qu'elle feroit
exemplaire à tous, & que au furplus fatisferoit entierement au tort & au larrecin. A quoy luy fut refpondu par
le fire (ayant encores le cerueau tout troublé de fi
recente tromperie) que non, mais que c'eftoit vn
mauuais & affeté garfon, duquel il ne fe feruiroit
iamais. Donc (dift le pere) rendez moy le furplus de
mes quarante efcuz, & vous payez du temps que l'auez
tenu & qu'il vous a tant bien feruy. Le marchand defpit
outre mefure qu'en ce feruice auoit fait vne fi fafcheufe
rencontre, ne penfoit à autre chofe qu'à fe plaindre
& courroucer, tellement qu'ilz entrerent en telles picques
que le pere, ennuyé du refus, fit adiourner le marchand
par deuant le iuge ordinaire de la ville, pour luy payer
le refte de l'argent : & fut tellement procedé que la

caufe playdée l'aprenty fut interrogué, le fait defcouuert & le pauure fire auec vne courte honte condamné.

Si tovs ceux (mes Dames) qui ayment le change
eftoient punis de femblable punition ie croy qu'outre
que le nombre en feroit grand, les maris feroient auffi
d'autant plus fages à conferuer leurs femmes, defquelles
ilz peuuent vfer en pleine liberté, & non chercher les
chambrieres pour en receuoir vne fin fi fote & honteufe. Mais ou ce malheureux vice prend vne foys
racine il ne ceffe de pouffer iufques à ce qu'il ayt
engendré en noz cueurs vne tige fi puante & infecte que
le fruit n'en vault iamais rien.

COMPTE VII.

*Pource que ie fçay que beaucoup de perfonnes fe pourront amufer à
la leßure de ces comptes, & qu'il s'en trouuera qui font fort def-
goutez, & de nature melancolicque, fantafticques par la tefte, & fleg-
maticques par le meilleu, i'ay penfé (pour leur donner quelque peu de
plaifir, fi tant de bien fe veulent faire de fe chatouiller pour rire)
de leur raconter cefte plaifante hiftoire.*

N paysant natif d'vn village du meilleu de
la Beauffe, ne trouuant moyen fuffifant de
viure, voulut aprocher de la bonne ville
de Paris, ou il penfoit mieux faire fon
proffit : & trauerfant le Conté de Montfort (comme
mal garny d'argent) alloit demandant de village en
village, s'il failloit point quelque bon chartier pour
labourer la terre, & tant chercha qu'vn payfant, pour le
voir robufte & fort affez pour endurer beaucoup de
peine, le retint àfin de gouuerner fa charuë : Ce gallant retournant vn iour tout quoy du marché de
Montfort, en fon village, oyt deux coqutz qui en leur
chant plaifant fe refpondoient l'vn à l'autre, comme celuy
qui de nature eftoit fort lourdault, & n'auoit acouftumé
en la Beauffe d'ouyr telz roffignolz, eftimant faire
quelque fauorable feruice au vilage, eut defpit que l'vn
de ces coqutz qui eftoit en la foreft par le moyen du
retentiffement du boys cryoit plus hault que celuy qui

eftoit aupres de fon village, en cefte colere defcend de
fon cheual qu'il lye eftroictement à vn arbre de peur
de la fuytte, & monte tout au plus hault pour auec
vne voix la plus aprochante qu'il pourroit ayder au
coqu, qu'il eftimoit eftre familier de toute la parroiffe,
àfin de vaincre celuy de la foreft. Aduint qu'eftant ainfi
rauy d'vne fi doulce muficque fort de la foreft trois
loups affamez, lefquelz aperceuans ce cheual fans
aucune garde, & qui eftoit tellement lyé qu'à grand
peine pouuoit il remuer la tefte, fe ruerent deffus, & à
force de dentz & griffes, vous en font telle curée que
le cheual fut àmoytié mangé auant que le pauure
badin euft acheué fa chanfon. Lequel defcendant de
fon arbre fort enroué de force de crier coquou, aperçoit
les loups bien repeuz, qui au petit pas fe retiroient dedans les boys : partant fut contraint auecq' vne piteufe
trongne, raconter à fon maiftre l'occafion de la perte
de fon cheual, duquel pour auoir recompence, fit
affembler tous les principaux payfans & marguilliers du
lieu, auec lefquelz le dommage du pauure chartier fut
tant bien remonftré & debatu qu'à la fin ilz conclurent
par la voix publicque de toutes les bonnes femmes du
village que celuy qui auoit fi bien defendu le coqu
& bien commun de tout le hameau deuoit eftre fatisfait
d'vn fi fauorable combat, ce qui fut executé : & demeura
monfieur le chartier en telle reputation de tous, que
pour cefte bonne volonté vacquant la preuofté fut
conftitué & efleu le Iuge des coqutz.

Il me femble (mes Dames) que fi le chartier euft efté
de noftre temps, il euft efté bien empefché à contrefaire le chant de tant de coqutz qui regnent, pource

qu'il y en a de trop de differenz chantz & acordz. Et
fi tous ceux qui les defendent & fouffrent eftoient efleux
Preuoftz, ie craindrois fort qu'on cogneuft autant de
coqutz que de proces.

COMPTE VIII.

Combien que ie ne defire empefcher la bonne opinion qu'on doit
auoir des bons religieux, toutes foys l'ypocrifie de ceux qui ne vallent
gueres veult que ie monftre l'homme felon fa vie : car d'autant que de
fa nature il eft menteur, fuiet au mal plus qu'au bien, il ne fault
point penfer que l'habit diminuë rien de tout cela, mais fouuent y eft
cachée vne extreme concupifcence.

v païs de Poytou demeuroit vn Abé,
duquel (pour l'honneur de luy) ie tairé
lè nom, auffi pour la reputation qu'il auoit
d'eftre eftimé de tous vn fort fainct homme.
Ce reuerend toutesfoys de toutes les reigles de fa religion feulement en retenoit l'habit. Au furplus traictoit
& nourriffoit fi fauorablement fa perfonne, & fes
moynes, qu'à la moytié du feruice tant volontiers ieunoit
que voulant garder l'ancien prouerbe, fe mettoit de
la meffe à la table, fort bien chargée de viures. Et
apres le difner pour acomplir fon plaifir oyoit quelque
temps la muficque, fi le trop grand fommeil ne le
gaignoit. Bachus & Ceres ayans fi continuëllement fait
leur fiege au corps de ce moyne, y amenerent leur
compagne Venus, laquelle le trouuant fi bien nourry
luy efchaufa tellement fes graffes tripes, qu'au lieu des
froydes matines, il entra en la chaleur d'vne telle concupifcence, qu'il fembloit vn bouc barbu qui par les

boys court apres les cheures. De ceſte grace & beauté
follicitoit l'Abé l'amour des Dames, s'abandonnaɴt au
monde plus que raiſon ne luy deuoit commander ; & au
lieu de viure auec ſes moynes, cherchoit toutes les compagnies des gentilz hommes & Damoyſelles voyſines de
ſon abaye, leur tenant vne maiſon ſi ouuerte & opulente
que tous les iours ſe continuoient, en ſeſtins & banc-
quetz, & tant acquiſt de priuauté auec les Dames,
que voulant paruenir à la conſommation du feu (que
de longue main il couuoit) commença de choyſir entre
les autres vne Damoyſelle mariée, excellente en bonne
grace & beauté ſur toutes : laquelle choyſie ſelon ſon
iugement pour amye, luy faiſoit racueil tant honneſte
qu'euſſiez proprement dit à luy voir faire la reuerence
que c'eſtoit vn magot, qui monſtrant ſes dentz, deſiroit
mordre ceux qu'il regardoit, tant eſtoit perfait en contenance. La Damoyſelle qui eſtoit honneſte, bien
apriɴſe & de grande doulceur, le receuoit, comme
elle faiſoit eſgallement tout le monde, ſelon ſa nature
gratieuſe. De quoy le moyne eſchaufé ſouz ſon froc,
eſtima auoir attaint le but principal de ſon attente. Et
auant que luy tenir les propos qui cauſent, ou le contentement, ou le refuz, ne s'eſpargnoit d'enuoyer tous
les iours preſens à ſon mary, luy preſter argent, & tous
les auantages qui luy pouuoit faire, par le moyen de la
proximité de ſes terres à celles de l'Abaye, n'eſtoit de
choſe quelconque refuſé. De ſorte que ce gentilhomme,
ſans penſer à ſa femme en receuoit vne commodité
grande pour ſa maiſon, qu'en peu de temps il miſt de
telle façon en repos de beaucoup de differendz, qui
eſtoient entre luy & le couuent. La fin fut que l'Abé

enuieux de recueillir le fruiét de fes biensfaitz, entra fi
auant en propos qu'il vint aux termes de la iouyffance.
La Damoyfelle fage entendant la harangue fi defraifon-
nable (que ie n'ay voulu icy mettre pour fentir trop le
moyne efchauffé) luy fit refponce telle que meritoit fa
prudence. Et comme celle qui fe trouuoit fafchée
& fort defpite pour l'amytié de fon mary, fans vouloir
en rien offencer la moindre partie de fon honneur, ne
voulut depuis retourner au couuent. Le gentil-homme
au contraire, qui fe fentoit tenu à l'Abé n'en bougeoit,
& eftoit fouuent prié d'amener fa Damoyfelle, à quoy
voulant fatisfaire de crainte d'offencer vn fi bon voyfin,
duquel il auoit receu tant de faueurs, importuna fort
fa femme d'y aller. La Damoyfelle voyant que fon
mary fe courrouçoit, pource qu'elle n'obeyffoit à fon vouloir, fut en fin contrainte de luy declarer les facetieux
propos du moyne. Dequoy tout eftonné cogneut alors
l'ocafion qui l'auoit fait monftrer fi liberal enuers luy,
toutesfois dit à fa femme : M'amye ie vous prie, puis
qu'il m'a tant preffé, que ie vous meine pour cefte foys,
feulement allons le voir : mais s'il eft fi fot de vous
tenir les propos acouftumez, ne craignez (puis qu'il
me plaift) de luy accorder fa demande, & faites deliberation auec luy qu'il vienne vn iour ceans coucher,
nous le traiterons comme il merite. La Damoyfelle
contrainte de fon mary, retourne en fa compagnie voir
le reuerend Abbé : lequel voyant la Dame, qui luy
eftoit autant & plus agreable que fon breuiere, s'efforça
de la meilleure contenance qu'il peuft à luy faire
careffe. Et apres le difner (qui eftoit l'heure que fon
feu voluntiers s'allumoit) retourne fur fes premieres

brifées. Et tant prefcha, que la dame (inftruite de ce
qu'elle auoit à dire) luy acorda la iouyffance du
coucher : & que le moyen de l'execution feroit que fon
mary le prieroit d'aller ce iourd'huy fouper en fa
maifon. Et par ce que fur les quatre heures du matin
tous les iours il alloit aux champs à la chaffe, fans reuenir qu'au difner, ce pendant elle yroit en fa chambre,
pour luy donner le contentement qu'vn amy peult auoir,
autant & plus d'elle fouhaitté que de luy. Mais monfieur
ie vous fuplie (difoit la Damoyfelle en vne voix fainte
& tremblante) d'eftre fecret en vn tel & fi dangereux
fait, & de vouloir renuoyer tous voz gens en l'Abbaye,
afin qu'eftant feul couché en voftre chambre le plaifir
de nous deux en foit plus libre & hors de tout foufpe-
çon. La conclufion prinfe & affeurée le gentil-homme
cogneut bien qu'il eftoit temps de parler, & auec vne
gratieufe reuerence fuplia l'Abbé de prendre le paffe
temps du vol de la predrix, & que ce pendant
(s'il plaifoit luy faire tant d'honneur) il feroit preparer
le fouper en fa maifon. A quoy ne faluft vfer de plus
longues prieres, car incontinent monfieur le reuerend
monte fus fa mule, fon froc en efcharpe, auec la
meilleure trongne du monde faifoit tous fes effortz
d'entretenir fa Dame par le chemin. La chaffe longuement continuée on aproche du logis, auquel ne
voulut entrer l'Abé qu'il n'euft renuoyé tous fes gens
iufques à vn lacquais. Le mary faifant le courroucé,
s'efforçoit de les retenir : mais quelque chofe qu'il peuft
faire ne fceut gaigner ce point fur monfieur, lequel
voulant tenir fa promeffe replicquoit au contraire, ne
vouloir pour fon feruice autres feruiteurs que ceux du

gentil-homme, & que ce n'eſtoit raiſon d'ainſi fouller
ſes amys. Mais le gallant qui en euſt bien voulu fouler
les femmes, le ſouper preſt, fut ſi bien traité du boire
& du menger, qu'il ne demanda foudain que le liⱨ, ou
il fut conduyⱨ triumphamemment aux flambeaux en vne
chambre bien proprement tapiſſée, le linge ſentant fort
bon, en la compagnie de la Damoyſelle, qui euſt la
patience (par le commandement de ſon mary) de
l'entretenir quelque temps. Et fit tellement ſon deuoir
(comme femme qui auoit l'œil à commandement)
qu'elle luy donna tant de trauerſes & ſi viſues ataintes,
que le pauure moyne, ayant le cerueau brouillé de vin
& d'amour, cuyda tomber à la renuerſe, toutesſoys le
liⱨ qui eſtoit preſt luy ſauua pour ce coup la cheute. Ainſi
ce pauure tranſi couché, la Dame faiſant fermer toutes
les feneſtres, prend vn gratieux congé en luy ſerrant la
main, & luy diſt : Monſieur, pour l'honneſteté qu'auez
vſé de vous eſtre fié en nous, ſans auoir retenu ſerui-
teurs ſelon voſtre grandeur, ie vous ſeruiray pour ceſte
foys de femme de chambre, & emporteray la clef de
l'huys, àfin que perſonne ne ayt moyen d'empeſcher
voſtre ſomme. L'Abé oyant ces propos, fut quaſi outré
d'ayſe, eſtimant qu'elle auoit prins ceſte clef pour plus
ſecretement venir en ſa chambre : Tellement qu'en
ceſte atente diſcouroit en ſoymeſmes, ſans aucun
repos, le plaiſir & contentement du pauure corps qui
bruſloit d'extreme concupiſcence : & ſe tournant de
tous endroitz, ſerroit puis la couuerture du liⱨ, puis
embraſſoit ſon oreiller, figurant en ſon eſprit la grandeur
de ſon ayſe futur. Ce pendant le gentil-homme (qui ne
vouloit auoir autre vengence de luy, qu'vne moquerie

perpetuelle) auoit apreſté & gaigné par force d'argent
vne vieille d'enuiron quatre xx. ans, ayant toutes les
perfeétions que tel aage peult aporter : laquelle (apres
l'auoir bien fait boire, pour rechauffer vn eſtomach ſi froid)
il la pare des acouſtrements de nuiét de ſa femme, coiffe,
chemiſe, manteau de taffetas, perfumée & fardée comme
vne vieille courtiſanne de Rome. Et ſur le matin (heure
promiſe par la Damoyſelle) prend ſa trompe, apelle
ſes gens, ſes chiens, & s'en va à la chaſſe, delaiſſant le
reſte de l'execution à ſa femme, le reverend (qui en-
tendoit le bruit) dreſſe incontinent l'oreille, & ſe met
en point pour bien receuoir ſa Dame laquelle (incontinent le mary party) vient à la chambre, ouure doucement la porte, & conduit la vieille au liét, laquelle ſe
ſentant ſi bien parée, euſt opinion qu'on luy faiſoit
beaucoup d'honneur. Et en ceſte gloire ſe couche au
plus pres de l'abé, lequel bruſlant d'vne ardeur vehemente (ſans s'amuſer beaucoup au tenir & taſter) re-
chauffa & renouuela de ſi vieilles amours, que i'ay
grand peur en liſant ce compte qu'en ſoyez degouſtez.
Le gentilhomme, qui ſaignoit d'eſtre party pour la
chaſſe, fait diligence d'aller en l'abaye (qui n'eſtoit
loing) àfin de parler au prieur, ſoubzprieur, & deux ou
trois des plus aparens moynes : leſquelz il aduertit de
partir au pluſtoſt pour viſiter monſieur qui s'eſtoit
trouué mal toute la nuit. Incontinent moynes à la curée
(penſans leur abé eſtre deſia mort) viennent auec luy,
& les conduit droit en la chambre du reuerend, qui du
trauail du matin reprenoit vn peu ſon alleine. Les feneſtres ſoudain ouuertes, les rideaux tirez en la preſence de tous, monſieur & la vieille furent aperceuz ſi

pres l'vn de l'autre, qu'à les voir euſſiez iugé eſtre quaſi
le couple de Vulcain & Venus au reſte que la Venus
eſtoit d'vn petit plus ridée que la botte d'vn celeſtin. Si
les moynes furent eſtonnez, & le reuerend encores plus,
ne s'en fault esbahir. Le gentilhomme voyant vn chacun muet preſt à rire, commença à dire : Ie vous
prie monſieur, vne autre foys quand vouldrez faire
l'amour aux Dames choiſiſſez les en autre endroit plus
ieunes. Le pauure abé eſtant trompé & moqué, ne
ſceut autre choſe faire ſinon de partir incontinent auec
ſa courte honte, & s'en aller en ſon abaye paſſer le
reſte de ſa challeur en chantant ſes matines.

Mes Dames, ſi tous ceux qui font de ſemblables
fautes eſtoient punys de telle façon, toutes les vieilles
auroient beaucoup à faire. Car il ne fault point qu'ayons
opinion que l'habit ne l'eſtat doiue faire eſtimer l'homme,
mais la bonne vie & les vertuz qui le doiuent acompa-
gner : leſquelles ne peuuent eſtre en nous ſi ce n'eſt par
la grace de dieu : laquelle a tellement ſouſtenu ceſte
Damoyſelle, qu'à la confuſion & mocquerie de celuy
qui la vouloit faire trouuer meſchante, eſt demeurée
à ſon honneur victorieuſe.

COMPTE IX.

Pource qu'il se trouue vne infinité de prestres oysifz, lesquelz à faulte de meilleure ocupation, & plus curieux de la poche que des bonnes lettres (desquelles ilz deuroient faire profession) inuentent tousiours nombre de finesses, pour attirer le peuple à leur deuotion inuentées pour leur proffit, il m'a semblé bon vous mettre en lumiere le compte qui s'ensuit.

 N la basse Bretaigne estoit vn messire Phes-
felin, lequel fut esleu par les principaux de
la confrairie de monsieur sainct Yues l'amas-
seur perpetuel de toutes les aumosnes des
bonnes gens qui auoient deuotion du saint. Quelque
enuieux prestre, qui eust voluntiers fait ce mestier, luy
dit vn iour : Ie m'estonne messire Phesselin de vous
qui estes homme d'entendement & qui pourriez auoir
la charge d'vne bonne cure, comment vous amusez, à
amasser les bribes. Mon amy (replique messire Phesselin)
tu es vn sot, & n'entends l'auantage que i'en reçois, car
oultre vingt escuz que i'ay de gages, ie suis tant fauorablement traité des bonnes femmes par les villages,
que cela me vaut mieux que le reuenu d'vn bon prieuré.
Puis, i'ay affaire à vn si bon saint, que de tout ce que
ie reçois (quelque partage que luy face) iamais ne s'en
plaint : De sorte tant de gain que de pratique ie four-
nirois encores deux cens escus. Pleust à Dieu (dit le

preftre, que i'en euffe la moytié, ie penferois gaigner
auant qu'il fut vn an cinq cens efcuz : Mais te voyant
ainfi amufé à vn fi petit gain, ie perdrois mon temps
de te dire le moyen de pouuoir paruenir à vn plus
grand. Non (dit meffire Pheffelin) fi ie cognois apparence de verité en ton dire, ie feray que feras efleu en
ma charge pour recompenfe de l'aduertiffement que
me donneras. Le preftre (nommé meffire Turpin) qui
ne demandoit qu'à paruenir au lieu ou le nourriffoit
enuie, luy commence à dire que le curé de faint Nicaife
(diftant de leur bourg de trois ou quatre lieuës pour le
plus) eftoit mort, & que le feigneur du village grand
plaideur (en la prefentation duquel eftoit la cure) ne
la vouloit bailler à perfonne s'il n'auoit cent efcuz content pour fes efpingles, & pour furuenir à fes proces.
Mon frere (refpond meffire Pheffelin) laiffe moy faire,
puis qu'il ne tient qu'à de l'argent i'ay bonne efperance
de paruenir à la cure, & auant que partir affeure toy
de ma promeffe, puis que t'ay cogneu veritable. Le
lendemain meffire Pheffelin bruflant outre mefure de la
conuoitife de trocquer pour la cure, du plus matin fait
conuoquer tous les maiftres de la confrairie, leur faifant
acroire qu'il alloit en quelque voyage lointain de deuotion lefquelz non fans grand' difficulté pour le regret
qu'ilz auoient de la perte d'vn fi bon bezaffier, efleu-
rent en fa place, & à fa requefte meffire Turpin. Ainfi
meffire Pheffelin penfant gaigner païs pour paruenir à
vne fi heureufe attente, poftoit & volloit par les che-
mins comme ceux qui vont à la foyre des benefices :
mais ne fceut tant hafter fes pas qu'à fon arriuée fut
auerty que le feigneur du village auoit pourueu du

benefice vn homme qui luy auoit preſté, changé, ou
donné trois cens eſcuz. Si mon pauure preſtre (ayant
perdu & la poche de ſaint Yues, & la cure de ſaint
Nicaiſe) fut eſtonné, il n'en faut faire doute, & n'euſt
eſté quelque bien petit remordz de conſcience qui le
tenoit en eſperance ſe fut pendu, mais à neceſſité ſi
recente & nouuelle trouua nouueau moyen : car apres
auoir long temps cheminé par païs voyant que ſon
argent diminüoit ſans riens gaigner, ſoy ſouuenant que
quand il print congé de ceux de la confrarie de ſaint
Yues il leur auoit dit qu'il alloit en loingtain pellerinage
ſur ſes briſées, ſongeant par le chemin inuention de
rentrer en credit retourna en ſon village : le peuple duquel eſtant fort groſſier leur fiſt facilement acroire
qu'il auoit eſté à Rome, & par dela Hieruſalem (lieux
de l'eſcriture ſanctifiez) & deſquelz pour aſſeuré teſmoignage monſtreroit vne infinité de ioyaux & reliques,
ayans pluſieurs proprietez de garder le peuple de tout
mal & d'infortune : en departant toutesfoys (fuyuant la
bonne & accouſtumée deuotion) de leurs aumoſnes,
chacun ſelon ſa puiſſance, & en conſideration des trauaux & du grand couſt qu'il auoit fait pour recouurer
ioyaux ſi precieux. Meſſire Turpin, qui auoit eu la deſ-
pouille de Meſſire Pheſſelin, fut fort faſché de le voir
de retour, & craignant perdre la ſouueraineté de ſa
bezace, attire deux ruſtres auec luy : en la compagnie
deſquelz l'allant viſiter (ſouz couleur d'vne bien venuë)
le careſſent & manient ſi finement qu'ilz luy deſrobent
toutes ſes reliques, & au lieu d'elles rempliſſent tout le
ſac de foin : tellement que quand il fut en l'egliſe, cuydant commencer la ſignification & proprieté de chaque

relique, ne trouuant que du foin, fans fe monftrer eftonné, ou demeurer muet à tel befoin, d'vne voix affeurée leur dit : Peuple Chreftien qui auez toufiours eu
fur tout païs le bruit d'eftre le plus deuoft, en contemplation des biens faictz que i'ay de vous receuz, ie
vous ay cy aporté auec vn long trauail de mon corps,
& de tout mon bien vne relique excellente entre toute,
qui eft du foin de la crefche ou noftre fauueur & redemp-
teur Iɛsvs coucha le iour de fa fainte natiuité, lequel
pour telle & fi grande vertu que tant hommes que femmes
entachez du vice d'adultere n'en oferoient ou pourroient
aprocher, tant eft excellente la relique & de grand effet.
Parquoy comme vrays fidelles (fuyuant voftre bonne
couftume) chacun de vous fera deuoir d'eflargir de fes
biens à ceux qui font amateurs du fauuement de voz
aines. Meffire Pheffelin fceut fi bien crier & prefcher
que tout le peuple auec vne deuotion s'efforça de faire
offrandes en baifant ce faint foing, les vns par fuper-
ftition, & les autres de crainte d'eftre fcandalifez & eftimez adulteres. De cefte rufe amaffa fi grand nombre
de deniers qu'il en oublia toutes fes pertes paffées.

Iɛ vovs fupplie mes Dames contemplez icy l'enuie
& auarice de ces deux preftres qui fe trompoient l'vn
l'autre. Et confiderez de combien eft heureux le peuple
gouuerné de telz pafteurs qui ne cherchent que leur
ambition, & non le falut du tropeau. Mais ce mal eft
tant commun qu'il y en a affez de femblables, qui fouuent trompez d'vne vaine efperance courent ou font
courre la pofte pour acheter vn parchemin fi cher que
d'vn tel achet trop tard viendra le repentir.

COMPTE X.

Depuis qu'Amour gaigne l'efprit d'homme ou femme laiffans raifon
derriere, il prend telle racine en eux que bien fouuent vne telle
& fi forte paffion eft caufe qu'ilz n'ont autre figure en leurs propres
penfées que de paruenir à l'effeÉt & iouiffance d'iceluy, & fait en-
treprendre des chofes fi folles & hazardeufes que ceux qui n'ont
iamais experimenté ces paffages, les eftimeront difficiles, ou du tout
impoffibles.

Sienne eftoit vn ieune Gentilhomme, nommé
le feigneur Mignanel d'honorable & riche
maifon, lequel (oultre les perfeÉtions re-
quifes & qui voluntiers acompagnent tel
aage) eftoit fort amoureux d'vne ieune Dame nommée
Gauofe, & fille d'vn des plus aparentz citoyens de la
ville. Si l'amour au cueur de ce ieune homme eftoit forte,
elle n'eftoit moins grande du cofté de la Dame, tellement qu'ilz fe trouuerent vniz en vne reciproque amytié,
reftoit feulement le moyen de pouuoir iouyr du gratieux
& long baifer qui ne fe pouuoit executer fans grand
danger d'eftre aperceuz. La Dame voyant vn tel fafcheux empefchement, à fin que s'il auenoit qu'en la
iouïffance de leurs affeÉtionnez plaifirs ilz fuffent defcouuertz, pour auoir excufe & couuerture plus honnefte, par le moyen d'vn frere Auguftin leur familier,
confommerent l'amour & le mariage enfemble. Mais

fortune variable ennuyeuſe d'vn tel bien fut ſi contraire
que Mignanel eſtant vn iour en la compagnie de ſes ſemblables eut propos ſi rigoureux auec l'vn de ſes compagnons, que la colere le ſurmonta de telle ſorte qu'il le
tua. En crainte duquel acte (eſtant cherché de tous
coſtez par la iuſtice de la ville) fut contraint de ſe
cacher, & ne pouuant eſtre prins fut condemné par
contumace à mourir. Dequoy ces pauures amants auertiz, ie laiſſe penſer à ceux qui ont eſſayé ceſte paſſion
de combien leur fut dur de dire par contrainte le dernier à Dieu : auquel mil regretz auec confuſion de
larmes ſe meſlerent de telle vehemence que les pauures
ames enflées d'vne infinité de ſoupirs cuyderent abandonner les corps : finablement preſſez de neceſſité ne
peurent auoir autre conſolation qu'vne vaine eſperance
auec la mutation du temps & des hommes de ſe pouuoir reuoir auſſi heureux & contens que iamais, mais
pour la fureur des luges il falloit habandonner le païs
à fin d'euiter vn tel danger : auertiſſant ſa dame que ſa
deliberation eſtoit de s'en aller en Alexandrie vers vn
ſien parent riche marchand : & que pendant ſon exil
ilz ſe viſiteroient le plus ſouuent, par leurs meſſagers
& lettres qui rendroient teſmoignage de leur loyalle
& perfaite amitié. Ainſi auec vn congé de mortelle pitié
ſe retira ſecretement au logis d'vn ſien frere & fidelle
amy, qu'il pria affectueuſement de l'auertir ſouuent de
l'eſtat & diſpoſition de Gauoſe. Ce fait print ſecretement le chemin d'Alexandrie, ou trouuant ſon oncle à
propos luy diſcourut l'occaſion de ſa venuë, lequel
comme homme ſage (encores qu'il fut fort mary de
l'homicide, enſemble du mariage clandeſtin de Gauoſe

pour eftre fille d'vne fi grande maifon) toutesfois le
receut filiallement : & pour l'amytié qui luy portoit
comme à fon parent, luy bailla toutes fes principalles
affaires à gouuerner, le cognoiffant homme d'affez
bonne conduite. Ce pendant que ces chofes ainfi fe
traitoient en Alexandrie, à Sienne eftoit grand bruit
qu'on vouloit marier la Dame de Mignanel, & s'effor-
çoient beaucoup de Gentilzhommes à la demander :
Mais elle qui auoit le cœur bien loing des affections de
fi nouueaux feruiteurs (lefquelz auec le temps fe font
maiftres) les refufoit tous avec excufes fi proprement
couuertes, que toufiours eftoit efchapée, iufques à ce
que le pere fafché de fes reffuz continuelz, la voulut
contraindre d'en prendre vn entre les autres felon fon
voulloir, ce qui fift entrer cefte pauure amante en vne fi
ferme volunté, qu'elle fe deliberoit pluftoft fouffrir mille
tourmens que d'offencer en la moindre partie l'amytié
promife à fon amy Mignanel, duquel voyant l'efperance de fon retour quafi perdue, & que fi elle reueloit
le mariage fecret d'entre eux à fon pere, le cognoiffoit
tant impatient & fi facheux que iamais ne pourroit fuporter faute tant fauorable, mais la puniroit de quelque
tourment cruel ou rigoureux. Parquoy apres auoir longuement debatu en fon efprit enuoye fecretement
querir le frere Auguftin, qui auoit efté l'occafion de
la confommation du premier amour, qu'elle fceut tellement gaigner, qu'il fut content de conduyre la perfection de l'entreprife à luy fur l'heure mefmes defcouuerte. Et comme celuy qui eftoit auffi fin & malicieux
qu'vn vieil cinge, prepare vn breuuage à cefte ieune
Dame de telle puiffance qu'il rendoit les perfonnes pour

vn temps en telle paſſion qu'ilz en perdroient tous les
ſentimens & mouuemens entiers de tout le corps, & enuoya ſeurement à Gauoſe, laquelle ayant eſcrit par
meſſager ſecret à Mignanel ſon plus affectionné ſeruiteur l'embuſche & preparatif encommencé pour eſtre
au pluſtoſt en Alexandrie, print le poyſon, duquel fut
tellement ſaiſie, que comme morte elle tomba par
terre. Cette piteuſe nouuelle ſceuë du pere & des parens (eſtimans à la verité ceſte ieune Dame morte) y
eut de tous coſtez vne infinité de plaintes & pleurs. Et
apres auoir faict faire toutes les pompes funebres (ſelon
l'ancienne couſtume) fut miſe en ſepulture dedans
l'egliſe des Auguſtins, lieu ou le pere prenoit grande
deuotion. Le frere religieux la nuict venuë auec l'vn de
ſes plus priuez compagnons alla au monument, duquel il
tire la pauure Gauoſe : & apres l'auoir reduite en ſa
premiere vigueur à force de medicamens contraires à
ſon breuuage, la deſguiſa en l'habit d'vn Auguſtin : & ſe
departirent tous deus prenans en toute diligence le plus
droit chemin ou conduiſoit l'affection : mais pour la
debilité d'vne ſi tendre ieuneſſe non acouſtumée au
trauail de ſi loingtain voyage arriuerent trop tard, par
ce qu'auant que Mignanel euſt receu aucunes nouuelles
de ce voyage, il fut auerty par ſon frere qui eſtoit
demeuré à Sienne, & lequel ne ſçauoit l'entrepriſe ſe-
crette de ceſte Dame, qu'elle eſtoit morte, & l'auoit
veu enterrer. Ce pauure amant ayant receu ſi dolentes
& faſcheuſes lettres, comme celuy qui ſe tenoit tant
aſſeuré de la mort de celle en laquelle il eſtimoit le
principal but de ſa vie, entra en vne telle melencolie
que (quelque conſolation que ſon oncle miſt peine de

luy faire) de iour en iour s'affembloyent en fon cueur
vne confufion de fi grandes fafcheries, que ne les pouuans plus fouffrir (fans le fceu de perfonne) en l'habit
de pellerin s'en retourna à Sienne : ou s'eftant fecretement caché dedans l'eglife des Auguftins, fur les vnze
heures de nuit commença à faire mille plaintes entremeflées de continuëlles larmes, fur le lieu où il penfoit
fa Dame eftre entrée. Le fecretain qui à telle heure
auoit acouftumé d'aller fonner les matines, trouuant
ceft homme en tel habit, eut fi grand peur que fes
piedz ne le peurent porter pour fuyr affez toft à fon
gré : tellement qu'ayant recours à fa voix la defploya
fi haut qu'à ce cry tous les moynes eftonnez coururent
hors le couuent, apeller le fecours des voifins, eftimans qu'ilz fuffent grand nombre de larrons qui vou-
luffent voller leur efglife : en forte qu'en peu de temps
fe trouua vne multitude confufe de gens embaftonnez
qui entrerent en l'eglife, & penfans trouuer refiftence
ne rencontrerent que le pauure Mignanel debout comme
vne ftatue, les bras croifez, femblant homme plus
mort que vif : lequel incontinent fut cogneu & interrogué fur l'occafion de l'habit, & heure indeuë, en laquelle il fe trouuoit conuaincu de facrilege. Mais le
pauure paffionné qui auoit le cœur ailleurs qu'aux reliques, eftoit faify d'vne fi extreme douleur qu'à toutes
refponces il demeuroit muet. Les vns qui le voyoient
toufiours foufpirer & pleurer difoient que c'eftoit pour
auoir efté furprins en larrecin, les autres qu'il eftoit for-
cier, & qu'il vouloit deterrer les mortz pour faire quelques
coniurations : ainfi chacun par indiferendz iugemens
condemnoit ce piteux Gentilhomme, lequel au moyen

I.   9

de la nuyt fut mis en garde iufques au lendemain, que
la malheureufe fortune qui l'auoit par le paffé flaté en
fes plaifirs, en vn moment luy fut fi maraftre que les
parens de celuy qu'il auoit tué furent auertiz de fa
prinfe. Et foudain comme gens de credit & authorité
firent affembler la iuftice : entre les mains de laquelle
eftant mis, incontinent par la rigueur & loy du païs fut
decapité, auec meruelleux criz & lamentations de tout
le populaire de la ville. Gauofe qui cependant gaignoit
pays pour venir à ioindre les bras de celuy qu'elle penfoit encore viuant, fit tel deuoir qu'elle arriua en
Alexandrie & s'adreffa au logis de l'oncle de Mignanel:
auquel donnant à cognoiftre le fecret de fon voyage,
comme celluy qui aymoit fon nepueu, fut efmerueillé de
la magnanimité & hardieffe de l'entreprinfe de cefte
femme : toutesfois voulant fauorifer vne amytié fi parfaite, diffimula vn peu l'abfence de Mignanel, & luy dit
qu'il eftoit allé au recouurement de fa marchandife.
Ainfi ce bon parent ayant richement contenté & renuoyé l'Auguftin conducteur de la Dame, employa tout
fon pouuoir à la bien confoler & traiter : & voyant le
temps qu'il falloit defcouurir ce que fi long temps auoit
tenu fecret, luy dit : Ma bien aymée niece fçachez que
mon neueu n'a eu iamais autre auertiffement de vous
que celluy qu'vn fien frere luy a dernierement efcrit de
l'affeurance de voftre mort : Dont il s'eft trouué tant
demefurement paffionné que i'ay penfé voir mil fois
l'ame prefte à partir, pour le regret & continuel fouuenir de cefte beauté que ie vois fi viuement painte deuant mes yeux. Et vous affeure qu'eftimant trouuer
quelque repos ou remede à fi chaude ou cruelle mala-

die, contre mon vouloir il s'en eft retourné à Sienne
en deliberation de mourir. Et de ma part, veu le meurdre qu'il a fait, ie n'ay autre opinion que de fa mort.
La dolente Gauofe oyant de fi facheux propos, & tant
de labeurs par elle inutilement employez, cuyda eftre
homicide de foy-mefmes : mais l'oncle doucement la
reconfortoit & remettoit en la cognoiffance de Dieu
& raifon, luy remonftrant que tans de larmes & foupirs
n'eftoient fuffifans pour mettre remede à fon mal, mais
que le meilleur eftoit de retourner à Sienne pour chercher tous les moyens de le fecourir, & luy fauuer la vie,
fi poffible eftoit. Gauofe qui ne demandoit qu'à trouuer
celuy auquel demeuroit fon feul repos, fe monftra quelque
peu fatisfaite : & ayant appareillé toutes chofes neceffaires, partit en la compagnie de fon oncle, eftant defguifée en l'habit d'vn ieune marchand. Amour pour
lequel cefte Dame combattoit luy donna telle vigueur
que le chemin ne luy fembla (quelque loing & facheux
qu'il fuft) difficille à fupporter. Et tant employa fes
forces pouffées d'vne vaine efperance, qu'auec l'oncle de
Mignanel elle arriua à Sienne, ou le peuple tenoit
encores fes comptes de la mort du pauure gentilhomme, comme chofe faite de deux iours. Si telle
entrée fut aigre & facheufe à cefte ieune & delicate
Dame (plus propre à receuoir les plaifirs de ce monde
que tant de malheurs fi pefans) il n'en faut douter : car
fe voyant ainfi trompée d'efpoir & de fortune (toute
efplorée & hors de tout bon fens) s'en alla en l'Eglife
des Auguftins : ou trouuant le corps de la perfonne, en
laquelle eftimoit trouuer fa vie, qui pour eftre mis en
terre auoit efté rendu à fes parens (faifie d'vne douleur

defefperée) fe laiffe tomber de telle vehemence, que le
cœur affoibly de tant de tormens & melancolies, ne
pouuant porter vn fi dur & dernier effort, demeura
habandonnée de tous fes fens & vertus naturelles, en
façon que le fiege de l'ame luy faillit à l'inftant, demeurant toute roide eftendue. Les parens du mort venuz
pour le faire enterrer honorablement, voyans vn fi
piteux fpeftacle, & aduertiz, par l'oncle de Mignanel
(qui s'eftoit iufques à lors celé) de la verité de l'hyftoire,
en aduertirent le pere de la pauure Gauofe, lequel apres
auoir fait les plainfles que vn pere peut faire, pour la
mort d'vne fille vnique, fit enfepuelir les corps de ces
pauures amans en vn triomphant cercueil de marbre,
contenant le difcours de fi pitoyables amours.

EN CESTE HISTOIRE (mes dames) ie ne puis autre chofe
vous apprendre que la folie d'vne pauure femme, en
laquelle amour monftre fes effeftz ardans & rigoreux.
Et combien qu'elle eut cherché la couuerture du
mariage, toutesfois pour ce qu'il fentoit trop fa fole
& terreftre volonté, mettant fon feul but aux hommes,
qui defaillent le plus fouuent, le Seigneur qui ne veut
qu'on fe fie en eux plus qu'on ne doit, permift qu'elle
tombaft en vne fi baffe & pauure fin.

COMPTE XI.

C'eſt vne folie qui eſt aſſez commune entre les gens de baſſe condi-
tion, qu'en leurs meſtiers quelque fois ilz laſchent la bride à vne deſor-
donnée volonté de deſrober : & combien qu'ilz penſent que la choſe par
eux retenue ſoit de petite conſequence, ne ſentans pour lors le mal
qu'ilz font, toutefois tombent en telle punition que quelque larcin ou
deſguyſement de meſtier qu'ils puiſſent faire, ne peuuent trouuer moyen
d'enrichir : mais au contraire, demeurent malheureux toute leur vie.

 Paris demeuroit vn riche bourgeoys, qui
tenant vn petit beaucoup du bon meſnager,
auoit accouſtumé de contreroler ſi bien tout
ce qu'il bailloit à ſon couſturier, qu'vn iour
entre les autres, faiſant faire vn ſaye de ſatin, luy bailla
quelque quantité de bandes de velours à la meſure de
ſon aulne, en preſence de deux teſmoings. Le couſturier
qui auoit accouſtumé de faire ſa banniere, raportant à
ce monſieur ſon ſaye, ſe trouua deffaut d'vn' aulne de
bande. Dieu ſçait ſi le bourgeoys entra lors en collere,
& de deſpit fit à l'inſtant adiourner le tailleur & tant
pourchaſſa par defaux, contumaces, ſentences, & appellations, que le pauure couſturier diligent de gaigner en
ſa boutique & pareſſeux de defendre ſon proces, tomba
en ſi grande ſomme de deſpens qu'ilz montoient plus
que le reſte de ſon bien : de ſorte que ſe voyant ainſi

deſtruiĉt, ferma boutique, & ſe retira au pays de Normandie en vn petit village, auquel prenant vn moulin à
ferme, de couſturier ſe fit muſnier. Et par ce qu'il
auoit eſté reprins de larcin, voulant faire vn peu plus
l'homme de bien que de couſtume, & par ce moyen
recouurer ſon honneur, traiĉtoit ſi fauorablement les
bonnes femmes qui venoient moudre en ſon moulin,
que par faute d'auoir aprins la raiſon qu'ont acouſtumé
de faire les muſniers, ne peuſt payer ſa ferme ; mais
comme vn pauuvre beliſtre, fut contrainĉt de laiſſer le
meſtier & le village, auſſi bien que ſa boutique de
couſturier. Et ainſi paſſant chemin de bourgade en bourgade, ſe preſente au deuant de l'ouuroir d'vn bou-
langer, auquel demanda l'aumoſne. Ce faiſeur de petit
pain le voyant quaſi de ſon habit, l'interrogue de quel
eſtat il eſtoit. Le pauure couſturier (eſperant auoir meilleure paſture) reſpond, pauure muſnier. Et n'auois tu
perſonne qui allaſt mouldre à ton moulin ? l'auois (diſt
le muſnier) quaſi tout le village. O lourdault & groſſe
beſte, tu n'entendz ton meſtier : ſi i'euſſe eſté en ta
place pluſtoſt vne douzaine de ceux là fuſſent allez mendier , que de tomber en telle neceſſité. Ce pauure
homme ainſi mocqué & delaiſſé, n'oſant retourner en la
ville pour la crainte du bourgeoys, & les deſpens de la
perte de ſa cauſe, delibera de ſuyure ſon dernier meſtier. Et pour aprendre l'art duquel il luy failloit viure,
& ſans lequel feroit contraint de mendier, tant chercha
que ſe faiſant varlet d'vn muſnier de l'vn des Gentilz-
hommes du païs, ſceut ſi bien entretenir ſon maiſtre,
& le ſeigneur du moulin, que le muſnier eſtant mort,
le gentilhomme en peine de chercher homme pour ſon

moulin, interrogua le varlet luy demandant (auec folem-
nité de fermens) s'il luy pourroit enfeigner homme
loyal, & qui ne fuft point fi grand larron qu'eftoit fon
maiftre. Le ruftre qui auoit aprins les rufes du moulin,
luy fait refponce qu'à la verité il eftoit impoffible d'en
trouuer qui ne le fuffent : & que loyauté logeoit fort
loing des moulins. Mais (monfieur) il y a de plus grands
larrons les vns que les autres, quant à moy ie fuis des
plus petitz : s'il vous plaift me faire ce bien, ie vous
feruiray le plus loyaument que ie pourray felon mon
meftier. Ainfi le Gentil-homme fe voyant en cefte neceffité de paffer par la main des larrons, penfant choifir
de plus petitz, luy bailla fon moulin, par le moyen
duquel (encores qu'il fift tout fon deuoir de defrober) à
grand peine pouuoit viure tant eftoit malheureux.

VOYLA comment (mes dames) l'homme doit hayr le
vice du larrecin, par ce que quelque pauureté qu'il
puiffe auoir, fi eft-ce que vn bien mal acquis peu ou
rien du tout profite. Et ne fault penfer à la vie feule du
corps (par le moyen de laquelle on cuyde couurir fes
fautes) mais delaiffant les chofes baffes, fault eftre foi-
gneux des plus hautes, lefquelles nous eftans par la
grace de Dieu données, facilement obtiendrons le refte.

COMPTE XII.

Il y a vne maniere de ieunes hommes (encores qu'ilz foient de nature
ignorans) fi eft ce qu'ilz fe glorifient plus en leur ignorance, que le
fçauant ne fait en fon fçauoir : & bien fouuent font employez en offices
telz qu'en l'exercice d'iceux, font cognoiftre par leurs propos & façons
de viure, vne infinité de baftelleries, qui ne feruent au monde que
d'aprefter à rire. Et font volontiers telz miniftres baillez es villages,
ou le peuple eftant rude & groffier, demeure longuement abufé.

 N efcolier de la craffe pafte de Bretaigne
(ayant eftudié vn peu de temps) fe per-
fuada d'eftre affez fçauant pour prefcher
en fon village : tellement qu'en cefte opinion, reprint le chemin de fon païs : auquel arriuant,
& pres du village de fa naiffance, pource que l'argent
luy eftoit failly : & n'ayant oublié qu'en l'vniuerfité de
Paris, autresfois auoit ouy dire, qu'vn perfonnage docte
& experimenté aux fept artz liberaux ne pouuoit endurer neceffité, demanda à vn chartier (qu'il rencontra en
fon chemin) l'aumofne, au nom du maiftre qui luy auoit
apprins les fept artz liberaux. A quoy fift refponce le
picque beuf, paffe mon amy ie ne te donneray rien.
Ceft efcolier marry outre mefure, de ce que l'autre ne
l'auoit apellé maiftre Yues, pour s'eftimer fçauant
& experimenté en toutes fciences, cheminoit tout gron-

dant. Le payfant au contraire, penfant que ce fuffent
fept meftiers que l'Efcollier euft aprins, luy dift : Comment mon amy à ce que ie voy ie fçay plus que toy,
& m'eft plus proffitable mon fçauoir que le tien : d'autant
que de ce feul meftier que tu voys ie nourris ma femme
& fept enfans, & toy acompagné de tes fept artz liberaux, ne peux viure feul : parquoy ie fuis plus à eftimer
que tous tes fens & ta fcience. Ce maiftre Yues, defpit
comme vn maiftre en ars, ayant perdu fa brigue,
demeurant ainfi mocqué, trouue moyen de gaigner le
village, auquel (à la faueur de fes parents) fceut fi bien
contrefaire l'habille homme, qu'apres auoir receu les
ordres neceffaires à vn preftre, tant bien fceut chanter
& faire bonne trongne, qu'il fut efleu du curé pour fon
principal vicaire. Et pour le commencement de fon
vicariat (voulant monftrer à fes parroiffiens qu'il auoit
aprins à Paris quelque chofe de nouueau) le iour des
rameaux fe mift en chaire pour declarer l'entrée de
noftre feigneur en Ierufalem : & entre autres chofes
(pour bien cuyder magnifier telle entrée) voulant glofer
l'efcriture par fon grand fçauoir, interpretoit que noftre
feigneur, comme vn braue Prince eftoit monté fur vn
genet d'Efpagne, caparaffonné d'vne toelle d'or, & harnois bien doré, comme à vn fi grand feigneur apartient,
pour faire l'entrée d'vne telle & fi grande ville. Le clerc
de l'Eglife, qui auoit autresfois ouy prefcher des cordeliers, ayant retenu quelque peu de chofe, tire la robe
de fon maiftre & luy dit : Monfieur, frere Iean dit que
c'eftoit vn afne, le vicaire luy replique, va luy lefcher
le derriere badin, fi ie pouuois en meilleure chofe faire
plus grand honneur à mon fauueur ie n'efpargnerois ma

I.   10

peine : car tant qu'on m'apellera meſſire Yuon i'auray
ſon honneur en recommandation. Et reprenant ſon ſer-
mon diſoit : Pource mes freres, gardez vous de ce meſ-
chant dyable, car il eſt fin comme vn renard, & vous
trompera s'il peult. Et à fin d'en venir à bout, pour le
meilleur remede ſault que cherchez l'amour de Dieu
qui eſt bon & doux comme la ſaulce des poires qu'on
vend ſur les patiſſiers à Paris. La predication finie le
reſte de la ſemaine s'employa à la lecture des bons vins,
iuſques au iour de Paſques, auquel eſperant que le curé
(auſſi bon theologien que luy) deuſt venir ſaire l'office de
bon paſteur, ne ſe ſoucia beaucoup du ſeruice de
l'egliſe, & moins d'eſtudier l'euangille pour la preſcher.
Mais eſtant trompé de la venuë du curé (ignorant ce
qu'il deuoit ſaire) enuoya ſon clerc demander à vn
vicaire voiſin comment il ſe pourroit gouuerner. Le
vicaire ſort empeſché à confeſſer ſes parroiſſiens luy fit
reſponce courte, & luy dit ſeulement : Il eſt demain la
ſainte reſurrection de noſtre Seigneur, partant vous direz
à meſſire Yues qu'il fault chanter, *Reſurrexit.* Maiſtre
Benoiſt le clerc (pour eſtre begue de la langue & leger
du cerueau) en s'en retournant par le chemin oublie le
mot, & ne ſe ſouuint que de la premiere ſillabe, *Re,*
tellement qu'il raporte à ſon maiſtre qu'il failloit chanter
de *Re :* Ha (dit le vicaire) par ma coronne ie l'auois
bien penſé qu'il falloit chanter de *Requiem,* car voicy le
tiers iour qu'il eſt mort, & nous chanterons demain ſon
ſeruice. De telles petites ignorances eſtant acuſé de ſes
paroiſſiens enuers le curé, le ſuplierent de leur bailler
vn autre vicaire qui ſuſt vn peu mieux auiſé. Comment
(dit meſſire Yues en collere) mais, monſieur, donnez

moy d'autres parroiffiens. Les païfans opiniaftres en
leurs demandes remonftroient que c'eftoit vn ignorant
n'entendant fon eftat, & qu'il ne chantoit meffe que
quand il luy plaifoit. Sçauez pourquoy (replique le
vicaire) parce que fi ie chantois plus fouuent ces mignons
s'approchent fi pres de l'autel qu'à la fin & par long
vfage ilz pourroient aprendre à chanter meffe comme
moy, & partant le gain en feroit moindre s'il falloit ainfi
deuifer en plufieurs, ce qu'à moy feul apartient. Tant
de bonnes raifons de cuifines fceut alleguer maiftre Yuon
le vicaire que pour l'ignorance & fottife du curé la caufe
demeura fufpendue, & le vicaire prefchant comme de
couftume.

C'EST CHOSE dangereufe (mes Dames) quand les
pafteurs pechent, non feulement par ignorance, mais de
certaine malice, & ne regardent la charge qu'ilz ont en
general de tant de pauures perfonnes ignorantes Dieu
& leur falut qui en depend : mais ont leur profit particulier fi en recommendation qu'ilz ne fe foucient
pas quelz font les miniftres qu'ilz mettent en l'eglife,
mais leur fuffit de fçauoir combien ilz veullent augmenter leurs fermes, s'attribuans comme propre le bien
qui n'apartient à eux, & duquel ie crains qu'ilz rendront
mauuais compte.

COMPTE XIII.

Afin que la fotte ignorance n'aueugle les perfonnes fouz couleur d'vne fainte ypocrifie ou fimulée fainteté, & que l'œil troublé par l'exterieur ne penfe trouuer quelque chofe de plus parfait fouz vn defguifement, fi ce n'eft en celluy duquel depend toute confolation, ie vous veux raconter vn difcours trefueritable, le fuiet duquel eft auenu de notre temps.

v temps du noble & magnanime Roy Fran-çoys fut fait vn tournoy à faint Germain, auquel fe trouuerent plufieurs Princes & Gentilzhommes de France : entre lef-quelz ne voulut faillir vn feigneur de grande & ancienne maifon, qui aymant l'honneur & les armes fit amener fes grandz cheuaux à la conduitte de l'vn de fes Efcuyers, & quelques pages de fa maifon. Ceft Efcuyer arriué à noftre dame de Boulongne pres Paris (comme celluy qui vouloit entendre le vouloir de fon maiftre) paffe oultre iufques à la court, & laiffe la garde de l'ef-cuyrie à deux pages, l'vn defquelz plus grand vn peu que l'autre, & preft à fortir hors le gouuernement de fon Efcuyer : Se voyant en liberté (& comme le naturel de telz mignons eft de tenir quelque peu de l'efuent) entre auec fon compagnon en l'hoftellerie, auec vne contenance telle qu'on l'euft prins, non pour vn page, mais pour l'efcuyer & principal conduĉteur de fes che-

uaux. Et de cefte affeurance commença à dire : ça ma
dame que nous donnerez vous à difner ? l'oftefte qui
n'eftoit des plus contentes de telz hoftes (veu le peu de
gain qu'elle y fentoit) pour eftre telz courtifans fuietz
à faire leur payement auffi court qu'eft l'argent de leur
bourfe, fe prefente au deuant d'eux reffufant de leur
bailler viures, & auec vne honnefte excufe leur dit
qu'elle n'auoit prouifions fuffifantes pour prefenter aux
Gentilzhommes qui demandoient voluntiers à eftre bien
traitez. Comment ma dame, replique le plus grand des
pages, entrant iufques au dedans de la cuifine, ie voys
la broche qui tourne affez bien garnie, pour le moins
nous en mangerons noftre part. L'hoftefte qui auoit des
hoftes de longue main cogneuz, & defquelz elle efperoit
plus de gain que d'eux, s'excufa que fes chambres
eftoient fermées, & que la viande eftoit pour porter
chez vne fienne voyfine de laquelle elle auoit tenu l'enfant. Ces pages de nature fins, & qui par faulte de bien
chercher ne ieunent voluntiers, furent fort diligens de
monter les degrez afin d'entrer aux chambres qu'ilz
trouuerent bien barrées par le dedans, & fans efpar-
gner leurs poings heurterent lourdement, mais voyant
qu'on ne leur refpondoit entrerent en foupçon : tellement que baiffant vn peu la tefte par deffouz la porte
(affez mal iointe du bas) aperceurent l'ombre de deux
habitz griz eftantz fur la table auec le moufle d'iceux en
vn petit cafaquin de mefme couleur. Et gettans la veuë
d'autre cofté, virent par deffus l'efpaule de l'vn de ces
cordeliers comme la blancheur d'vn couurechef de
femme, qui fut ocafion que ces pages commencerent à
crier : Sus beaux peres ouurez la porte ou bien elle

fera rompuë : ce qui fut fait aifément pour n'eftre des
plus entieres. Et de cefte façon entrerent meffieurs les
pages, les efpées au cofté la main deffus, le bonnet
enfoncé, auec vne brauerie & audace telle, que meffieurs les cordeliers & deux ieunes garfes, qui feruoient
de nouices furent plus eftonnées que du premier fon de
matines. Ces pages (aufquelz tant plus croiffoit la peur
des Cordeliers plus augmentoit leur fiere contenance)
menaffoyent extremement ces pauures fratres de les
faire mener au conuent pour eftre foytez, le Miferere
tout au long, ce qui fort les eftonna. En forte que la
crainte de telle execution (pour eftre affeurez que fi le
conuent en eftoit auerty, ilz euffent autant aymé mourir) fift vfer ces grifards de leur meftier, qui eft du plat
de la langue, auecq gratieufes & fardées fupplications
de n'eftre caufe d'vn fi grand fcandalle qui peu leur
profiteroit : mais où ilz tiendroyent le cas fecret, ilz
auoyent encores dix efcuz au commandemens des compagnons. Ces mignons qui ouyrent parler d'argent
(duquel eftoyent affez mal garniz) appaiferent vn peu
leur colere : difans, fus beaux peres, où eft la bourfe,
voyons quelle croix vous portez. A l'heure l'vn d'eux
fouille dedans le capeluchon de fa iuppe, & tire d'vn
petit bourfault quarante efcuz, defquelz furent baillez
content à meffieurs les pages les dix efcuz promis :
& puis faifans apporter le difner qui eftoit preparé, fe
mirent tous à table en la compagnie des nouices, auecq'
lefquelz (le difner failly) fut defchanté en contrepoinct,
fans que ces pauures freres (combien qu'il leur en fift
grand mal) ofaffent empefcher tout le plaifir de meffieurs les pages, lefquelz felon le temps & fubiet

sceurent bien employer. Les pauures mineurs (qui
auoyent tousiours l'oreille à la sonnette & au fouet) ne
peurent assez tost eschapper les mains de telz courtisans pour doute de n'estre quittes à si bon marché :
& au plustost auec vne gracieuse & cordiale reuerence
par l'exterieur (saignans d'estre à eux grandement tenuz)
prindrent le chemin du conuent : laissans les pages contens de si heureuse rencontre, qui peu de temps apres
retournez à Paris, vn iour que l'on faisoit procession
generale, passa tout le college & conuent des Cordeliers, par deuant l'hostelerie, où de fortune estoit logé le
train de ce seigneur auec lequel estoyent les mesmes
pages qui (regardans passer ceste compagnie) apper-
ceurent au nombre les beaux peres de Boulongne, qu'ilz
cogneurent facilement, & pour le bon traitement qu'à
leur faueur auoyent receu (les monstrans au doigt & à
l'œil à tout le monde) crioyent, comme la coustume est
de leurs semblables : voila les freres que nous trou-
uasmes à Boulongne auec deux garces, & qui nous donnerent dix escus de peur de la discipline. Et tant plus
voyoient ces beaux peres honteux, & baisser leur morion
de peur d'estre cogneuz, plus s'efforçoyent les faire
cognoistre : tellement que le gardien present au scan-
dalle (voyant qu'vn chacun s'en estoit aperceu) vsa d'office de bon pasteur, cognoissant que cela pourroit beaucoup preiudicier au profit sainct, & vtilité commune de
tout l'ordre, & d'auantage diuertiroit les aumosnes des
bonnes femmes de la ville enuers le conuent. Partant
au retour de la procession fist sa complainte au Lieutenant criminel : par deuant lequel les pages conuoquez,
& en plain chapitre examinez, descouurirent le discours

du pelerinage de Boulongne, monſtrans les pauures myneurs en pleine compagnie fort piteux de telle hyſ-toire, & nonobſtant leurs defenſes, la cloche du cha-pitre fut ſonnée, le fouet diſciplinal du conuent apporté, par lequel (ſans eſpargner les bras de ceux qui d'entre-eux eſtoyent eſtimez les plus gens de bien) on leur fiſt paſſer vne partie de ceſte chaleur & concupiſcence.

Sachez mes Dames, qu'encores qu'on die, en com-mun prouerbe, que les Cordeliers ne portent iamais croix, ie craindrois fort qu'il s'entendiſt de celle, par laquelle nous ſommes tous rachetez & faiĉtz membres de Dieu par ſon filz ieſvs chriſt, laquelle ſont ſouuent accroire qu'ilz portent ſoubz l'habit & aparence exté-rieure de ſainĉteté, par la couuerture duquel (ſans parler des bons) ſe nourrit vne infinité de tromperies & men-ſonges.

COMPTE XIIII.

D'autant que le iugement de beaucoup d'hommes eſt que les Italiens ont ie ne ſçay quoy de plus ſpirituel que les autres nations, il m'a ſemblé bon mettre en lumiere le diſcours d'vne aſſez ſotte lourderie d'vn Venitien, lequel (pour le peu d'experience qu'il auoit) fiſt bien cognoiſtre que celuy là n'eſt ſeul, & qu'il y en a aſſez de ſemblables par le pays.

N gentilhomme de Veniſe delaiſſé de ſon pere ieune d'aage, & ſeigneur de grands biens, comme ceſte ieuneſſe qui voluntiers cherche les moyens de tout plaiſir (abandonnant ſes biens aux choſes qui luy pouuoyent donner) fut par long temps ſans bouger de la ville, frequentant continuellement les courtiſanes, & le plus grand voyage qu'il faiſoit eſtoit de faire mener vne lieue ou deux en vne gondolle couuerte les Dames de Veniſe, & meſmes celles deſquelles il ſe ſentoit le plus fauoriſé : tellement que tout ſon exercice eſtoit en la pourſuytte du petit archer, & tant continua ceſte vie que pluſieurs de la ville ſes parens & amis, luy commencerent à remonſtrer la perte du temps, & le deshonneur qu'il faiſoit à ſa poſterité d'ainſi demourer en la ville, ſans frequenter les pays & nations, & par tel moyen acquerir les vertuz qui doyuent communement reluyre en vn Gentilhomme de maiſon. De ſorte qu'vn iour (ſans dire à Dieu)

accompagné d'vn varlet nyais & groffier, s'embarqua
pour tirer à Padouë : ou fe pourmenans par la ville
apperceut nombre de fes parens en la compagnie d'aucuns Gentilzhommes montez fus cheuaulx d'Efpaigne,
fort fumptueufement accouftrez. Ce ieune Gentilhomme
(forty nouuellement de la cafe) voyant la braue def-
marche des beftes qu'il n'auoit accouftumé de voir, fut
fort eftonné comment il eftoit poffible que l'on fe peuft
fi dextrement tenir deffus. Et comme celuy qui commençoit à fouhaiter chofes nouuelles luy print enuie
d'en acheter, & tant bien pourfuyuit fon vouloir, que
par le moyen d'vn de ces Gentilzhommes (duquel il
eftoit le plus priué) acheta affez cherement, & d'vne
curieufe affeƈtion, l'vn de ces cheuaux qui eftoit bien
adroit, & le meilleur de tous ceux qu'il auoit veu en la
troupe. Eftant ainfi brauement monté, creut à ce monfieur l'enuie d'experimenter l'adreffe de fon cheual :
mais comme celuy qui eftoit mal adroit Efcuyer
(& n'auoit accouftumé de cheuaucher que les gondoles
de la feigneurie) fortant de Padouë, accompagné feulement de fon varlet, demeura longuement en peine pour
chercher moyen de monter deffus par ce que tel cheual
qui eftoit courageux, & remuant inceffamment, manioit
fes membres, fans vouloir nullement fouffrir l'accolle-
ment de tel Cheualier. Toutesfois tant trauailla le Veni_
tien, qu'à l'ayde d'vn auantage de cinq piedz de haut
defcendit en la felle. Le Gentilhomme monté, commence à ferrer rudement les tallons, tellement que le
cheual courageux (qui n'auoit accouftumé que le figne
de la verge, & la parole de fon maiftre) fentant l'efperon rude, & fi pres de fon ventre, commence à voltiger

& fauter vn peu trop viuement, veu l'adreffe du
piqueur : de façon que peu s'en falluft que plufieurs
fois il ne renuerfaft felle & Cheualier par terre. Ainfi
tout esbahy, & oultre mefure eftonné d'vn fi continuel
remuement, commença à crier : *O fanƈte Marco,* à ce
que ie voy le danger de la tempefte n'eft pas feulement
en la mer, mais aufsi en la terre : penfant que quand le
cheual bondiffoit ainfi, que ce fuft la terre qui s'efleuaft
& agitaft de telle rudeffe, comme les flotz de la mer
esbranlent le nauire, & non l'efperon duquel il preffoit fi
fort le cheual. Donc penfant eftre en mefine peril, cuyde
retourner à l'efcalier, par lequel il eftoit monté deffus,
& pour auancer fon cheual (penfant guinder le cordage
du voyle d'vn nauire pour eftre aydé du vent) tire la
bride du cheual de telle force, qu'ayant la bouche
tendre, tournoit à toutes mains, & fi promptement, que
de grand peur commence à crier de colere apres fon
varlet : Coyon feras tu point marcher cefte befte. Le
pauure feruiteur (qui eftoit aufsi braue cheuaucheur que
fon maiftre) s'approche, & comme s'il euft voulu
degrauer & pouffer vne gondole hors du lieu où elle
eftoit attachée, pour la mettre au fil de l'eau, de telle
façon s'efforçoit, auec efpaules & bras, de pouffer par
derriere le cheval lequel (eftant chatouilleux, & fort
echauffé) lafcha deux ou trois ruades de telle puiffance,
qu'il renuerfe le pauure varlet à terre. Ce pendant le
mal affeuré Venitien (tirant la bride à deux mains)
alloit comme les efcreuiffes à reculons. Ie vous laiffe à
penfer la droite hardieffe, & affeurée contenance d'vn
fi braue Cheualier : lequel, penfant perir, entra en fi
grand defefpoir, que de nouueau commence à crier par

milles iniures apres fon ferviteur, luy difant : *Cancre poltron,* ne fçaurois tu faire marcher cefte befte? pouffe, frappe, chaffe, faitz ce que tu pourras, afin que ie def- cende : autrement il me rompra le col. Le varlet (qui auoit efté chaftié trop rudement) n'oze approcher mais eut recours à trois ou quatre cailloux qu'il trouua en fon chemin : & de toute fa force (voulant ruer fur la crouppe du cheual, pour le cuyder auancer) attaint fon maiftre fi viuement par les reins, qu'il le cuyda defar- çonner. Ce pauure Gentilhomme fentant telle douleur (eftimant que le coup qu'il auoit receu fuft vn coup de pied, que le cheual luy euft donné par derriere) cria d'vne voix depiteufe : laiffe cefte malheureufe befte, elle m'a penfé rompre le doz, & fe voyant toufiours eflongné du montoir (qu'il penfoit approcher) lafche la bride, en forte qu'à faute de bonne adreffe, cuydant defcendre, fe laiffe tomber fi lourdement par terre, que le cheual, fentant fa liberté, prend la courfe & s'en retourne en la ville, où eftant recognu, fut le faict du nouueau Cheualier defcouuert, au contentement & plaifir de tous ceux qui en ouyrent le compte.

Conclvons donc (mes Dames) que le païs ne fait pas le bon efprit des hommes, par ce que par tout il y en a de fotz & rudes : mais la bonne conuerfation des experimentez, ouure les efpritz capables des bonnes vertuz, & les rend puis apres, par la grace du Seigneur qui defpart fes biens-faicts à tous les hommes comme bon luy femble, excellens en toutes chofes.

COMPTE XV.

Outre l'infinité de maux qu'engendre le fol amour, le plus facheux
& de forte paſſion eſt la ialouſie laquele auſſi ſouuent le ſuyt que
l'ombre faiſt le corps. Mais par ce que ie ſçay que ce mal a fait entreprendre de hazardeuſes follies aux hommes, ie vous veux monſtrer par
ceſte hiſtoire que non moindres & auſſi grandes a faiſt executer aux
femmes.

L y a peu de temps qu'en vne des villes du
païs & duché de Aniou, eſtoit vn ieune
marchant de riche maiſon, lequel ayant la
liberté oyſiue, pour exercer vn peu ſa ieu-
neſſe entretenoit vne fort belle fille & dura ceſte vie tan
& ſi longuement, que croiſſant l'aage, creut auſſi le deſir
du changement. Et tout ainſi que les choſes poſſedées
à plaiſir & ſans crainte engendrent peu à peu vn refroi-
diſſement d'amytié, ainſi commença ce ieune homme
à delaiſſer peu à peu ſa Dame ſans plus la viſiter, ne
par meſſage, ne autrement : dequoy toute eſtonnée fiſt
vn merueilleux deuoir d'entendre l'ocaſion d'vne ſi nouuelle mutation, luy remonſtrant ne l'auoir iamais offencé,
ne failly de loyalle promeſſe : & que d'auoir ſi laſche-
ment rompu la perfection de ſa longue & fidelle amytié,
eſtoit vne ingrate & petite recompence. Toutesfois ſe
voyant ſans reſponce, & du tout delaiſſée (tant eſpia
par ſubtilz moyens) qu'elle cogneut par apparence veri-

table le changement de fon amy, duquel elle eftoit en
crainte : dont elle fut fi defpitée, que la doulceur accof-
tumée en leur amour, fut foudain conuertie en vne
haine & mortelle inimitié remplie de vengeance : tellement que (comme femme hors du fens) delibera de
mettre à mort ce ieune homme. Et pour executer l'effeſt
d'vn fi defefperé courage, fachant qu'en fa chambre y
auoit vne feneftre qui refpondoit en vne petite ruelle
peu frequentée, & laquelle le plus fouuent eftoit ouuerte,
pour la commodité & fraicheur de l'air (apres s'eftre
deguifee en l'habit d'vn homme) part de fon logis vne
efchelle fur fon col, & le coufteau au poing, trauerfant
de rue en rue, couroit comme furieufe, & fans ne
penfer qu'à l'execution de fa rigoreufe volonté, de fortune vint tomber entre les mains des fergens de la
ville, qui lors (comme la couftume eftoit) faifoient le
guet, lefquelz incontinent, comme prifonniere & en tel
equipage fayfie, la conduirent en la prefence du Preuoft.
Cefte ieune Dame (voyant fon entreprinfe empefchée)
fuplia le Iuge de vouloir entendre d'elle le fecret de fon
embufche. Le preuoft, voyant l'efchelle, & le coufteau
dont elle eftoit garnie, eftima que ce fuft pour aller
efcheller & faccager vne des maifons de la ville. Et
comme celuy qui defiroit fçauoir & defcouurir la verité
du fait, chaffa tous fes fergens. Ainfi cefte femme
demeurée feule commence à dire. Monfieur vous qui
eftes iuge, & qui deuez regarder & deffendre les iuftes
querelles, ie vous fuplie ne vouloir empefcher la raifon-
nable vengeance de l'iniure qui m'a efté faite par celuy,
qui de mon corps, honneur & amour ayant efté fi longuement iouyffant, s'eft enuers moy monftré fi lache

& ingrat que (vaincu d'vne fotte & legere volonté) m'a
du tout abandonnée. Le prevoſt, qui au parauant penfoit, comme elle eſtoit defguifée, que ce fuſt quelque
larron, ayant entendu par le menu le difcours de fes
amours, & la bruflante colere de ceſte ieune dame,
cogneut bien que c'eſtoit celle de laquelle s'eſtoit mil
foys fouhaité feruiteur. Toutesfois (preferant vertu au
defir propre de fon corps) effaya par douceur de l'apai-
fer: mais voyant l'opiniaſtreté & le tourment continuël
qu'elle fe donnoit, de ce qu'on luy vouloit empefcher
vn fi violent effect, euſt enuye de cognoiſtre fi l'effet ref-
pondroit au fier courage : & de ce pas l'acompagna
iufques au pied de la feneſtre, en laquelle (metant l'efchelle) monte la premiere, le preuoſt apres, la tenant
par la queuë. Ainſi tous deux entrez en la chambre,
ceſte Dame court incontinent (tenant le couſteau en
main) d'vne rage & roydeur merueilleufe, droit au lict de
ce ieune homme endormy, le cuydant trauerfer par
l'eſtomach : mais le Preuoſt (retenant fon bras) luy diſt :
O femme, tu me faiz cognoiſtre ce que iamais ie n'euſſe
penfé : comment as tu le cueur fi remply de vengeance,
de vouloir tuer celuy qu'as aymé plus que toymefmes ?
Ia à Dieu ne plaife que moy, qui fuis le Iuge des crimes
& fautes qui fe commetent, fouffre vn tel meurtre en ma
prefence : t'affeurant que fi l'auoys fait, que griefue-
ment feroys punye : auſſi que fi tant t'eſtois oubliée
d'auoir fait vn acte fi piteux, tous les biens du monde
ne te pourroient racheter : ne voy tu point que la loy de
nature contredict à ton damné vouloir ? Chaffe (ie te
prie) vne fi furieufe deliberation conceuë contre celuy
que dis auoir tant & fi loyaument aymé, & i'efpere que

la reconcilliation de cefte ancienne amytié, fera tellement reiointe, que la mort feule en fera la feparation.
Cefte ieune Dame (de ces parolles vn peu adoulcie)
commença à refroidir fa colere, & penfer aux remonftrances du preuoft : lequel alla au lict du pauure amant,
& (ayant allumé de la chandelle) l'efueilla. Le ieune
homme (fe trouuant ainfi furprins) eut vne frayeur merueilleufe de voir à telle heure le Preuoft : Mais, apres
luy auoir difcouru les raifons & ocafion de fa venuë,
regardant le vifage de celle qui par le paffé luy auoit
fait tant de faueurs , tout baigné en larmes, eut vn
extreme regret d'auoir efté defcouuert par fon moyen.
Et apres plufieurs paroles, regardz, reproches, & piteufes
complaintes, finablement (par le moyen du preuoft)
furent tellement reuniz & confirmez en vne fi grande
& parfaicte amytié, que le mariage des deux fuft toft
apres acomply. A l'ocafion duquel, receuans la grace de
Dieu, par la multiplication de leurs enfans, vefquirent
enfemble en vne paix perpetuelle heureux & contentz.

Il favlt donc dire que fol amour n'eft iamais fans
ialoufie : laquelle au cueur de fes fugetz nourrit, non
feulement vne defmefurée paffion : mais vne rage qui ne
fe peult porter : & qui fouuent aux craintifz, par vn
defpit & defefpoir, fait entreprendre de dangereufes
follies, l'iffuë defquelles ne ¦vault le plus fouuent rien.
Parquoy (mes dames) foyez amoureufes, non du vice :
mais de l'amour honnefte permis de Dieu & des hommes :
& lequel rendra de voftre vertu immortel renom & perpetuel tefmoignage.

COMPTE XVI.

Les tromperies & finesses des femmes sont si grandes (quand elles s'apliquent à mal) qu'impossible est de pouuoir garder l'execution de leurs mauuaises volontez. Et bien souuent se fait d'aussi bons tours par celles de basse condition, que par les plus aparentes : car où l'ignorance est plus grande plus facilement le vice prend racine & y fait longue demeure.

N vne petite ville de ce royaume, non gueres loing de Rouen, demeuroit vn Sauetier, viuant assez petitement de ce mestier. Sa femme qui estoit assez ieune & belle, cognoissant sa pauureté, & voulant subuenir à la necessité de la maison s'efforça d'acquerir beaucoup d'amys, qu'elle sçauoit si proprement entretenir, que le mary ne s'en enqueroit beaucoup : mais que sa pense en fut remplie. Entre les plus familiers y en auoit trois, l'vn mar=chal, voisin de sa maison : l'autre estoit vn ieune marchand forain, qui souuent traffiquoit en la ville : Et le troiziesme et plus dispost, vn frere Ian gras & oyseux, au reste docte en faculté des bas souhaitz. Ces trois compagnons estoient si finement aymez de ma Dame la Sauetiere, qu'ilz ne sçauoient rien de leur conionction. Vn iour le mary estant allé à Rouen pour amasser toutes les sauattes de la ville, laissa sa femme pour la garde seule de l'honneur de sa maison. A quoy fit tel deuoir,

que rencontrant ces trois champions, à chacun d'eux
fit promeffe de les feftoyer & receuoir pendant l'abfence
de fon mary. Le premier, & qui fut le plus chault de
fe prefenter, fut le marchant, qui print affignation
d'aller fouper auec elle. A quoy la Dame ayant prefté
confentement, tout deliberé & garny de prouifions, ne
faillit fecretement de foy trouuer à l'heure. Et ce pendant que le fouppé s'apreftoit, commença feulement à
careffer la Dame, fans fe monftrer trop afpre à l'execution de ce que ie vous laiffe penfer. En ces petites
aproches, frere Ian le defgoufté apres fouper, foy fou-
uenant de l'abfence du Sauetier, efchauffé en fon harnois par le bon vin, de la tauerne fort haftiuement,
& s'en va droit au logis de cefte Dame ; laquelle, le
cognoiffant au heurter, fe trouua empefchée du marchand : toutesfois craignant la fureur dangereufe du
moyne, & qu'il eftoit affez eftourdi pour luy faire
quelque fcandale, pria le mercadant, qui n'eftoit des
plus affeurez du monde, de faillir par la feneftre, & foy
cacher deffus vn petit iardinet fait de charpenterie,
& qui eftoit ataché contre la feneftre pour mettre des
violettes & mariolaines : Ainfi prié de la Dame, encores
qu'il pleuft & verglaffaft affez pour morfondre le mieux
fouré, fi fut il fi fot, que de hafte de fe cacher, fe donna
fi grand coup par la tefte, que la marque y demeura
long temps. Le marchand fi froidement logé, la Sauetiere alla ouurir la porte à frere Ian, luy difant : Mon
dieu ie ne vis oncq' homme tant preffant les perfonnes
que vous faites : malheureufe que ie fuis ie voudrois
eftre morte, parce que ie fçay qu'à voftre ocafion ie
perdray vie & honneur. Le moyne (qui ne demandoit

fi longues harangues) ne fit pas comme le marchand,
qui fe paffoit de careffes, mais de plein fault fur les
degrez, commença à entamer le cuyr de la Sauetiere,
fans auoir patience de monter en la chambre. La
dame (cuydant qu'il deuft de ce feruice eftre content)
fuft fafchée de le voir monter en hault : & allant apres,
luy dit : Ie vous fuplie fortez d'icy vous me ferez
infame : mais le galant, fans faire compte de fes propos, fe mift aupres du feu. Et tantoft apres commença
à defchanter fur vn vieil banc. Le pauure marchand
tranfi de froit, & ialoux de fe voir fruftré du bien qu'il
pretendoit, paffionnoit outre mefure : toutefois craignant le moyne (qui auoit vne vieille efpée enrouillée,
& qu'il cognoiffoit affez fol) n'ofa fortir, & atendant
qu'il deuft bien toft laiffer la proye, paffoit le temps à
claqueter des dentz. Mais ce cagot prenoit fi grand
plaifir à fon chant, que fouuent il recommençoit vne
mefme chançon, concluant de ne partir le logis que le
iour ne s'aparuft. Le marefchal qu'à telle heure (comme
le plus proche voifin) fortoit pour vifiter fa Dame, vint
au logis heurter. La Sauetiere entendant le bruit, dit au
prieur : l'entens bien que c'eft mon compere le marefchal qui a befoing de quelque chofe neceffaire qu'il
vient de moy emprunter, ie vous fuplie cachez vous vn
peu fouz ce lit iufques à ce qu'il s'en foit retourné Comment, dift le frere, ie fuis affeuré que fa requefte n'eft
autre que d'emprunter ce que defia ie tiens, mais puis
que i'ay pris le premier la place il aura patience pour
vne autre foys : ce pendant ma mignonne laiffez moy
vn peu faire, ie le contenteray gracieufement. Le moyne
adonc s'en alla à l'huys, & contrefaifant, auec vne voix

douce la parole de la Sauetiere, demande qui heurtoit.
C'eſt voſtre amy diſt le mareſchal, ouurez ie ſuis tout
roide de froit. Ha, dit le frere en ſa voix contrefaiſant,
ie ne puis pour ceſte heure : car il y a ceans vn mien
couſin qui de malheur n'a gueres eſt venu, & qui pourroit vous cognoiſtre & deceller le ſecret de noſtre amytié.
Le mareſchal faché de telle excuſe preſſoit fort pour
entrer. Le frere au contraire (aiſe de le voir ainſi trem-
bler) luy tenoit tous les propos gratieux, & qui peuuent
faire eſperer & viure l'amant, luy diſant, en la parolle
de ſa Dame : Mon amy, puiſque pour le preſent ie ne
vous puis mieux faire, receuez de moy par ceſte fente
vn baiſer ou deux, teſmoin du bon voulloir que ie vous
porte, & attendant l'heure que ie vous pourray ouurir.
Le mareſchal (amoureux outre meſure) met la bouche
au droit de l'ouuerture, cuydant rencontrer la bouche
de la Sauetiere, rencontre le cul du moyne, qui au ſentir
luy fit cognoiſtre la difference des deux. Et cognoiſſant
n'eſtre ſeul iouïſſant (mais mocqué & trompé) pro-
poſa de ſe venger : & faignant auoir receu vn merueilleux plaiſir d'vn tel baiſer, luy dit : Ma maiſtreſſe, ie
ſuis tellement rauy de la faueur que vous me faites,
qu'en atendant l'heure commode pour me receuoir, ie
m'en voys querir mon manteau, à fin de me couurir,
& empeſcher la pluye & le froit qui me tormentent mer-
ueilleuſement. Ainſi le mareſchal retourne en ſa maiſon,
& chauffe à la fournaiſe vn fer pointu & tout rouge,
l'apporte ſouz ſon manteau, & trouuant le moyne qui
l'atendoit (en deliberation de ſe donner du paſſetemps)
entrerent en propos amoureux ſi auant, que le mareſchal commença à ſuplier la Dame de luy faire la faueur

d'vn baifer. Le moyne content de cefte requefte, aualle
fes chauffes, & luy prefente le gratieux vifage de derriere. Le marefchal prompt ayant le fer en la main, le
pouffe fi auant, qu'au fentir le pauure frere cogneut
bien que le baifer eftoit trop chault, & de grande douleur cria d'vne telle vehemence que tous les voyfins mettant les teftes aux feneftres commencerent à s'efmouuoir.
Le pauure marchand, qui eftoit auec les violettes à la
mortification de la gelée, eut fi grand peur qu'il fe ietta
du haut en bas, & de malheur en tombant fe defnoüa
la iambe, qui le fift crier encores pluz fort que le frere.
Le marefchal tout eftonné & empefché de fes pauures
malades, compagnons de fes amours : ne fceut que
faire finon de peur d'eftre repris le pluftoft qu'il peuft,
fait foudain porter par fes feruiteurs le marchand en fa
maifon, & le moyne en fon prieuré, de crainte d'eftre
furprins du peuple lequel s'affembla incontinent. Le marefchal pour couurir fon fait met peine de renuoyer vn
chacun en fon logis, difant que c'eftoient deux de fes
gens yures qui au retour de la ville auoient dreffé cefte
efmeute. Et ayant apaifé doucement vn fi grand bruit,
s'en alla triumpher de fa victoire auec la Sauetiere, man-
geant le fouper que le marchand auoit fait aprefter.

Voyla, mes Dames, comment le fol amour acouftre
fes fubietz, lefquelz (apres les auoir pour quelque temps
bien traitez en plaifirs & delices) leur fait apres fentir
l'yffuë d'iceux, qui eft, comme dict le fage, toufiours
pleine d'amertume & douleurs : tellement que le vray
& perdurable plaifir duquel la fin eft toufiours bonne,
eft celuy qui eft fondé en l'amour & crainte du feigneur
garde feul de voz honneurs.

COMPTE XVII.

*Les anciens, par vn prouerbe, nous admonneſtoient de ne porter
iamais au doigt vn eſtroit anneau, voulans par là reprouuer la trop
ſotte & ridicule ſuperſtition de pluſieurs perſonnes, qui volontairement,
& ſans raiſon, s'obligent & encheſnent aux liens ſi eſtroiđz, qu'en
deſpit d'eux (puis apres) il faut qu'ils portent, ſans en pouuoir ſortir :
comme ceſte hyſtoire vous fera foy d'vn Iuif, lequel par experience
cognut que la rigueur de ſa loy fut cauſe de luy auoir quaſi faiđ perdre la vie.*

HASCVN ſçait qu'en pluſieurs pays & villes,
les Roys, ou les Seigneurs d'icelles ont ac-
coutumé de ſouffrir en vn endroit feparé
de tous les autres, viure quelque nombre
de Iuifz felon leur vieille, & ſuperſtitieuſe loy. Et par le
moyen du profit & tribut qu'ilz rendent par chaſcun
an, dequoy ces Iuifs fe recompenſent bien par trafiques
& vſures grandes & manifeſtes. Et de ceux-là y en a vn
ſi grand nombre à Rome, (auſquelz on permet ceſte liberté de gaing tant exceſſif) qu'eux voulans garder
& entretenir leur infeđe & puante auarice, obſeruant
ſi rigoureuſement leurs ſottes cerimonies, qu'vn iour de
fabbat, qui eſt la feſte que ſur toutes ilz celebrent, au
lieu de nous le Dimenche, l'vn d'entre eux, preſſé du
ventre, ſe retire en vn priué, duquel le plancher étoit ſi
vieil & caduque, qu'il n'euſt eſté ſi toſt aſſis que le ſiege

& le Iuif deſſus, tombe en bas au mylieu de la foſſe, planté
pour rauerdir, comme vn faux dedans le bourbier d'vn
marays. Ce pauure Iuif ſentant vn parfun ſi violent
(qu'il n'y a ny mittridat, ny conſerue, qui peut quaſi
garder le cœur de s'enfler & creuer) depiteuſement en
ſon baragouyn crioit inuoquant Dieu & ſes amys, afin
d'eſtre retiré d'vn ſi facheux enfer : mais à grand mal,
belle patience luy fuſt beſoing d'auoir : car combien
qu'il criaſt aſſez haut, pour eſtre ouy de ceux qui eſtoient au plus loing, ſi ne ſe trouua il homme de ſa
ſecte ou religion qui fiſt ſemblant de luy preſenter la
main, ou le moindre ſecours du monde, ayans vne crainte
ſi merueilleuſe que rien plus, d'enfreindre ou offencer
le veu que ſi ſainctement & inuiolablement ilz gardent.
Tellement que ce pauure Iuif fut contraint de demourer
en ce plaiſant lieux (ſans boire ne manger) par long
temps, delaiſſé des ſiens, qui alloient abbayer le parchemin en leur ſinaguogue, & bien fut le pis, par ce que
les voiſins de leur conclaue, oyans crier ce pauure em-
brené, & que pour vne ſi eſtrange ſuperſtition ilz delaiſ-
ſoient le commandement de Dieu, qui eſt d'aimer ſon
prochain comme ſoy meſmes, chacun grandement mur-
muroit : les vns diſoient : Il les faut contraindre d'obſeruer le Dimenche des Chreſtiens, à fin de leur oſter
ceſte cerimonie, & ceux qui ne l'obſerueront les mettre
ſur la rouë. Les autres parloyent d'auantage, de faire
confiſquer tous leurs biens, & chaſſer le reſte de telz
malheureux hors le pays. De fortune vn des plus grands
marranes & ypocrites Iuifz eſtoit par la ville à la chaſſe
de ſes vſures, retournant en la ſinagogue, leur fit tout
le diſcours de ces propos qu'il auoit ouy dire. Inconti-

nent entra vne ſi merueilleuſe crainte aux cœurs de ces
tirans auaricieux, entendans eſtre menacez de la perte
de leurs biens, & de l'exil, que ſoudain ſans ſçauoir à
quelle fin ſe tenoient telz propos, fut par eux conclud
qu'ilz garderoient le Dimenche des Chreſtiens comme
leur ſabbat, & de ſait le lendemain ſi eſtroitement l'ob-
ſeruerent qu'ilz ne leur ſouuint du pauure Iuif, lequel
(laſſé de crier le iour du ſabbat) trempoit au baing ſi
puant & eſpais, que l'eſprit & tous les ſens luy deffailloyent. Le dimanche paſſé (apres la mort le medecin)
on vint viſiter le pauure englué, lequel, auec gens & cor-
dages doucement on retire, ſort bien couuert du mouſt
de Bachus, & qui pis eſt demy mort. Toutes fois, le
Seigneur qui tout garde, le voulant oſter de ceſte miſerable ſeruitude, luy auoit conſerué la vie en ſon entier.
Et eſtant peu de temps apres reuenu en conualeſcence,
en la preſence de tous ces infideles s'eſcriant leur dit :
O maudite & miſerable loy, & ceux qui la gardent plus
meſchans, puis qu'eſtes ſi peu charitables, & qu'aymez
mieux voz biens que voz ſemblables, par là me faites
cognoiſtre, que voſtre vie & voſtre loy eſt contre Dieu
& ſon commandement. Et apres auoir fait pluſieurs
autres belles remonſtrances (delaiſſant le Iudaïſme) ſe
fiſt baptiſer, viuant le reſte de ſa vie comme vn bon
& fidelle Chreſtien.

CELA, mes Dames, vous fait cognoiſtre, comment
ceſte trop grande rigueur de cerimonies nuyt à ces Iuifz,
qui les gardent plus eſtroitement que les vrays commandemens de Dieu, & contre ce qui eſt dict en l'Euangile,
qu'il eſt touſiours temps de bien faire au Sabat : mais
leur folie eſt ſi grande, que la lumiere qui eſt venue,

& de tous les fideles receuë, ayment encores les tenebres reſſemblans ceux (qu'introduit Homere) apres l'inuention des bons bledz, voulant encores entretenir leur
brutalité, vſoient de gland pour faire leur pain. Venans
donc à la perfeĉtion, ſoyons charitables à noz prochains,
afin que facions cognoiſtre la difference de leurs ſottiſes,
à la verité de noſtre Euangile.

COMPTE XVIII.

Pource qu'il y a des hommes qui en la profeſſion des armes eſtiment que ce ſoit vne choſe neceſſaire que d'y ioindre l'amour, eſtimans que cela leur ſoit occaſion & fondement de plus grande hardieſſe, il m'a ſemblé, profitable, vous monſtrer par ceſte hyſtoire, que ceſt amour eſt quelque fois ſi aſpre & mal fondé que bien ſouuent cuydant (comme ilz diſent) chercher le plaiſir de la vie par leur témérité, rencontrent vne tres facheuſe mort.

v temps du comte Franciſque Sforce eſtoient en ſa compagnie deux braues hommes autant addroitz aux armes, que Gentilzhommes de toute l'Italie : l'vn ſe nommoit le ſeigneur Philippes & l'autre le ſeigneur Antoine. Ces deux (comme pareilz d'aage & de maiſon) auoient touſiours eſté nourriz de ieune aage enſemble, & ſe portoyent vne ſi parfaite amytié que toutes leurs entreprinſes eſtoient d'vne fraternelle & ſemblable volonté parfaites. Fortune ennuyeuſe de telle fraternité, & qui iamais ne les auoit peu ſeparer (par le moyen de ce petit Dieu) les miſt en vne merueilleuſe & mortelle inimytié. Le commencement de ceſte ſeparation fut, que le Comte ayant fait publier vn tournoy, pour experimenter les plus vaillans & gentilz Cheualiers de ſa tour, entre le nombre des comparans, ces deux (comme

freres d'armes) fe trouuerent fur les rencz, en vn triomphant & fingulier appareil, faifant tel deuoir de rompre
bois, qu'il ne fe rencontra Cheualier qui ne fuft de l'vn
d'eux mis & renuerfé par terre en forte que (comme
les mieux faifans) de la voix de tous les Gentilz hommes
& Dames emporterent le pris. Les iouftes finies vn chacun fe trouua au feftin : ou toutes les Dames (afin d'attirer les affeétions des plus paffionnez) n'auoyent rien
laiffé au logis, qui peuft enrichir & embellir leurs
beautez naturelles, tellement qu'en la diuerfité de fi
excellens miroirs, ceux qui vouloyent prefenter leur feruice, mettoyent peine de fe recognoiftre. Entre lefquelz,
ces deux Gentilz hommes regardant attentiuement la
grace & excellence d'vne Dame (nommée Ypolite)
tout ainfi qu'ils eftoyent d'vn mefme vouloir d'amytié, ainfi furent d'vn femblable feu furprins. En forte
que (fans auoir cognoiffance de leurs couuertes penfées) fecretement pourchaffoyent à la confommation
du plaifir qu'amoureux on appelle. Dame Ypolite
qui voyoit fes deux feruiteurs efgaux d'aage, beauté
& richeffe, leur faifoit vn gracieux & mefme vifage,
fans pouuoir arrefter auquel fon cœur pourroit
prendre certain fiege d'amour. Vn jour, ces deux gentilzhommes eftans feulz à leur priué, le feigneur Antoine
commença à dire au feigneur Philippes : Mon frere ie
me trouue d'vn cofté vaincueur, & de l'autre fi violen-
tement vaincu de l'amour d'vne gentile Damoyfelle (que
i'ay veuë en ce feftin) qui m'a tellement attaint le cœur,
que ie n'ay autre repos que le continuel penfer de fa
beauté. Philippes (en foufpirant pour femblable caufe)
luy refpond : Ha mon frere vous faiétes plainte de la

maladie qui m'a pareillement furpris, car au mefme lieu
qu'auez receu le mal, là fuis tombé en tel fouuenir
d'vne dame, qui s'eft prefentée deuant mes yeux, qu'à
fon moyen (encores que ie fois en vie) ie fouffre mil
mortz : & pour tout cela ie ne reçois vne feule partie
de plaifir. Ie croy que c'eft noftre fatale deftinée, que
tout ainfi que tout le temps de noftre vie auons efté
d'vn pareil vouloir, qu'auffi à aymer nous nous deuions
accompagner : toutesfois fi voftre Dame paffe la mienne
en beauté, pourrez eftre certain qu'en ce monde
mortel n'a fa femblable. Replique le feigneur Antoine,
quand vous aurez l'vne & l'autre bien veue, lors en pourrez donner iugement plus veritable. Venu le iour en-
fuyant, ces deux paffionnez retournerent à la cour, ou
ilz trouuerent la ieune Ypolyte, laquelle d'vne grace
prudente leur faifoit efgalle faueur, fans que l'vn fe peuft
vanter auoir receu plus d'auantage que l'autre. Le feigneur Antoine donc (voyant fon oportunité) prend fon
frere Philippes par la main, & luy monftre la belle Ypolite, que l'autre eftoit en mefme penfée de luy monftrer :
mais cognoiffant que tous deux eftoyent feruiteurs d'vne
feule Dame, fut attaint d'vne fi viue douleur, qu'auec
vne voix tremblante luy dift : Comment Seigneur Antoine, c'eft celle dont ie vous ay parlé : & partant, fi
auez enuye de me faire plaifir, ie vous fupplie au nom
de cefte tant grande & inuiolable amitié (qui eft de fi
long temps entre nous) vous deporter de l'entreprinfe,
que à tort fur moy voulez faire. Le feigneur Antoine
(qui de fon cofté n'eftoit en moindre colere) refpond :
Ie ne croy point, que par ces paroles controuuées
& faintes ne ayez enuie de rompre l'amytié de nous deux

ſi parfaite, par vne requeſte ſi hors de raiſon, & qui me
touche de ſi pres, que le ſeul penſer me fait oublier
tout le deuoir que ie vous dois : auſſi que c'eſt la Dame
(comme ſçauez) qui me tient tellement lyé, que ie ne
puis ſouffrir compagnon en choſe qui puiſſe offencer
mon honneur, m'ayant ia receu pour amy, vers le gracieux recueil qu'elle m'a fait. Ie ſçay dit le ſeigneur
Philippes, que de ſa nature elle eſt ſi bien nourrie, qu'à
tous elle ſe monſtre tant honneſte, que les Gentilz-
hommes de ceſte cour ne ſont pareſſeux de luy preſenter
leur ſeruice : toutesfois (comme le plus affeſtionné) ie
ſçay que ſur tous ſeray fauoriſé. De façon qu'en telles
diſputes & alteres d'amour, entrerent ſi auant en propos
qu'ilz vindrent à parler du tournoy auquel ilz s'eſtoyent
tous deux trouuez : & ſe chatouillerent de ſi piquanz
facheux termes : que le ſeigneur Philippes, deſirant
venir à l'effeſt du combat va dire en colere : Ie con-
gnois à preſent, qu'il faut que noſtre amytié ſe ſepare,
par la mort de l'vn de nous deux : d'autant que voulant emporter le pris du tournoy, & de la iouiſſance de
celle, dont entierement depend ma vie, en le ſouffrant,
ie receurois vn perpetuel deshonneur, ne meritant iamais
porter les armes. Parquoy voyla mon gage, par lequel
i'entendz vous combatre (auec le congé de monſeigneur
& maiſtre) à la lance & l'eſpée, à toute outrance : & par
telles armes vous faire cognoiſtre qui ſera le mieux
meritant le bien que pretendez. I'accepte, dit le ſeigneur
Antoine, voſtre gage. Et de ce pas (d'vn meſme con-
ſentement), vont vers le conte Franciſque, duquel, à
toutes peines, ilz impetrerent le combat. Ceſte nouuelle incontinent deſcouuerte & ſceuë, tous les Gentilz-

hommes & Dames de la cour s'efforcerent, par tous
moyens, d'appaifer vne querelle fi mal fondée. Mais
amour (qui enueloppoit le fens de ces deux Gentilz-
hommes) les auoit tellement enflambez, qu'ilz ne cef-
ferent de continüer leurs haynes mortelles iufques au
iour qui leur eftoit affigné, auquel comparurent en vn
braue equipage, chacun d'eux acompagné de fes plus
fauorables amys. Et apres que toutes les ceremonies
acouftumées furent paracheuées, & que les trompettes
eurent mis fin au bruit & tintamarre de leurs fons, fut
crié par le principal herault, qu'on laiffaft aller les bons
combatans, qui fans marchander donnent des efperons
à leurs cheuaux, lefquelz de telle roideur coururent l'vn
contre l'autre, que le feigneur Antoine (qui portoit fon
boys hault) donne à la vifiere du feigneur Philippes,
de telle puiffance, qu'il luy trauerfe la tefte de l'autre
part, & le tombe mort par terre. Le feigneur Philippes
(à cefte rencontre) auoit donné au cheual du feigneur
Antoine pour le tuer, efperant apres le combattre à
pied, & le vaincre à l'efpée, & de fait auoit attaint le
courfier fi viuement & de telle force qu'à l'inftant il cheut
mort. Et de malheur l'efpée d'Antoine fort du fourreau,
fur laquelle le cheual tombant, paffe entre fa cuyffe
& le ventre de fon cheual, de forte qu'elle trauerfe le
pauure Cheualier Antoine par l'endroit du fondement,
demourant par tel malheur tout eftendu. A cefte furieufe
rencontre acoururent incontinent les marefchaux du
camp, lefquelz, voyans le combat fi toft finy, comman-
derent emporter les corps de ces deux Gentilzhommes
qui par le vouloir du conte furent honorablement
enterrez. La piteufe & dolente Ypolite, qui auec les

autres Dames eftoit, à voir fi pitoyable fin des deux perfonnes mortes à l'ocafion de fa beauté, commença en
foy mefmes à dire : O de combien i'eftime petite,
& malheureufe ma vie m'ayant efté fortune fi contraire,
que de voir de mes yeux deux amytiez fraternelles
& vertueufes (coniointes en vn mefme cueur) eftre feparées pour trop aymer. Helas pauures amans les perfec-
tions & prouelles acquifes en tant d'endroictz, & l'efperance qui promettoit mieux, eft du tout perduë par
cefte dure mort, de laquelle ie fuis la mefme Atropos.
Ie me cognois plongée en vn perpetuël regret, fans
efpoir de nule confolation : & croy que voz efpritz
(ainfi feparez enfemble) me caufent tel tourment, attendans le mien, pour rendre tefmoignage, lequel des deux
eftoit de moy le mieux aymé. Cefte pauure Ypolite,
eftant ainfi defefperée (oubliant Dieu & toute raifon)
efpia le temps que toutes les Dames fuffent forties du
lieu ou elles regardoient, & eftant demourée feule (portée
d'vne rage) fe precipita du hault de la feneftre en bas.
Le peuple, qui veoyt cefte cheute, acourt pour la fecourir, penfant que ce fut de cas d'auenture : mais trouuerent fon pauure corps tout froiffé, & fans aucune vie.
L'ancien pere, aduerty d'vn cas fi malheureux, cuyda
perdre le fens, des regretz & filiales lamentations qu'il
fift. Toutesfoys, fe voyant hors de tout remede, le plus
triumphamment qu'il peuft, & felon fa maifon, fift enterrer fa fille.

REGARDEZ (mes dames) de combien ce petit fol de
Cupido proffite rien d'autre chofe à fes fubgectz, finon
que de leur engendrer vne conuoytife & ambition d'honneur fi grande, qu'il n'y a fi entiere & loyalle amytié

qu'il ne corrompe par fon imperfe&ion & malheur :
duquel pour euiter le danger, fault eftre affeuré en
l'amour & crainte de Dieu, qui eft le vray bafton pour
chaffer vn tel ennemy, lequel combien qu'à l'entrée
promette de douces & gratieufes chofes, toutefoys au
goufter font fi ameres que l'amertume en demeure à
iamais.

COMPTE XIX.

En cefte hiftoire vous fera defcouuert la fubtile & cauteleufe inuen-
tion d'vn moyne, que nonobftant le væu de pauureté, pour le fentir vn
peu trop rude, tant pourchaffa que de beliftre deuint Euefque. Et
croyez que l'efprit de telz gens (viuans en oyfiueté) ne dort iamais,
qu'il n'ayt inuenté dix mille moyens pour tromper le fimple peuple, de
la fimplicité duquel fouuent ilz s'engreffent.

 Naples (au temps du roy Charles) arriua
vn frere mineur tout faint (comme il fem-
bloit) lequel voyant que ceux de fa qualité
faifoient affez bien leur proffit, l'vn pour
eftre inquifiteur de la foy, l'autre porteur de bulles, l'autre
collecteur de deniers de la cruciade, ne voulut demeurer
derriere, & fe monftrer moins inuentif que fes compagnons. Ainfi fachant qu'aux Iacobins du lieu y auoit vn
corps fort entier, qui de long temps eftoit mort, baftift fi
bien fon entreprinfe, qu'auec le fecretain de l'Eglife, fceut
tellement pratiquer qu'il euft le bras & main entiere du
pauure corps, puis le confit & aromatiza de plufieurs
vnguens & fenteurs, fi proprement qu'il fembloit mieux
la chair vifue que morte : & ainfi acouftré, l'enferme en
vn coffre doublé d'vn fatin de couleur, la petite ver-
riere par deffus & bien efpoiffe, ce fait pour mieux de-
guifer fa marchandife & en retirer commodement proffit,

auifa auec vn fien compagnon fidelle, de faire vn voyage
en Calabre, païs ou le peuple eftoit fort fuperftitieux,
ignorant, & rude. Ce beau-pere auec fa relique, & deux
ou trois autres mendians, qu'il cognoiffoit, chargez de
bezaffes, allerent au port pour paffer au lieu qu'il fou-
haitoit : acompagné d'vn compagnon de fidelle tromperie, choyfi propre pour tel effet, & lequel s'eftoit
defguifé de gris cordelier en noir Iacobin, à fin que faifant fa bande à part, & faignant ne le cognoiftre, on
ne defcouurit ce que l'habit & vouloir portoit caché.
Ainfi faifans voyle, le vent vn peu contraire, les pouffa
en vn port d'vne autre ville, qui toutesfoys eftoit voyfine du païs, auquel penfoient arriuer : mais fe voyans
trompez propoferent de feiourner, atendans le temps
plus calme. Le fratre, ce pendant auec fa relicque
& fes compagnons, s'en alla droit aux cordeliers. Et le
nouueau Iacobin, fon fecret protechole auec les mari-
niers & marchands en vne hoftellerie. Le beau-pere
arriué au couuent, voyant qu'il eftoit de loyfir, & que
le peuple eftoit tel qu'il demandoit, pour iouër fa farce,
enuoye le gardien vers l'Archeuefque pour l'auertir,
qu'auec la grace de Dieu & fon congé, il vouloit faire
vn fermon public, auquel il efperoit monftrer l'vne des
plus excellentes reliques qui fut iamais veuë. L'archeuefque, qui eftoit groffier & ignorant quelque peu les
bonnes lettres, creut facilement ce meffage, & fit en
fon nom conuoquer tout le peuple, qui obeïffant au
prelat, n'y eut borgne ny boyteux qui ne vint au fermon
fait en la principale Eglife. Le fratre, voyant fi bonne
chambrée, monte en chaire, & fait vne longue predication de la charité, aumofne, & grandz pardons que lon

merite de donner de fes biens pour faire les chaffes
& habitacles des faintz corps : puis fur la fin de fa predication defcouure le ioyau, qu'il defiroit enchaffer, auec
grandes exclamations enuers les affiftans, leur difant :
Deuot peuple, i'ay longuement prefché à Naples, ou
tendant le renom de fi noble cité, & grande deuotion
des habitans, me deliberay de vous venir voir vn iour,
& vous faire part des dons & graces de l'efprit faint de
Dieu, par la predication de la fainte parole. Mais noftre
vicaire general (par obedience) me commanda d'aller
en la Calabre : toutesfoys, comme fçauez, non point
par la fortune des ventz (encores qu'ilz nous ayent efté
du tout contraires) mais pluftoft par volonté diuine,
fommes arriuez en ceft heureux port, deliberant vous
faire participantz des graces du feigneur, par vne pre-
cieufe relicque à moy prefentée, qui eft le bras & main
entiere de l'excellent & glorieux chancelier de Iesvs
Christ, monfieur fainct Luc euangelifte, lequel le
patriarche de Conftantinople a donné à noftre vicaire,
pour porter en la Calabre, païs affez mal garny de fi
precieux ioyaux. Partant Chreftiens & deuot peuple
foyez preftz (auec reuerance honnefte) de voir le trefor
de fi grand' valleur : mais deuant que paffer outre,
voicy vne bulle de noftre faint pere, par laquelle pleine
remiffion de luy eft accordée, à ceux qui vifiteront cefte
faincte relicque par deuotes aumofnes, à fin que du
fruict qui en fera recueilly, il en foit fait vne chaffe d'argent, & telle que le noble fainct merite. L'archeuefque,
& tous les autres auffi auifez & fages que leur prelat,
creurent facilement cefte menfonge, & prenent cefte
chaffe, font allumer les torches, & auec vne grande

ceremonie defcouurent vn peu le bras & la main. Le
moyne (tout aupres) qui pourfuyuant fa proye, commença à dire : Voicy la main & doigtz qui ont efcrit
tant d'excellences de la glorieufe vierge mere de Dieu,
qui font aufſi fraiz comme quand il viuoit. Cefte moralité ainſi iouée, fort d'vn des coings de l'Eglife le Iacobin
deſſus nommé, compagnon de l'entreprinfe pour iouer la
farce, lequel commence à crier à haulte voix : O ribault
larron, trompeur de Dieu & des hommes, ie nye,
& m'opofe à ce que tu dis : car ie fuis certain que le
corps de fainɛt Luc eſt à Padouë tout entier, & m'ef-
bahis comme ces bons citoyens croyent vn tel abufeur :
mais tiens toy aſſeuré que ie te feray brufler comme vn
hereticque : A ce cry le peuple demeura tout eſtonné.
Le fratre au contraire, voyant qu'il eſtoit temps de
parfaire fon œuure, fait faire filence, inuocque Dieu
(leuant les yeux au ciel) coniure tous les fainɛtz, priant
d'vn cueur faint & aſſeuré qu'il pleuſt au feigneur monſtrer la verité euidente du blaſpheme, que faifoit ce
calumniateur contre luy & fon glorieux chancelier faint
Luc. A peine euſt acheué fa coniuration, que ce Iacobin
(qui autresfoys auoit fait le quaymant & malade de
fainɛt) tourne les yeux en la teſte, efcumant comme vn
verrat, & claquetant les dentz fe laiſſe tomber comme
ayant perdu la vie. Adonc le peuple (esbahy de fi foudaine mort) commença de murmurer eſtrangement,
cuydant eſtre vn miracle manifeſte. Le beau-pere voyant
la fin du jeu fucceder felon l'intention, fit foudain
prendre le corps de fon compagnon & le porter deuant
la relicque, puis s'adreſſant au peuple en vne voix
piteufe leur dit : Meſſieurs, le feigneur ne veult pas la

mort du pecheur, ne qu'ayons vengeance de noz ennemys : car puis que la verité, qui ne fe peult iamais nyer
eft cogneuë il fuffift. Partant, au nom de fa paffion,
mes amys, foyons tous à genoux, & dites pater nofter,
& aue Maria, en l'honneur du benoift faint Luc, à fin
que par fa fainte priere & grace il reftituë ce pauure
pecheur en fa premiere fanté, que l'ame n'aille à perdition. Adonc le monde fe mift en oraifon : luy de
l'autre cofté prend vn coufteau, & ratiffe vn peu l'ongle
de cefte miraculeufe main, met & brouille cefte razure
auec vn peu d'eau benoifte, & defferrant les dentz de
ce pipeur (contrefaifant le mort) luy met dedans la
bouche, difant : Ie te commande par cefte fainéte
liqueur, en la vertu du fainét efprit prinfe, que tu te
leues & retourne en ta premiere fanté. Ce Iacobin (qui
à grand peine s'eftoit gardé de rire) fe leue comme
tout effrayé, criant Iefus. Quand l'Archeuefque & le
peuple cognerent ce miracle, incontinent on fonna
toutes les cloches, & fut chanté le *Te deum :* ne demeura
au refte enfant tant ieune fuft il, qui ne couruft pour
baifer les piedz de ceft apoftat, tellement que bien heureux fe fentoit celuy qui pouuoit toucher à fa grife
couuerture. Apres le bruyt apaifé, eft mis ce venerable
bras fur le maiftre autel, force torches allumées, ou
vne infinité de peuple abordoit, portant offrandes. Et
apres auoir ferré ces deniers, & autenticquement fait
efcrire & aprouuer le miracle, s'en alla par tout le païs
de Calabre auec fa relicque, & le frere reffufcité, tef-
moignant la verité de fon hyftoire : par le moyen dequoy
amaffa fi grans deniers, qu'à l'ayde d'vn Cardinal, il
achepta (comme dit le compte) & changea ou bien

brigua par fes offrandes vn Euefché : du reuenu duquel (auecq' fon compagnon) fe donnerent du bon temps le refte de leur vie.

Ie vovs laiffe à penfer (mes Dames) de combien eft ruzée & grande, la fineffe de telz mignons, qui empruntans le nom de fainct François, duquel ils n'ont que l'habit, contrefont les gens de bien pour amaffer des richeffes, contre le vœu que fi rigoreufement fe difent obferuer. Et gardez que voftre fimplicité & doucéur (apaft à eux propre) n'engendre ie ne fçay quelle chofe, dont le repentir vienne auffi toft que l'effect.

COMPTE XX.

Ie ne cognois plus forte paſſion que celle qu'amour met aux eſpritz de ceux, qui luy obeyſſent : de laquelle toutesfois vaincuz, faiĉt entreprendre meſmes l'impoſſible, pour acquerir quelque leger contentement en ceſte terre baſſe, ſelon noſtre eſprit charnel. Et bien ſouuent auſſi plus qu'autre paſſion meine à deſeſpoir eſtrange celuy ou celle qui trop s'y fie, perdant la vie par l'eſperance de la iouyſſance du fol deſir, qui cauſe le tourment.

N Gentilhomme de Peruſe ayant longuement ſuyuy les armes, cherchant le repos, ſe miſt à contempler les diuerſes beautez des Dames de la ville : leſquelles trouuant vn peu plus gracieuſes que les effors de ſes ennemys, ſe laiſſa tellement gaigner qu'il fut ſurprins de l'amour d'vne bien belle iouuencelle nommée Eugene, qui eſtoit d'aſſez honorable maiſon, & laquelle ſe miſt à ſi fort aymer & pourſuyure par tant de moyens qu'en ceſte chaſſe, il ſceut tellement gaigner le cœur & le vouloir d'elle, qu'il obtint l'entier & parfait don de mercy, duquel euſt par long temps la iouiſſance, ſans aucun ſcandale, ou le ſceu des perſonnes qui tenoyent ceſte Dame en crainte. De fortune ſuruint en la ville vne peſte ſi dangereuſe & vniuerſelle que les habitans ſe retiroyent aux champs, qui contriſta merueilleuſement Eugene : car elle ſentoit

fon ventre croiftre, & que fes freres s'en vouloyent aller,
& l'emmener pour le danger, qu'en ce faifant, le mal
que de luy mefmes fe donneroit à cognoiftre auec le
temps à fes freres (fans aucun fecours) la mettroit au
peril de fa propre vie. Ainfi aymant mieux la prefence
de fon amy, que de fuyr la pefte, ne demeura defpour-
ueuë du fecours qu'amour inuente à fes fubieâtz & fut
fi fagement inftruiâte qu'elle fift entendre au Gentilhomme fa deliberation, qui fut telle, que la nuiât venue
que fes freres deuoyent partir, commença à fe douloir
& plaindre de la tefte & du cœur, & qu'elle auoit bien
pres de l'vne des cuiffes vne enflure & boffe qui outra-
geufement la tourmentoit : Ce qui les efpouuenta fi
fort qu'ilz penfoyent eux mefmes eftre frappez de pefte,
& fans l'aller voir (l'eftimant comme morte) la laifferent
en la garde d'vn vieillard auquel ilz donnerent charge
qu'il la fift enterrer honneftement felon la maifon. Et
ayant donné ordre à tout leur mefnage, s'en allerent en
vn logis champeftre, non guerres loing de la ville.
Eugene demeurée feule, commença par le menu à fonder
le cœur de ce vieillard, & le fceut fi dextrement gaigner de parolles & promeffes qu'apres luy auoir entierement declaré la principalle caufe de fa maladie, il fe
rendit tant affeâtionné de la feruir, qu'incontinent le
gentilhomme mandé conclurent d'acheuer fecrettement
leur entreprinfe, c'eft à fçauoir, que le vieillard (comme
bien apris) alla par toute la ville femer vn bruyt que la
pauure Eugene eftoit morte de maladie dangereufe,
& puis apres fit vn corps feint de drapeaux ramaffez,
& auec vn petit conuoy le fift enterrer. Eugene cognoiffant fon affaire prendre bon commencement, inconti-

nent fe defguifa en l'habit d'vn ieune garſon, & auec
celuy qu'elle aymoit plus que l'honneur & foy meſmes,
fe retira en vn lieu fecret hors de la ville attendre l'yſſue
de ſa couche, qui fut d'vn bien beau garçon, qui ſe
refantant de l'ennuy & traiĉtement de ſa mere fubitement
mourut. Le Gentilhomme fort court d'argent, au bout
de quelque temps auerty que les Venitiens dreſſoient
armée (comme celuy qui eſtoit né pour fuyure la guerre)
delibera d'aller à leur foulte, & s'eſtant mis en l'equip-
page de ce qui eſtoit propre pour tel feruice au mieux
qu'il peuſt deguifa ſon Eugene en l'habit d'vn ieune
gentilhomme defireux de voir & frequenter les armes,
& conclud en luy meſmes de viure en ceſt eſtat (fi mort
ne les en feparoit) fans iamais retourner à Peruſe. Ainſi
prenant chemin, arriuerent au païs de la feigneurie
venitienne, ou de malheur par les champs rencontrerent
vne bande de foldatz, qui retournoient du camp affamez,
& mal contens de leurs payemens : leſquelz (comme
defefperez) voyans ce gentilhomme en fi bon equipage
d'armes, de cheuaux, & de gens, commencerent à ruer
deſſus, & faiſirent tous ſes cheuaux & ſon bagage, fans
demonter le ieune Gentilhomme, duquel (veu la beauté
& bonne grace) eurent certaine opinion que c'eſtoit ſa
Dame qu'ainſi il auoit deguifée, parquoy l'arreſterent
feulement, tenant ſon cheual par la bride. Le Gentilhomme qui auoit veu demonter ſes gens, & tout ce qu'il
auoit amené (eſtre pillé de ſes larrons) print patience :
mais quand il vit qu'on s'adreſſoit à celle, pour laquelle
defiroit viure, & mourir, pouſſé d'vne violente colere,
& couuert feulement d'vne chemife de maille, met la
main à l'efpée, & du premier coup tua celuy qui auoit

I.   . 15

faify la bride du cheual d'Eugene, les autres l'enuiron-
nerent incontinent, toutefois comme vaillant & hardy,
qui ne s'eftonnoit du nombre de tant d'ennemys, fift
tel deuoir & carnage de ces maftins, qu'auant que le
pouuoir ioindre il en fift mourir demie douzaine. A la
longue ne pouuant fouffrir vn combat fi mal party, fut
abatu & renuerfé mort. La miferable Eugene, ayant
apperceu la perfonne que plus que foymefmes elle fauorifoit & aymoit, mourir à fon occafion, faifie d'vne douleur extreme, defcend de fon cheual, & comme hors
de tout efpoir (l'efpée au poing) court aupres du gentilhomme mort, & fe donnant de la poincte au trauers
du corps fe laiffe tomber, difant en voix foyble & piteufe :
Ha monfeigneur & amy, fi tu as quelque cognoiffance
encores qui te refte, recognois celle que tu as fi loyaument aymée, & qui eft caufe d'vne fi violente mort, te
prefenter voluntairement fon ame, afin qu'autre que toy
ne foit iouyffant de l'amour que fi iuftement auois con-
quis afin que noz efpritz (fortans de cefte lumiere)
foyent eternellement viuans enfemble, pour demander
vengeance de ces voleurs & tyrans. La pauure Dame
(preffée du dernier foufpir) eftendans fes bras fur le
corps du Gentilhomme, rendit l'efprit. Ces Brigans, qui
n'eftoyent beaucoup fouciez ne de la mort de leurs compagnons, ne des autres, s'en allerent contens de leur
butin, delaiffans les pauures amans à la garde des
oyfeaux & des beftes.

Ainfi voit on, mes Dames, que l'extremité du
amour amene tout malheur, apres la ioiffance d'vn bien
petit plaifir, & vous affeure que les plus fages qui
cognoiftront quelle eft la vertu du refus que fouuent ils

font par ie ne fçay quelle honte, en le continuant par bonne & ferme volunté fentiront par la fin que c'eft le feul moyen de les faire viure en liberté, & les rendre heureufes & contentes en l'autre monde.

COMPTE XXI.

Amour de foy eſt bon, mais la malice & rencontre de ſon ſubieɛt
luy fait ſouuent prendre vn mauuais ſurnom de fol, inconſtant & vil-
lain prenant ſouuent ſa nourriture en l'eſprit d'vne legere & ſole
femme, laquelle voulant apparoir prudente en ſes effetz ſaintz de
rigueur pour cuyder repreſenter la meſme vertu par l'exterieur, fait en
fin reluyre à deſcouuert vn ord & ſale vice.

N la ville de Genes demouroit vn riche
marchand d'vn merueilleux credit par tout
le païs, lequel auoit vne ſeulle fille nom-
mee Ieronyme, ieune & de grande beauté :
laquelle pour eſtre nourrie en liberté, prenoit vn ſingu-
lier plaiſir d'ayder la perfeɛtion de ſa nature par brauetez & autres accouſtremens familiers à vne Italienne,
auecq' tant grande preſumption de ſa perſonne, qu'elle
ſentoit trop heureux celuy auquel elle faiſoit tant de
grace que de luy ieɛter vn regard, ou monſtrer vn bien
petit ſigne de faueur ou de bien-vueillance. Et de ceſte
ruſée & affettée folie ſe contentoit & glorifioit d'eſtre
aymée de tout le monde, de gaigner & entretenir pluſieurs paſſionnez en ſes lacz : au milieu deſquelz vn
ieune Gentilhomme de bonne grace ſe trouuant tombé
& prins, ne ſceut choiſir autre contenance que de pre-
ſenter pour le plus affeɛtionné ſeruiteur de tous, iuſques
à la vouloir choiſir pour femme : mais craignant d'of-

fencer fa nobleffe (pource qu'elle eftoit fille d'vn marchand) demouroit toufiours en doubre de paruenir à
l'execution du mariage, fans toutesfois delaiffer la pourfuyte amoureufe, de cefte iouyffance qui peut rendre
l'amy content & fatisfait. Et cognoiffans que tous ces
moyens eftoient de peu d'effet, s'auifa de prendre habitude auec vn more efclaue de la maifon de Ieronyme
nommé Alphons, de condition & conuerfation affez
honnefte, lequel eftoit enferré de chefnes comme font
efclaues, & le bailloit on a loüage au profit de la maifon
comme fi c'euft efté vn cheual entre les mains d'vn
maquignon : Ce ieune amant, ayant opinion de pouuoir par ce chemin cognoiftre l'eftat & vie de fa Dame,
prenoit fouuent ce more à fes iournées le traiftant fi
humainement de parolles & dons, qu'incontinent auec
cefte familiarité gaigna tellement le cœur du more, que
l'ayant cogneu preft de complaire à fon vouloir, luy
commença à defcouurir fes affeftions, par le difcours
de telz propos : Alphons, ie te prie me faire ce bien de
prefenter mes humbles & affeftueufes recommendations
à la bonne grace de ma dame Ieronyme ta maitreffe.
Et par ce que ie ne cognois homme plus loyal & digne
de la communication de noftre amytié que toy, luy
remonftreras l'intollerable paffion caufée de fon excellente
beauté qui me tourmente, & que la longue perfeuerance
de fi affeftionné feruice merite (auec le temps) pluftoft
recompenfe qu'affliftion, fi ce n'eft qu'elle prenne plaifir
de me voir mourir, qui luy fera petite fatisfaftion, perdant celuy duquel la vie n'eft fouftenue & gardée que
pour eftre employé à l'accompliffement de fon bon vouloir & plaifir. Ce more, voyant les continuelz foufpirs

& affe&ionnez propos de ce Gentilhomme, cogneut la
maladie : & comme celuy qui d'vne franche volonté
l'aymoit, fait refponce, Monfieur ie vous affeure que
vous eftes fort abufé : ce n'eft point la perfe&ion que
penfez trouuer, & qui foit digne de voftre amour, par
ce que comme femme habandonnée de fon honneur
(& contre mon vouloir) i'ay plufieurs fois iouy de la
faueur que tant fouhaitez & vous tient fi paffionné. Et
pour vous monftrer l'experience de cefte preuue, fi
voulez prendre le defguifement de mon vifage, ie mettray peine de vous rendre iouïffant de ce qu'eftimez tant
excellent & quafi impoffible. Le Gentilhomme, ne penfant qu'à l'execution de cefte fauorable promeffe, fit
faire vne chaifne femblable à celle du more, & au refte
fe deguifa fi proprement, qu'euffiez iugé eftre le vif
pourtraiét d'Alphons : qui le voyant fi bien luy reffem-
bler (fuyuant fa promeffe) l'introduit en la maifon de
Ieronime. Et apres qu'vn chacun fut couché, fecretement le mift coucher dedans fon lit, puis fe retire en
vn coing de la chambre attendant l'yffue de cefte entreprinfe, qui print tel trait que ce Gentilhomme couché
au lit d'Alphons, apperceut incontinent apres entrer
dame Ieronime auec vne petite lumiere, marchant au
petit pas, comme eftoit fa couftume, pour approcher
celuy qu'elle penfoit eftre le more, & ayant recogneu le
teint, qui tiroit vn peu fur le cler brun, fans regarder
plus auant fe rendit fi peu fafcheufe au ioindre, que le
pauure tranfi ayant prins pour recompenfe de fa longue
pourfuyte le demourant d'vn efclaue, & apres que fon
feu fut vn peu amorty, efmeu d'vne nouuelle & foudaine colere & defpit, luy dift : Ha befte fauuage & pleine

d'extreme luxure, ou eft ta richeffe & beauté de toy
tant eftimée? penfes tu par ton orgueil toucher de la
tefte au ciel? ou eft la loyauté de tant d'amans que tu
as fi long temps refufé, pour le choix de ton plaifant
amy Alphons? Malheureufe, encores que fur toy crient
toutes chofes vengeance, fi faut il que ie te monftre
(ingrate & hors de bon iugement) que pour te complaire il a fallu que me fois mis en l'habit d'vn vil more.
Or maintenant cognois à la parolle quel ie fuis & que
d'autant que ie t'ay efté plus que loyal & entier feruiteur, defirant t'aymer & honorer fur toutes, d'autant
plus fuis deliberé te haïr & publier par tout la detef-
table & malheureufe vie de ton corps. Et prenant foudain congé, delaiffa cefte piteufe dame Ieronime fi
efpleurée & defpitée d'vn fi lache fait, que remettant
deuant fes yeux tant de fautes paffées par la continüa-
cion d'vne continüelle melencolie fe caufa fi grande
fieüre qu'elle en mourut. Le Gentilhomme, pour ne
demeurer ingrat enuers le more trouua moyen de le
racheter de fon maiftre, & le mift en perpetuelle liberté.

Ie scay, mes Dames, qu'il y a des hommes lefquelz trouuans les femmes aigres & difficiles en amour
ont opinion que le reffuz de tant d'honneftes feruiteurs
eft vn figne de leur grande vertu, & fouz ce mafque
demeurent opiniaftres, trompez en leurs pourfuittes.
Mais pource que ie leur veux & à vous plus de bien,
que leur perfuader d'ainfi legerement croire, fachez que
telles femmes fouuent reffemblent les boëttes belles
& bien paintes par le dehors, qui au dedans tiennent
le poifon caché.

COMPTE XXII.

Encores que i'euſſe deliberé de ne plus parler des moynes, ſi eſt ce que l'hypocriſie & ſainte ſainĉteté de ceux qui ſe mettent hors le chemin de pure religion me contraint de vous faire vn compte, par lequel cognoiſtrez que ſouz vn tel manteau ſe forge vne infinité de trompe-ries, par l'inuention de leurs malices, & ſouz couleur d'vne ſimulée pauureté, laquelle combien qu'ils facent vœu de garder inuiolablement, leur vie, toutesfois (pleine de quaymanderie) fait cognoiſtre que c'eſt la choſe qu'ilz trauaillent plus de fuyr.

N la noble ville de Paris eſt la couſtume qu'il y a pluſieurs belliſtres deputez pour recueillir les fragmentz & ſuperfluitez des maiſons, & vont criant par les rues : y a il rien pour les pourceaux de ſaint Anthoine. Le ſemblable en Italie ſe fait par aucuns moynes, qui de la vie du ſainĉt n'ont que la marque, & vont par le païs, ſe diſans meſſagers de tout l'ordre, pour aſſembler de parroiſſe en parroiſſe tous les deniers des confrairies, par eux inuentées : & preſchent au peuple (par longues emmiel-lées & fardées harangues) vne infinité de menſonges. L'vn monſtre au ſimple peuple vn vieil parchemin en forme de bulle, auec vne petite croiſette dorée enue-lopée en beau ſandal, que lon baille à baiſer à la bonne femme. L'autre (pour eſmouuoir le peuple à deuotion) preſche choſes eſtonnentes, le Turc a fait nouuelle con-

quefte fur les Chreftiens, le Soldan ioinct auec luy fait
vne fi grande armée que tout eft perdu, fi les aumofnes
du peuple deuot n'y mettent remede, les pauures
Chreftiens prifonniers font tenaillez, on les fait tirer à
la charruë, l'antechrift eft né. L'autre dict : Il a pleu
fang en Allemaigne : on a veu en la Lombardie vne
brebis parler, & mille autre refueries que telz Beliftres
manifeftent ainfi au rude peuple : puis le pauure payfant
& fa femme eftonnez, les fix blancz, les fufées, & le
linge eft incontinent à meffieurs prefenté, n'y euft il
que cela. Pour donc reuenir à noftre conte, en ce païs
eftoit vn de ces freres, lequel fe pourmenoit par toute
la Calabre, beliftrant auec vn afne, la cloche au col
(qui eft le colier de leur ordre) & le varlet conduifant
les bezaffes, pour les trouffer deffus fon doz, ainfi
acompagné arriue au logis d'vn riche boucher, ou
eftoient deux beaux & gras pourceaux qui fe refraif-
chiffoient fur vn fumier. Le varlet (comme eftoit fa
couftume) commence à fonner la trompette de beliftre.
La Dame fort & aporta force tripes graffes. Le frere,
ayant opinion qu'elle n'eftoit des plus fines, regarde ces
deux pourceaux par maniere de compaffion, difant à
fon varlet : c'eft dommage qu'il fault que ces deux
belles beftes meurent fi foudainement! Cefte femme,
oyant parler de fon dommage, dreffe l'oreille & prie le
fratre de luy declarer ce qu'il penfoit de fes pourceaux.
Mamye ie ditz que c'eft grand perte de les voir ainfi
mourir : & s'il n'y a homme viuant qui le puiffe cognoiftre,
s'il n'a la grace du benoift fainct Anthoine : mais il
y auroit remede fi i'auois deux des glandz que le fecretain de noftre Eglife beneift tous les ans, pour le falut

I.   16

des beftes du peuple Chreftien, comme l'on fait les
agnus dei à Rome. Mon Dieu (dit la dame) ie vous
prie de m'en bailler, ie vous affeure que la recompenfe
vous fera promptement faite. Le frere regardant fon
varlet, qui eftoit fait au proffit de la bezaffe, luy
demande s'il en auoit de refte de ceux qu'il auoit donnez au village, duquel il eftoit nouuellement forty. Le
varlet, cherchant par toutes fes poches, refpond qu'il
en gardoit deux pour leur afne, qui eftoit fouuent malade. Replicque le frere : fi noftre afne deuoit mourir, fi faut il faire grace à cefte Dame, qui eft tant
deuote & tant affectée à noftre religion. Puis regardant
d'vn œil enuyeux vne piece de toille, qui eftoit deffus
l'ouuroir, continuoit fes propos, en luy difant : Ma
bonne feur ie m'affeure tant de voftre bonté, que ne
ferez fi ingrate enuers noftre hofpital, que ne l'ayez
pour recommandé, en nous eflargiffant vn peu de linge
pour les pauures malades de noftre maifon. Au nom de
Dieu (dict la Dame) remediez à ce mal, & vous aurez
ce que demandez. Le varlet diligent, prefente en grande
reuerance, ces deux glandz au moyne : qui les ayant
mis en fa main, demande vn vaiffeau plein d'eau, & vn
petit de fel : puis (ayant defcouuert fa raze) difoit vn
grand nombre de menuz fuffrages : le varlet Amen.
Cefte Femme, & fes enfans eftoient à genoux, comme
deuant l'autel de l'Eglife. La ceremonie acheuée, le
frere met fes glandz en pouldre dedans le vaiffeau,
& le tout ainfi brouillé le fait boire aux pourceaux, leur
faifant vne grande benediction fur le doz, & inuocquant
le bon faint Anthoine à ce miracle, & pour la fin luy dit
que ces pourceaux eftoient hors de peril. La Dame (felon

fa promeffe) prend la piece de toille & la prefente au caffart : lequel, auec vn grand mercy, la trouffe deffus fes bribes, & part pour aller chercher autre pafture. Le boucher (qui eftoit vn peu plus ruzé que fa femme) arriuant au logis, & ayant entendu le difcours de fa toille perduë, trouue moyen de mener deux ou trois de fes comperes auec luy pour furprendre le moyne : Qui, les voyant venir de loing embaftonnez, fut auffi eftonné qu'vn coupeur de bourfes prins fur le fait : toutesfoys s'auifa de gaigner vne maifon qui eftoit affez pres de luy fur le chemin, en laquelle le varlet entre, & fecrettement aporte deux charbons, qu'il enueloppe au mylieu de la toille : puis, fans faire femblant de penfer qu'à gaigner païs, reprenoient leur chemin. Le boucher (qui eftoit picqué de colere) s'auance fi fort qu'il ataint incontinent le moyne, & le faifit rudement par le froc, en luy difant : Larron abufeur, peu s'en fault que ne te face perdre la vie de cefte hallebarde, rens la toille mefchant que tu as defrobée en ma maifon, ou t'affeure de mourir. Mon amy (refpond le frere) ie le veux, & la remetz en ta main pour en faire ton bon plaifir : Diéu te vueille pardonner l'iniure que tu me fais, de m'ofter ce qui m'auoit efté donné à l'ocafion du grand proffit qu'ay fait en ton logis : pour la toille il ne m'en chault : mais i'efpere que le glorieux baron monfieur fainét Anthoine monftrera vn euident miracle, & de bref, à fin que tu ayes cognoiffance du tort que faiz aux feruiteurs & amys de Dieu. Le Boucher (qui ne prenoit garde à telles paroles) s'en retournoit tout gay auecq' fa toille qu'il portoit : mais eftant à vn traiét d'arc du moyne commence à fentir le bruflé, & voir

quelque peu de fumée entour luy, qui rendit ce Boucher & ſes compagnons tant esbahis, que la toille
gettée ſur le champ, chacun d'eux commença à crier,
Sainct Anthoine l'hermite, Sainct Anthoine de Pade. Le
varlet, qui auoit eu paour d'eſtre au commencement
batu, fut fort ioyeux quand il ouyt crier ſainct Anthoine :
tellement que le fratre & luy coururent à ces pauures
gens, qui eſtoient tous ſi effroyez, & eſtonnez qu'à force
de crier mercy au ſainct & au frere, ilz auoient perdu
la parole. Le varlet d'vn coſté, qui ne vouloit perdre la
toille, s'efforçoit d'eſtaindre le feu. Le beau pere,
d'autre (faiſant le piteux) donnoit des deux mains force
benedictions ſur ces pauures agenouillez : leſquelz mena
à la meſſe de parroiſſe, ou la toille deſployée, fut le
miracle par eulx teſmoigné : & pour penitence contraignit le pauure Boucher d'aller par tout le païs de
Calabre porter teſmoignage de ceſte hiſtoire, amaſſant
de grandz deniers par le moyen deſquelz de beliſtre
deuint vn gros, gras, & oyſeux moyne.

Vovs ne devez eſtre eſtonnées (mes Dames) de la
ſotte ignorance du peuple, lequel reſemble à vn petit
enfant, qui voyant faire quelque choſe (ſans iugement
de bien ou mal) s'efforce de l'enſuyure. Et tant plus
vn peuple eſt rude, plus il tend à faire choſes mauuaiſes
& contre raiſon. De la vient que (eſtant la malice de
telz hypocrites ſi couuerte) plus ayſément il demeure
trompé : & fault qu'il porte les fautes de ceux qui par
purité de doctrine deuroient porter teſmoignage de la
verité, leſquelz faiſant le contraire, fault croire en celuy
qui eſt ſeul iuſte, & non à ceux qui de vraye religion
n'ont que l'habit.

COMPTE XXIII.

Le fçauoir de l'homme (bien conduit & mis en umiere) fe monftre & defcouure aporter un fruit qui proffitte à ceux qui le reçoyuent & co- gnoiſſent. Mais quand il demeure en vn efprit maling, couuert d'vne fainte vertu, lors il couue & norriſt ie ne fçay quoy de tant infeâ, & qui rend l'iſſuë ſi dangereuſe, que iamais n'aporte que mal, tant à l'autheur, qu'à ceux qui trop s'y fient : comme pourrez voir par ceſte hiſtoire.

v temps du Roy d'Arragon, en l'vne des plus nobles citez du Royaume, demouroit vn frere myneur, nommé *Dicquo Darnac,* Docteur en theologie & des plus doctes de fa faculté : lequel, combien qu'en fon habit fuyuiſt d'aſſez loing la vie & profeſſion de fainct François, toutesfoys pour eſtre ieune & aſſez bien norry (par le moyen des frequentations continuëlles qu'il faiſoit aux maiſons d'aparence) s'eſchauffa de l'amour d'vne bien fort belle Dame, femme d'vn des Cheualiers de la ville, nommé meſſire Rhodoric. Ce fratre ne peult tant argu- menter contre fon corps que par fes argumens il peuſt vaincre ceſte paſſion : laquelle, au lieu de preſcher le ſalut de l'eſprit, le contraignoit à continuëllement penſer en la beauté de ceſte Dame que ſi viſuement auoit em- prainte en fon cueur. Et combien que la grandeur d'elle luy preſentaſt beaucoup de difficultez pour par-

uenir à tel plaifir, prenant comme font les amoureux
tout à fon aduantage, fe perfuada que luy (qui auoit
accouftumé de conuertir les efpritz à penitence) ioyroit
aifément des corps. Et parce que la Dame frequentoit
fouuent le feruice qui fe faifoit au couuent, pour la plus
prochaine Eglife de fa maifon, le beau-pere auoit liberté
de contenter fa veuë felon fon affeƈtion. Mais la Dame
qui n'eftoit aucunement touchée de telle amour, ne luy
faifoit meilleur recueil que de couftume : toutesfois par
longue & fote importunité (commune à telles gens) eut'
cognoiffance de fon damné vouloir, fans toutesfois en
faire conte : Qui engendra vn merueilleux defpit au
fratre, fans toutesfois perdre l'opinion, qu'auec le temps
il feroit le mieux aymé. Et en cefte fole fantafie, delibera d'efcrire vne lettre contenant le remede propre à
fa maladie, au mieux qu'il fceut faire. Cefte lettre claufe
(auec vn Iefus Maria) la bailla à vn petit nouice propre
à faire telz meffages, auec l'inftruƈtion à qui, & à quelle
heure il deuoit prefenter fon pacquet. Le petit mef-
fager fut prompt, prend la lettre bien cachetée, & part
pour aller vers la Dame, laquelle il trouue en fa maifon
auec fa famille, & en faifant vne deuote reuerance luy
dift : Ma dame, frere Diquo vous prefente fes humbles
recommandations, & vous fuplie de luy enuoyer vn
peu de deliée farine pour faire l'hoftie, ainfi que plus
à plain pourrez veoir par fa lettre. Quand la Dame euft
veu ces lettres, & cogneu l'honnefteté & gracieufe
demande, que pouuez penfer que faifoit vn tel perfonnage (combien qu'à iufte occafion le pouuoit faire punir,
& luy faire moderer cefte chaleur par le fouet du
conuent) fi ne voulut elle pour cefte premiere fois le

fcandalifer, mais refpond au mefager : Dites à frere
Diquo que ma farine eſt trop groſſe, & que ie n'en ay
point de ſi delyée qui ſoit propre, ou que i'aye enuie
d'employer pour luy. Ce petit nouice, tout piteux,
retourne à ſon maiſtre : lequel, oyant ſi triſte nouuelle,
fut faché : mais comme l'eau degouſtant ſur la pierre
par continuation la creuſe & conſomme, ainſi ſe figura
ce gris amoureux pouuoir paruenir à ſon intention par
la longueur du temps, donnant œillades à ceſte Dame
de la meilleure contenance de quoy ſe pouuoit auiſer :
& tous les endroits ou elle alloit la pourſuyuoit de telle
inconſtance que le bruit fut commun par toute la ville,
& meſme entre les ieunes Gentilzhommes, que frere
Diquo aymoit la femme de meſſire Rhodoric. Dequoy
auertie la Dame, qui eſtoit de grand cœur, & comme
bien auiſée, craignant que ſon mary (ſçachant vn tel
diſcours) ne creuſt par trop legerement & à ſon defauantage ceſte moquerie, vne nuiét eſtant couchée fit
ſagement entendre à meſſire Rhodoric le fol amour du
beau-pere, & duquel ne l'auoit peu eſtranger. Lequel
oyant ce diſcours (non ſans extreme colere) commanda
à ſa femme, que ſi iamais il continuoit telle pourſuyte
qu'elle luy aſſignaſt iour. La Dame preuoyant l'inconuenient qui en pourroit venir, fut fort marrye d'auoir ſi
toſt parlé : mais doutant la trop grande colere de ſon
mary d'vn coſté, d'autre voulant faire preuue de ſa
loyauté, promiſt d'obeir : tellement que le fratre, ayant
touſiours ce feu couuert qui par chacun iour augmentoit ceſte grifarde chaleur, ne peuſt tant commander à
ſoy meſmes qu'il ne renuoyaſt ſon petit meſſager accouſtumé, auquel la Dame, plus par obeiſſance que de

bonne volonté, fit refponfe : Mon amy, dis à ton maiftre,
qu'encores que l'amour que luy ay par cy deuant porté
(non moins grand que le fien) ayt efté caché, la difficulté du temps en a efté partie caufe : mais à cefte
heure que mon mary eft allé aux champs, qu'il ne faille
cefte nuit .à venir par le petit huis de mon iardin le
plus fecrettement qu'il pourra, pour couurir le fcandalle, luy affeurant d'eftre auffi bien venu que fouhaité.
Le beau-pere (ayant receu gracieufe refponce par le
nouice) perdoit contenance de trop grand ayfe, attendant l'heure promife, à laquelle s'eftant preparé & ac-
couftré de fenteurs & bon vin, ne faillit de foy trouuer
au fecret huis : ou penfant trouuer fa Dame & eftre
entre fes bras, fe trouua entre les mains rigoureufes de
meffire Rhodoric, & d'vn fien feruiteur, qui piteufement
l'eftranglerent. La colere de meffire Rhodoric executée,
& vn peu refroidie, eftima auoir fait vn piteux acte :
toutesfois (pour n'y auoir aucun remede) auifa de tenir
fon cas fecret, pour la peur & rigueur de iuftice. Et
apres plufieurs difcours chargea ce pauure corps deffus
les efpaules de fon varlet, & cherchant les lieux deftour-
nez trouua moyen, par les iardins du conuent, d'entrer
iufques aux retraiz d'iceluy, ou ilz mirent au mieux
qu'ilz peurent ce pauure Diquo fur l'vn des anneaux du
retrait, comme s'il faifoit fa neceffité naturelle, ce fait
s'en retournerent au logis fans eftre apperceuz. Or au
conuent y auoit vn autre frere, entre lequel & maiftre
Diquo y auoit vne ialoufie & hayne plus que mortelle.
En cefte nuict ce frere eut le ventre fi à commendement
qu'il fut contraint (auec vne petite bougie) d'aller au
retrait : auquel voyant maiftre Diquo de loing affis,

& au lieu qui eſtoit le plus net, ſe retire ſans mot dire,
pour auoir fait rencontre d'vn homme auquel il vouloit
ſi grand mal : & attendant qu'il euſt fait (pour apres
prendre ſa place) diſoit à part luy : Ie croy que ceſt
homme n'eſt né en ce monde que pour me faſcher,
& donner à cognoiſtre ſa mauuaiſe volonté : penſant que
maiſtre Diquo (qui eſtoit ſi longuement à ſes affaires)
le fiſt pour luy faire deſpit. Et ainſi preſſé de ſon cul,
plus que nature ne pouuoit porter, & eſmeu d'extreme
colere, prend vne pierre, de laquelle il donne ſi grand
coup par l'eſtomach de Diquo qu'il le fait renuerſer
par terre, puis s'en fuyt vn peu loing : mais voyant
n'eſtre point ſuiuy, ſe raproche pas à pas iuſques au
plus pres de maiſtre Diquo : lequel ayant tourné de
coſté & d'autre, ſans le voir remuer aucunement, eſtima
ſoudain l'auoir tué, dont fut ce frere ſi dolent qu'il
fondoit tout en larmes. Mais cognoiſſant que ce luy portoit peu de profit, va penſer que pour couurir vn cas ſi
pitoyable il falloit porter ce pauure corps deuant le
logis de meſſire Rhodoric, par lequel, d'extreme ialouſie,
on eſtimera le pauure Diquo auoir tué pour le bruit
commun de l'amour extreme qu'on diſoit qu'il portoit
à ſa femme. Et de fait charge ce corps le mieux qu'il
peut, & le porte deuant l'huis de meſſire Rhodoric, le
mettant tout debout contre vn pillier, comme s'il eſcou-
toit à la porte. Puis eſtant retourné au conuent (pour
n'eſtre trop aſſeuré) s'auiſa de trouuer autre moyen de
couurir ſon faiét, & de ce pas s'en va au gardien harenguer telz propos : Noſtre pere, quand ie fuz l'autre
iour preſcher au village Fiſo, ie laiſſay ma queſte au
logis d'vn de noz deuotz amis, par ce que ie n'auois

befte qui peuft porter fi pefant fardeau, partant eft mon
intention (auec voftre congé & benediction) de m'en
aller fur la iument du conuent pour apporter ma quefte.
Le gardien oyant cefte requefte, fut fort content, pour ce
qu'il y auoit practique, & luy donna librement congé. Le
frere fort diligent de fortir va bafter la iument pour partir
au plus matin. Meffire Rhodoric & fon varlet veilloyent
d'autre cofté en crainte, attendans l'yffue de ce qu'ilz
auoyent faict, & comme celuy qui n'eftoit des plus affeurez dift à fon feruiteur : le te prie va iufques au pres
du conuent, pour efcouter s'il y a point quelque bruit,
& s'ilz ont point trouué maiftre Diquo vers la minuit
allans à leurs matines. Le varlet (voulant obeïr à fon
maiftre) cuyde fortir, & en ouurant la porte faict rencontre de ce pauure corps, duquel tout efpouuenté
retourne foudain vers fon maiftre, & luy racompte l'auenture. Le Cheualier tout eftonné demeure longuement
fans mot dire, penfant quelle eftoit cefte fortune, va à
la porte ou il trouue maiftre Diquo, qui le fift demeurer
longuement penfif, difcourant les inconueniens, & fafcheries qu'il pourroit receuoir. Et comme celuy qui
n'efperoit que la cognoiffance de fon forfaict, dift : le
voy bien que ce malheureux fera caufe du fcandale perpetuel de ma maifon : mais puis que le malheur m'a
efté fi contraire que luy viuant n'a peu eftre cogneuë fa
mefchante paillardife, ie feray que le corps mort fera
monftre publique de ce que l'habit portoit caché. Sur
l'heure le fait mettre fur vn grand eftallon féellé & bridé,
& le fift lyer auec baftons & cordes (pour le faire tenir
droict) comme s'il cheuauchaft, luy meft vn morion en
tefte, la lance en l'arreft, auecq' fon gris habit. Et en

ceſt equipage le fait mener deuant la porte du conuent,
à laquelle il faiᴄt attacher l'eſtallon chargé de ſi noble
Cheualier. Au matin que le frere vouloit fuyr (faignant
aller querir ſa queſte) monte ſur la iument & ſort par la
porte, à laquelle il rencontre ce iouxſteur, dequoy il
demeura tellement tranſporté, qu'il luy ſembla que par
permiſſion diuine l'ame de maiſtre Diquo fuſt là venue
pour ſoy venger de l'homicide par luy commis : & faiſant (de grande crainte) le ſigne de la croix ſerre les
talons pour preſſer ſa monture de partir. L'eſtallon qui
auoit ſenty la iument qui s'en alloit, tire de telle ſorte
qu'il rompt ſes longes & court apres hanniſſant : & ayant
le mort la lance en l'arreſt rendue, preſt à donner, le
vif eut telle peur qu'il penſoit que fuſt vengeance mira-
culeuſe. La iument ſentant l'eſtallon ſi pres, commence
à ruer & ſe tourmenter de telle ſorte, que le pauure
frere (qui n'eſtoit des mieux adroiᴄtz à cheual du monde)
ne ſçauoit autre defence que de ſerrer les iambes, & ſe
tenir à deux mains au bas de la Iument : laquelle ſentant les tallons de ce fratre ſi pres de ſon ventre de
plus en plus ſe debattoit : en ſorte que le pauure moyne
ne peuſt autre recours auoir de crainte de mort, que
de crier à haute voix à l'ayde, & au ſecours : auquel
cry ſe preſenterent incontinent pluſieurs perſonnes aux
feneſtres eſtonnez de tel ſpeᴄtacle qui fuſt ſi nouueau
que grande multitude de citoyens s'aſſemblerent hors
leurs maiſons à veoir la furieuſe iouſte de ces deux Cordeliers, qui coururent ainſi l'vn apres l'autre iuſques au
plus pres de la porte de la ville : à laquelle, & au cry
du peuple qui pourſuyuoit ce pauure Diquo, eſtimans
qu'il vouluſt tuer l'autre Cordelier, fuſt arreſté, viſité,

& trouué mort. Dont esbahis, foupçonnerent incontinent ce auoir efté faict par fon compagnon, lequel finalement apprehenderent tant par foupçon, que pour eftre
auertiz de la haine qu'il luy portoit. Et apres auoir efté
interrogué (fans aucune queftion ou contrainte) auoua
le meurtre, fans faire mention qu'il l'euft porté à la
porte de meffire Rhodoric. Les autres Cordeliers pour
l'authorité du defunct Diquo, preffoyent par tous moyens
qu'il fuft (fans s'arrefter à l'ordre qu'il tenoit) mis & executé à mort. D'auenture le Roy Ferrand (qui eftoit
arriué n'auoit pas long temps en la ville) eut grande
compaffion de la mort du pauure Diquo. Meffire Rhodoric voyant que rigoureufement lon procedoit à la con-
demnation de l'innocent, par moyens, & comme perfonnage d'authorité, fift enuers le Roy que le difcours
de maiftre Diquo, & occafion veritable de fa mort luy
fut totallement cogneue : tellement que le pauure fratre
fut deliuré dehors de prifon, & à meffire Rhodoric l'homicide commis pardonné.

Voyez, mes Dames (fans blafmer les gens de bien)
que la malice & authorité de telles gens fouuent apporte
couuerture de mal faire à ceux qui en abufent, & lefquelz foubz cefte couleur faignans choyfir l'auftere vie,
changent d'accouftrement, qui ne fert d'autre chofe
qu'à defguifer leur entreprinfe, afin d'auoir occafion de
viure en oyfiueté fouz cest habit, duquel ilz font vn
apennage d'ypocrifie.

COMPTE XXIIII.

Il y a des hommes qui ne fçauent pourquoy font mis au monde,
& viuent en vne telle oyfiueté que leur efprit prompt, fonge & inuente
par certaine malice vne infinité de fineffes pour trouuer quelque profit
en leurs tromperies : & volontiers cherchent pour mettre en effeõt telles
entreprinfes quelque tefte fotte & groffiere, fur laquelle tombe le plus
fouuent, comme pour trouuer tel fort.

ESSIRE Florien eftoit vn venerable doõteur
en loix de la ville de Boulongne, au refte,
morueux, crotté, & d'auffi mauuaife grace
que nul de fa robbe. Ceftuy, ayant fait
auffi bonne prouifion d'efcuz que de crottes, fit faire vne
grande & riche coupe d'argent, pour laquelle payer fe
tranfporte chez l'orfeure : & apres auoir contente l'or,
l'argent, & la façon (ne trouuant fon clerc derriere luy
pour la porter) pria l'orfeuure de luy prefter fon varlet
afin de l'enuoyer en fa maifon. D'auenture de nouueau
eftoient arriuez en la ville deux ieunes Romains, qui fe
pourmenoient par la ville l'oreile dreffée, & portans plufieurs bagues & lingotz dorez & contrefaiõtz, pour tromper celuy qui feroit le plus fot d'acheter : l'vn auoit nom
Liello, & l'autre Dietiquo. Ces deux marchans, qui
eftoient de loyfir par les rues & places regardans tous
les paffans, de fortune auiferent le varlet de ceft orfeure,
lequel (pour magnifier l'ouurage & manufaõture de fa

boutique) portoit cefte couppe à defcouuert. Ces gal-
lans enuieux d'vn tel vaiſeau propoferent de faire vn
bon tour & fuyuirent le petit pas, & d'aſſez loing le varlet, duquel ayans finement fçeu à qui eſtoit la couppe
& ou il auoit laiſſé meſſire Florien (la conclufion prinſe)
Liello pour le plus fin alla foudain achepter vne Lamproye fort chere, & la cachant deſſoubz ſon manteau va
droit au logis de monſieur le doſteur : ou trouuant vne
femme de femblable efprit & grace que le mary d'vne
parolle fort aſſeurée luy dit : ma Dame, meſſire Florien
vous enuoye ce poiſſon, à fin que teniez le difner preſt,
pource qu'il a compagnie d'autres doſteurs qui viennent
difner ceans, & ce pendant vous mande qu'ayez à renuoyer la coupe que ce matin a enuoyée par le varlet
de l'orfeüre, parce qu'il la veult faire marquer à ſes
armes. La dame prenant le poiſſon baille librement la
couppe, & s'en va preparer le difner. Liello (ayant
chaſſé & beaucoup mieux pris) trauerfe & gaigne païs
au logis d'vn bon prieur Romain (homme de bien felon
l'habit) & la fe reiouïſſoient les compagnons attendans
le ruſtre Dieticquo, lequel eſtoit demeuré en la ville,
oreillant & regardant quelle pourfuyte on feroit du cas.
Toſt apres meſſire Florien retourne en fa maiſon, trouue
le difner vn petit plus gras que de couſtume : tout
eſtonné, demande qui eſtoit cauſe de cefte defpence. Sa
femme fort defgoutée refpond : ne fçauez vous pas bien
qu'à ce matin m'auez mandé qu'auiez des feigneurs
à difner? Quoy (dit le doſteur) vous eſtes folle. Non
fuis, dit elle, tefmoin en eſt ce poiſſon que ie me fuſſe
bien gardée d'acheter fi cherement. Ie vous aſſeure que
ne vous ay enuoyé aucun poiſſon, mais ce a eſté quelque

feruiteur mal aprins qui l'a aporté ceans fans cognoiftre
la maifon : à tout le moins nous ferons repeuz aux def-
pens d'autruy. Par ma confcience (replique fa femme)
il vous en doit affez bien fouuenir, car à ces enfeignes
celuy qui aporta la lamproye remporta voftre couppe
pour y faire grauer voz armes. A ce mot, le pauure
docteur (apres auoir geté trois ou quatre canons d'iniures) fort en la rue courant çà & la demandant à tous
ceux qu'il rencontroit s'ilz auoient veu perfonne qui por-
taft du poiffon en fa maifon, & euffiez proprement dit
à le voir (auec fon chaperon de cofté) que le bon
homme auoit perdu le refte de fon fens. Dieticquo eftoit
en la place qui contemploit la farce du docteur : & combien qu'il fuft affeuré du larrecin fait par Liello fon
compagnon (duquel eftoit impoffible d'auoir la cognoiffance) toutesfoys, comme celuy qui regrettoit la lamproye fi cherement achetée, delibera de iouër fon roolle,
& voyant le docteur empefché à faire fes complaintes,
va en fa maifon : ou riant d'vne grace & contenance
affeurée, dit à fa femme : ma Dame, bonnes nouuelles,
la coupe eft trouuée : vn des perfonnages que vous
cognoiffez faifoit faire cela à tout propos, par maniere
de plaifir, & mettre en colere meffire Florien, qui s'eft
trouué auec eux pour fe mocquer de la tromperie. Au furplus m'ont enuoyé querir le difner, & vous mandent de
venir au feftin, car ilz deliberent de faire bonne chere.
La Dame toute ioyeufe, commença à fe plaindre du
tourment qu'elle auoit eu de cefte perte, & fift bailler
à Dieticquo la lamproye rottie auec la fauffe entre deux
beaux platz, lequel incontinent la cache fouz fon manteau & en la plus grand diligence qu'il peuft alla trou-

uer fon compagnon Liello, & le prieur qui l'attendoient,
& Dieu fçait fi les ruftres fe mocquerent du pauure
crotté & de fa femme : laquelle s'eftant parée & tiffée
pour aller manger fa part de la lamproye, au fortir du
logis rencontre meffire Florien tout renfrongné fouz fon
chapeau, auquel elle dit (d'vn ris affez fauuage) comment viennent ilz ceans difner? ie vous ay enuoyé le
poiffon tout preft. Lors monfieur le doɗeur à belles
difputes commença à delafcher fes doubles canons apellant fa femme chienne, cheüre coiffée, & fentant cefte
tromperie feconde fans la pouvoir defcouurir, fe cuyda
arracher les cheueux de defefpoir. Cefte nouuelle
cogneuë par la ville, les bouffons & ioueurs de farces
aprefterent à vn chacun ocafion de rire.

REGARDES, mes Dames, que l'efprit humain inuente
de fineffes pour recouurer argent, & viure en oyfiueté :
laquelle fuit le labeur, & cherche toute peine d'acquerir
biens iniuftement, rendant les hommes fi pareffeux, que
puis apres neceffité (qui contraint de bien pres) eft
ocafion qu'en delaiffans Dieu & l'amour du prochain,
on inuente des chofes qui menent & conduifent l'homme
quelque foys à la fin d'vne damnable & malheureufe
perdition.

COMPTE XXV.

Amour qu'on peint de ſi puiſſante force qu'il n'y a philoſophie qui puiſſe enſeigner moyen d'euiter ſa fureur, ſait quelquefois entrer les femmes en vne opinion que les hommes prins en ſes las ne veullent auoir compagnons en la iouyſſance de leur moytié. Toutesfoys (pour monſtrer le contraire) en ceſte hiſtoire cognoiſtrez que l'amour honneſte d'vn bien grand prince enuers ſon ſeruiteur a vaincu ſa propre affection, & les effetz d'vn tel plaiſir.

N vne des villes de ce Royaume, pour plaiſir, ſeiournoit vn Prince, lequel entre tous ceux de ſa maiſon auoit vn Gentil-homme, duquel ſe ſentoit tant familier, que (outre ceſte priuauté) luy portoit vne perſaite & ſingu-liere amytié. Ce gentilhomme ſoy promenant par la ville, pour contempler la diuerſe beauté des Dames, ſut ſurprins de l'excellence d'vne qui eſtoit femme de l'vn des nobles citoyens de la ville. Et comme celuy qui ne penſoit que d'amortir ce nouueau feu, commença à chercher tous moyens de complaire à ſa Dame par triumphes, maſques, & autres deſpences communes à telz pelerins. Et tant continüa, que la Dame cognoiſ-ſant ſi grande & loyalle amytié (vaincuë de ce petit Dieu) donna au Gentilhomme, par continuëlz & gratieux regardz, aſſeurée eſperance de ce qu'en telle pourſuitte on peult pretendre. Pendant ceſte attente, ſut en la

ville fait vn feftin par ce Prince, auquel toutes les plus
aparentes Dames de la ville furent affemblées : entre
lefquelles, comme vne coulombe entre les corbeaux par
fa blancheur naïue fe defcouure à l'œil, ainfi aparoiffoit
cefte Dame parée & d'acouftremens, & d'vne grace
plus perfaite : que quand le Prince fut miré en fi excellente beauté, Amour (qui pouffoit le cueur & le vouloir
des deux) fit en peu de temps que la Dame & luy fe
trouuerent ataintz d'vne mefme & affectionnée volunté,
comme celuy qui cherchoit les amoureufes aproches,
fit tel deuoir de pourfuyure fecretement fon entreprife
que le mary de la Dame abfent, la nuit enfuyuant conclurent par gracieufe execution de confirmer cefte
amytié. Ce pendant cefte Dame (qui au parauant auoit
couftume de contenter le Gentilhomme premier aymé,
de l'œil de faueur) changea cefte douceur en vn regard
de rigueur & reffuz : ce qui rendit le pauure paffionné
tant melencolique, que fon vifage reffembloit mieulx le
mort que le viuant. Le Duc voyant le piteux eftat de
celuy que tant il fauorifoit, s'efforçoit pour neant de fçauoir l'ocafion d'vne fi foudaine maladie, mais cognoiffant que peu ou rien du tout y proffiteroit. L'heure
venuë & affignée par la Dame ne vouluft executer telle
embufche fans la conduitte du Gentillomme, comme
fon plus priué & loyal chambellan, ainfi l'apella fecretement & luy dit : Encores que ces iours paffez, ie
vous aye plufieurs foys interrogué de la diuerfe & forte
paffion qui vous tient, & que ie penfe proceder d'amour,
toutesfoys pour vous monftrer que n'auez raifon de me
faire cefte eftrange difficulté (veu l'amytié reciproque
qui doit eftre entre nous) ie vous declare que fuis ataint

long temps a de l'amour d'vne Dame autant accomplie
en beauté que femme de L'Europe : de laquelle (fi fortune ne m'eft contraire) i'efpere iouyr cefte nuyt : parquoy ie vous prie, comme celuy auquel i'ay perfaite
fiance, me tenir compagnie à tel plaifir. Vous affeurant
qu'ou me defcouurirez le fecret de voftre cueur,
cognoiftrez le deuoir qu'au femblable feray pour vous
mettre hors de peine. Le gentil-homme, ayant entendu
le bon vouloir de fon maiftre, commença à faire le difcours de fes affeſtions, affifes au mefme lieu que celles
du Duc : Qui entendant de fi fafcheux propos ie vous
laife à penfer s'il auoit ocafion de hayr fon feruiteur.
Toutesfoys cognoiffant la demefurée paffion de fon gentil-homme (preferant l'amytié qu'il luy portoit à fon
propre plaifir) conclud de pouruoir pluftoft à la fante
d'vn familier, que d'obeyr aux effeſtz qu'amour luy pre-
paroit, & apres plufieurs & diuers penfemens refpond
au Gentil-homme : Mon amy, encores que n'aye chofe
fi chere que tu n'en foys participant, & de tout mon
bien puiffes difpofer comme du tien, amour toutesfoys
en la iouyffance ne cherche compagnon : mais veult
que l'vn ou l'autre foit feul maiftre de la Dame dont tu
parles. Et combien que mon cueur, par deffus tous les
biens que fortune m'a donnez, ayt beaucoup eftimé ce
plaifir que ie tenois pour affeuré, neantmoins fuis deliberé de plutoft me priuer d'vne telle faueur, que de te
voir en fi piteux eftat. Le gentilhomme oyant fon maiftre
ainfi parler, crainte de l'offencer d'vn cofté, d'autre la
paour de perdre fa Dame, luy firent geter mille foufpirs & larmes, s'excufant enuers fon feigneur que pluftoft
fouffriroit vn million de mortz que d'empefcher en la

moindre partie le contentement de fon maiftre. Le Duc
demeuré ferme à fon liberal propos, apres auoir longuement difputé la maniere de tromper cefte Dame,
feint fe courroucer, & commanda à ce Gentil-homme
le fuyure, & que fur peine de defobeyffance il fift ce
qu'il luy diroit. Ainfi partirent pour aller au logis de la
Dame, auquel furent mieux receuz qu'attenduz d'vne
chambriere affectée & duicte aux entreprifes de fa maiftreffe : laquelle ayant receu ce Prince en fa chambre,
le commença à careffer, auec vn merueilleux contentement, tant qu'il fe falluft coucher. La Dame eftant au
lict, la chandelle eftainte, le Duc feint vouloir faire de
l'eau & fort de la chambre, apellant le Gentil-homme
qu'il auoit laiffé au bas du logis. Et l'ayant mis dedans
la chambre en fa place, prend la chambriere, laquelle,
auecq' liberalles promeffes propres à vn grand feigneur,
fceut fi bien gaigner que ce pauure Gentil-homme
demeuré feul, & en liberté auec fa dame, eut le loyfir
de faire tout le deuoir que nature aprend aux amoureux. Et fur la quatriefme charge fe print à vouloir
harenguer en demandant à fa Dame fi elle penfoit que
l'auctorité & grandeur d'vn Prince peuft rendre vne
amytié plus perfaite, que le bon cueur & loyal amour
d'vn fimple Gentil-homme. La Dame (qui eftoit fine)
entendit incontinent ou s'adreffoient ces parolles :
& comme celle qui à la voix fe voyoit tenuë de celuy
qu'elle auoit reffufé, & priuée du principal & affectionné
plaifir, commença à foufpirer piteufement & dire : Si
ma prudence euft efté telle que ma beauté, ie ne me
fuffe defaifie de ma liberté propre, pour me rendre
ferue d'autruy, veu que mon bien eft en lieu contraire

à l'affection. Toutesfoys puis que la liberalité d'vn tel
Prince (qui a preferé l'amytié de fon feruiteur à fon
propre defir) a efté fi grande & loyalle, c'eft bien raifon
qu'à vous qui eftes digne d'eftre aymé, ie vous foys
auffi liberalle de mon amour, qu'il a efté de fon vouloir
& plaifir pretendu : à fin que moy (caufe de cefte
experience) ie foys la claufture & garde d'vne telle
& perpetuelle alliance, deliberant, que puis qu'à vous
ie fuis donnée de franche & liberale volunté, demourer
à iamais voftre obeyffante. Apres plufieurs propos (trop
longs à racompter pour gens de peine) commencerent
à traiter des menuz plaifirs, qui continuèrent iufques au
iour, que le Gentil-homme (prenant vn gratieux congé)
s'en retourna fort content. Et continua cefte chaffe,
tant & fi longuement, que de crainte d'engendrer en
voz cueurs l'enuie d'vn tel plaifir, le mieux fera de me
taire.

En ce difcours (mes Dames) auez cogneu la franche
& perfaite amytié d'vn Prince, à la confufion de cefte
pauure & fotte Dame, laquelle eftant ocafion d'vne telle
courtoyfie & liberté, s'eft feulement referué la honte per-
petuëlle de fa fottife. Et par cefte hyftoire pouuez iuger,
que fi elle euft efté autant liberale, que de donner fon
cueur à Dieu, fans s'amufer aux chofes fi baffes & mortes,
fuft par ce chemin demeurée libre & franche en honneur & vertu, & non ferue d'vn fi fafcheux & vilain
vice.

COMPTE XXVI.

Le fol amour, qui aueugle les femmes, plus est poignant, plus trouue de moyens de paruenir à la iouyssance d'vn fol desir : & quelque obiet contraire qu'on mette au deuant, difficillement on peut empescher sa volonté charnelle : de laquelle pour iouyr contraint laisser la vertu derriere pour suyure ce que la chair presente par vn appetit desor-donné.

N la ville de Milan y auoit vn Cheualier nommé messire Antoine de Ladrian, vn des accomplis gentilzhommes, qui fut en tout le duché, vaillant comme vn Cesar. Cestuy apres auoir frequenté plusieurs pays, eut affection de veoir les singularitez & magnificences de Naples ; & s'estant equipé de cheuaux, d'argent, & de tout ce qui estoit necessaire (selon sa grandeur) pour tel voyage, fit si grande diligence, qu'en peu de *iours* arriua à Naples, & se logea pres le chasteau de Capuenne, ou demeura si longuement que tous les Gentilzhommes de la ville le cognoissant de si bonne grace, l'accompagnoient tousiours en tous les tournoys, & festins qui se faisoient pour l'amour des Dames : desquelles (estant en l'aage de souhaiter) parloit & deuisoit auec ses compagnons, sur tout, de leur differentes beautez & graces, tellement qu'vn chascun en contoit selon son affection. Entre autres, vn de ses plus priuez amys nommé messire

Thomas Carraxiole miſt en auant l'extreme & excellente beauté d'vne ieune iouuencelle, femme d'vn cordonnier, qui en eſtoit tant ialoux, que toute liberté de
ſortir de la maiſon luy eſtoit deffendue, hors la compagnie de ſon mary : Lequel craignant qu'eſtant ceſte
beauté deſcouuerte, cogneuë du Roy, ou autre grand
ſeigneur de la ville, qu'Amour y miſt ſoudain ſon ſiege,
la deguiſoit en habit d'vn ieune Eſcolier, nouuellement
venu de l'eſtude. Meſſire Antoine oyant ce diſcours
preſtoit l'oreille, penſant en luy meſmes les moyens de
paruenir à la iouiſſance de ceſte beauté incogneuë. Et
combien que la choſe luy ſembla difficile, toutesfois
conclud que l'eſſayer ne couſteroit beaucoup : & en ceſte
opinion, apres pluſieurs diſcours, alla auec le Gentilhomme (qui luy faiſoit le compte de ceſte dame) au
logis du cordonnier, nommé Iean Tournaiſe : ou faignant auoir beſoing de ſon meſtier, demanda à meſſire
Antoine des eſcarpins de velours. Le cordonnier (bien
garny) luy diſt : Monſieur, ne faites que vous ſeoir en
ceſte chaire, & ie vous chaufferay bien proprement.
Adonc meſſire Antoine demeuré ſeul auec le maiſtre, pre-
ſentoit vn pied, puis l'autre pour eſtre chauffé : mais
monſieur ne trouuoit rien propre à ſon gré. Ainſi iettant
ſa veuë de tous coſtez, apperçoit la ieune cordonniere,
laquelle, à la faueur d'vn petit guichet qui regardoit
par dedans la boutique, monſtroit vn viſage ſi bien
accompagné de ie ne ſçay quoy, qui tranſporte les cœurs
des hommes, qu'à l'inſtant il demeura attaint iuſques
au vif, donnant aſſez de cognoiſſance (par vn doux
& gracieux regard) de ce que ſon cœur ſentoit à couuert. La dame, d'autre coſté faſchée de ſi eſtroite pri-

fon, & enuieufe des chofes nouuelles, inceffamment auoit
l'œil fur le Gentilhomme, qui n'eftoit moins meritant
amye qu'elle, le changement d'vn mal plaifant mary.
Et en ce tourment n'eurent autre contentement que de
l'œil, feul tefmoing & commencement de leur amour.
Meffire Antoine, chauffé felon l'affection, paya le cordonnier à fon mot, le priant bien doucement de le feruir
toufiours au mefme pris. Ainfi tous deux contens, le
cordonnier d'auoir telle accointance, pour bien vendre
fa marchandife, & le Gentilhomme d'auoir occafion de
pouuoir contenter fa veuë, foubz efperance de mieux,
compta à fon compagnon le grand plaifir qu'il auoit
receu de la beauté de cefte Dame, cherchant en toutes
les fortes l'execution de fi gracieufe iouïffance. Pour
donc continuer la frequentation, & fe rendre familier du
mary, alloit tant fouuent querir des folliers, que tous
les iours luy en failloit deux paires, s'excufant que maintenant luy ferroyent le pied, vne autre fois eftoient
rompuz, ou bien les failloit mettre en forme. Et pour
entrer en bonne opinion de fa dame à chacun coup donnoit liberallement le vin aux feruiteurs, qui en 'difoient
tous les biens du monde à table deuant la maiftreffe.
Le maiftre auffi le cognoiffant tant liberal & honnefte
luy communiquoit, comme à l'vn de fes grands amys,
les plus fecrettes penfées de fon cœur. Pendant ce temps
amour auoit tant bien bafty fon embufche, & fut fi
fauorable à meffire Antoine, qu'vn iour que lon folen-
nifoit la fefte fainéte Catherine, ou tout le peuple alloit
en pelerinage, & failloit paffer deuant fon logis, comme
il eftoit à fa feneftre regardant les Dames paffer, aper-
ceut Iean Tournaife qui menoit fa femme foubz l'habit

d'vn efcolier, en la compagnie d'vn fien amy, qui à la
verité penfoit que l'efcolier fuft l'vn des parens de fa
femme, comme luy auoit efté defguifé. Le Gentilhomme
foudain defcend, & tout planté deuant l'huis de fa maifon, demeuroit comme vn homme gouuernant fes penfées. Iean Tournaife, pour toufiours attirer du proffit
ne voulut paffer fans le veoir & recognoiftre, luy prefentant vne grande & humble falutation. Le Gentilhomme
(faignant eftre furprins) rend honneftement le femblable,
& regardant l'efcolier qu'il auoit veu par vn trou filler
fa quenoille, demande ou alloit la compagnie. Tournaife refpond que leur voyage eftoit à faincte Catherine.
Meffire Antoine (ayfe au poffible d'auoir trouué compagnie tant à propos) leur dit qu'il n'attendoit que fon
varlet pour accomplir cefte deuotion. Sur ce propos fe
mirent en chemin contans des guerres paffées, de la
beauté & fertilité du pays : & ce pendant les yeux des
deux amans (à la defrobée) fe vifitoient le plus couuertement qu'ilz pouuoient, ainfi arriuez en l'Eglife en la
plus eftroicte preffe, les mains des cœurs paffionnez (fe
rencontrans ferrées l'vne dedans l'autre) porterent feur
tefmoignage de leur amytié couuerte. Meffire Antoine,
durant qu'on celebroit la meffe, auifa de mettre ordre
au fecret de fa volonté, & enuoye à fon logis faire
abfenter tous fes feruiteurs. Puis retournans de leur
voyage, le Gentilhomme au deuant de fon logis prend
Iean par la main luy difant : Iean mon amy vous m'auez
faict tant de plaifir & gracieux acueil, que puis qu'eftes
icy fi à propos, vous me ferez tant de bien, auec voftre
compagnie, que de difner en ma chambre. Le pauure
ialoux, encores qu'il cuydaft que fon fait fut fecret,

I. 19

& comme celuy qui n'aymoit telz feſtimentz, miſt toute
peine de s'excuſer. Le gentilhomme au contraire fut im-
portun, diſant que s'il refuſoit vne ſi honneſte requeſte
ne l'eſtimeroit ſon amy, & que iamais ne frequenteroit
ſa maiſon. Le compere qu'auoit mené Tournaiſe voyant
que ceſte priere eſtoit du plus entier du cœur, remonſtre,
-veu l'authorité du perſonnage qu'il failloit demeurer.
Ainſi le pauure Iean (batu de tant de prieres) à grand
regret entre en l'hoſtellerie, & montent tous en la
chambre de meſſire Antoine : lequel incontinent s'em-
peſche d'appeller ſes feruiteurs puis l'vn, puis l'autre :
le maiſtre & hoſte de la maiſon inſtruyt & ſachant l'entreprinſe, reſpond qu'ilz eſtoient allez mener ſes cheuaux
à l'eau & à la forge, & ne penſoit point qu'à ce iour
deuſt diſner en la maiſon. Comment, diſt le Gentilhomme, paillard, eſt ce le traitement que tu me faiſtz?
veu les dix ducatz que i'ay baillez pour employer à ce
diſner? Monſieur (reſpond l'hoſte) l'excuſe que vous ay
diſte eſt occaſion de la faute : toutesfois i'ay encores du
gibier tout preſt à mettre en la broche ne faites que
commander. Va vilain, replique meſſire Antoine, donne
ordre que le plus beau & le meilleur ſoit incontinent
mis au feu, autrement ie te donneray à cognoiſtre le
tort & honte que tu m'as fait en la preſence de mes plus
grands amys. Ce diſant ſe pourmenoit par la chambre,
contrefaiſant le marry, ſe plaignoit de ſes varletz qui
deffailloyent pour ſon feruice. Iean Tournaiſe, pour appai-
ſer ceſte colere, luy dit : Monſieur, ſi vous auez affaire
de moy ne m'eſpargnez comme le moindre de voz gens.
Ie vous remercie, reſpond le Gentilhomme, mais pour
ce que i'ay accouſtumé de prendre auant le repas

quel que peu de maluoyfie, qu'on vend au vieil marché,
ie fuis en peine (n'ayant perfonne) d'y enuoyer. Le
pauure Iean voyant eftre prié en motz couuertz, fe
repentit d'auoir fi liberallement offert fon feruice. Le
Gentilhomme, continuant fon propos, fupplia gracieufement Tournaife d'aller querir vn peu de cefte maluoyfie, & que ce luy feroit vne perpetuelle obligation.
Adonc (eftimant le deguyfement de fon Efcolier eftre
couuert) prend vn pot & va au vin plus vifte que le pas,
doutant toufiours ce qui auint. Meffire Antoine, s'eftant
deffait du mary, commença à courir à la feneftre difant,
maudite foit fortune, i'ay oublié à luy dire qu'il apor-
taft des oranges. Monfieur (dit le compere de Tournaife) i'en ay de meilleures qu'on puiffe trouuer en toute
la ville : que ie voys querir. Ce qui contenta fort l'affection du Gentilhomme, qui demeuré feul auec l'Efcolier le commença foudain à faifir, baifer & careffer de
telle grace, que (fermant l'huys) luy apprint vne leçon
qui le rendit fçauant en humanité. Le compere qui
eftoit aux orenges, & ne demeuroit loing de la maifon,
retourne incontinent, & trouuant l'huys de la chambre
fermé apperceut par vn trou qu'on en boufchoit vn
autre : lequel eftonné d'vn fi nouueau fpectacle (pour
l'opinion qu'il auoit que l'efcolier fuft homme) eftima
que meffire Antoine eftoit entaché du vice de Lombard,
tellement que d'vn defpit, s'en voulant retourner au
logis, rencontre à l'huys de l'hoftellerie fon compere
Iean, qui tout efchauffé demanda, ou eftoit fon coufin
l'Efcolier : Ha, dit-il, ie n'euffe iamais penfé que ce
Cheualier (que i'auois eftimé homme de grand honneur)
euft voulu tant s'oublier que de traiter voftre coufin

comme i'ay veu, par ce que reuenant de querir des
orenges, ie les ay trouué tous deux iointz enfemble
comme ayant affaire à vne belle & gratieufe Dame. Iean
Tournaife entendant vn fi fafcheux compte, fut autant
esbahy que fi cornes luy fuffent venues, & faifi d'vne
colere extreme monte foudain à la chambre en laquelle
trouue meffire Antoine affis à table & l'efcolier aupres
de luy vn peu efchauffé du trauail de fon eftude. Ce
pauure ialoux ne fceut auoir autre recours qu'à fes larmes, difant : ha monfieur, vous m'auez fait icy vne cour-
toifie de Milan. Meffire Antoine voyant que la maluoyfie
eftoit apportée, apres qu'on auoit mangé les rofties,
diffimula le plus qu'il peuft l'enuie qui le preffoit de rire.
Iean Tournaife donnant au dyable l'accointance d'vn tel
marchand, prend l'Efcolier par la main auec vne confufion de rigoureufes parolles, & fe retire fans boyre ou
manger. Le compere voyant fi grande colere le cuyde
rapaifer, en remonftrant ne deuoir eftre fafché de vne
chofe qui ne procedoit de fa faute, & que la honte eftoit
fur le Lombard. Ha (refpond le pauure Iean) vous me
ferez defefperer, ne voyez vous pas que c'eft ma femme.
Comment, dift le compere, voftre femme? eft ce la
maniere de la defguifer & mener ainfi en voyage? Il me
femble que le taire vous fera le meilleur, puis qu'auez
efté tant lourdaut de la laiffer en fi mauuaife garde.
Ainfi fe moquant de luy retourne vers meffire Antoine
qui auoit mandé le feigneur Carraxiole fon compagnon,
& tous trois difnerent enfemble, prenans plaifir du tour
fait au pauure Tournaife : qui fe voyant publiquement
moqué de tout le monde, & par les petitz enfans qui
crioient apres luy, maiftre Iean à la maluoyfie, alla

demourer à Nofle, ou faifi d'vne extreme douleur & maladie oublia.les auentures du monde pour chercher repos
au ciel.

Ie ne vevx excufer, mes dames, telles & fi fottes
femmes, lefquelles (foubz couleur d'eftre tenues de court
en leurs mefnages) fe forment vne liberté & occafion de
fuyure de mauuaifes & damnées volontez. Et faut conclure, que celles qui ayment l'honneur & leurs marys
fe gardent auffi bien de mal faire eftant fubiettes, que
libres : mais à grand peine peut on garder la femme
qui de foy-mefmes fe pert.

COMPTE XXVII.

Ie ne veux blafmer l'inftitution de la religion des filles fages, quand
l'aage de volonté, & les œuures fuyuent la profeffion : mais depuis que
l'oyfiueté (mere nourrice de tous maux) furprend le cœr de œlles qui
fe font veuës auoir l'habit auant que la cognoiffance par le laps de
temps, cela nourrift vn mal lequel au croiftre fe rend inuiolable,
comme cefte hiftoire vous le fera cognoiftre.

N la noble & ancienne cité de Marfique y
a vn monaftere de Dames, auquel eftoient
dix ieunes nonnains, & vne abeffe de fort
ancien aage, laquelle humainement les gou-
uernoit fans trop grande rigueur, gardant, au refte, la
grauité qu'vn pafteur doit à fes brebis, vfant au refte
enuers elles d'vne correction douce & gracieufe, les
amonneftoit humainement d'euiter oyfiueté : mais dame
Abeffe ne fceut tant bien prefcher, qu'en ce troupeau
n'y en euft deux, l'vne nommée Clere, & l'autre Anne
(de grace & beauté furpaffants tout le furplus) qui
comme femblables quafi en condition, communiquoient
fi familierement enfemble leurs plus fecrettes penfées
que rien n'y auoit de caché. Vn iour l'Euefque du lieu
(voulant faire l'office d'vn bon reformateur) alla vifiter
ces Dames, leur faifant toutes les remonftrances qu'il
pouuoit de bien & faintement viure felon leur ordre. Et
ce pendant contemploit particulierement les beautez de

ces nonnains, fur toutes lefquelles l'excellente beauté
de dame Clere luy pleuſt tant, que foudain fut frapé
d'vne amoureufe enuie de iouyr du fouhait de l'amy.
Et fe voyant tormenté du continuël penfer de ce nou-
uel amour, enuoya vne lettre pleine d'affez longues
& fafcheufes harangues, pour paruenir à la confommation de fon plaifir, eſtimant fon efcriture rudement couchée pouuoir fupléer au parler, duquel il s'aydoyt beaucoup plus mal. Dame Clere qui lifoit & efcriuoit encore
mieux (comme eſt le commun de telles femmes, qui à
autre chofe gueres ne s'apliquent) cognoiffant ceſt
amoureux laid, de mauuaife grace & auaricieux (acou-
ſtrement contraire à l'amour) fiſt honneſte reffuz :
& quelque pourfuitte que monfieur peuſt faire n'obtint
feulement place d'vn feruiteur. A l'ocafion dequoy entra
en vn defpit fi grand & ialoufie d'vn autre mieuz aymé,
qu'il eut opinion que la mondanité de ceſte Dame,
n'eſtoit fans amour : & fit tant, que (par moyen fecret)
il defcouurit que dame Anne eſtoit amoureufe d'vn riche
prieur, & dame Clere (fa compagne) d'vn notable meffire Iean : qui eſtoient tous deux, comme les Dames,
compagnons & grandz amys, allant toufiours enfemble
confeffer ces religieufes. A quoy, l'Euefque fort vigilant,
fit faire fi bon guet par fes gens, qu'vne nuit le prieur
fut furpris, qui venoit de vifiter dame Anne, & auoit
laiffé fon compagnon meffire Iean en contemplation
auec dame Clere : ce moyne, comme vn pauure cry-
minel, fut mené en la maifon de l'Euefque, ou interrogué
fur plufieurs articles, mettoit peine de s'excufer & toutesfoys confeffa qu'à la verité il venoit de l'abaye, non
pour y mal faire, mais voir vne fienne coufine qui

l'auoit mandé pour la confoler vn peu fur la perte d'vn
de fes parents, duquel nouuellement auoit efté auertie,
ayant efté contraint de demeurer à fouper, qui a efté
l'ocafion de fa longue demeure. L'Euefque luy dit : elles
font fort deuotes, & vous merueilleufement charitable.
Beau fire, venons au point & ne meflez tant de menfonges à la verité : car ces deguifemens ne feront qu'em-
pirer le fait dont ie fuis auerty. Le prieur, voyant qu'il
falloit paffer plus outre, s'auifa qu'en acufant meffire
Iean il fatisferoit à l'Euefque : de forte que pour trouuer
moyen d'efchaper, auec vne voix baffe & tremblante
luy refpond, monfieur, pour dire vray, meffire Iean me
pria hyer de luy tenir compagnie à ce foir iufques en
l'abaye pour aller en la chambre de dame Clere. Et
pource qu'il eft l'vn de mes plus grandz amys ne l'ofay
reffufer, & apres l'auoir conduit iufques au dedans m'en
fuis reuenu, comme voyez, fans aucun mal faire.
L'Euefque oyant ce qu'il craignoit, moytié ioyeux, moytié
coleré, part foudain pour aller au couuent furprendre
le curé, qui felon fon gré eftoit trop ayfe, iouïffant de
celle qui luy auoit fait fi rigoureux reffuz. Mais dame
Anne (qui auoit conduit le prieur iufques hors l'abaye)
oyant le bruit de l'Euefque & de fes gens qui auoient
faify fon confeffeur fut fort fafchée, & craignant le fcandale, auertit dame Clere fa bien aymée compagne luy
difant : ma feur nous fommes perduës & defcouuertes,
mon bon pere le prieur eft pris par l'Euefque qui viendra
incontinent ceans. Dame Clere oyant ces nouuelles (contraires à fa deuote contemplation) comme femme fubtile & fine dit à fa compagne qu'elle allaft en fa chambre
faire leuer meffire Iean & qu'il fe cachaft derriere la

porte : puis va haftiuement deuers l'Abeffe crier : ma
Dame leuez vous, la martre ou bellette eft en voftre
poulailler qui deftruit toutes voz poulles & chapons.
L'Abeffe vieille, fuiette à fon proffit, prend vn bafton
& court incontinent à fa vollaille que Dame Clere tout
à propos auoit ainfi efparfe. Et la voyant bien empefchée s'en va à fon meffire Iean caché derriere l'huys,
lequel apres l'auoir inftruit & affeuré de ce qu'il deuoit
faire, le mene coucher au lit de l'Abeffe, puis s'en
retourna en fa chambre. L'Euefque, preffé d'enuie & de
foupçon, entre auec fes gens par deffus les murailles
de l'abaye & fe rend au dortoir, ou il rencontre l'Abeffe
(vn bafton en fa main) qui eftoit encores trauaillée de
fa courfe. Elle voyant fi grande brigade, commença à
dire, mònfieur quelles nouuelles? L'Euefque chaudement
luy conta l'hiftoire de dame Clere & de meffire Iean.
La pauure Abeffe, toute efmeuë conduit la compagnie
à l'huys de cefte pauure religieufe heurtant violente-
ment pour entrer. Dame Clere (feignant eftre endormie)
comme en furfault fe leue en fon petit corfet blanc,
demande qui faifoit ce bruit. L'Abeffe luy commande
d'ouurir incontinent fur peine d'inobedience. Adonc fut
l'huys ouuert, à l'entrée duquel on trouue cefte religieufe qui de fi pres contrainte, eftoit tellement delaffée,
que deux petites boullettes rondes (plantées en vne
delicate blancheur) paroiffoient de fi bonne grace que
l'Euefque ne fe peuft garder de changer fa couleur
comme tout tranfy, toutesfoys, contrefaifant le bon
reformateur, entre & cherche par tout, outrageant la
pauure Dame de plufieurs iniures de paillardife. Elle
comme affeurée, & qui fçauoit bien repliquer, hauffe la

tefte toute efplorée, difant comment monfieur & ma
Dame que voulez vous faire, à quelle ocafion me faites
vous cefte iniure? l'efpere que le deshonneur que ie
reçois me fera reparé par celluy qui garda Sufanne des
faulx calumniateurs, & monftrera ma certaine innocence.
Quend l'Euefque fe voit trompé de fa prinfe, dit en
colere : Sur mon ame i'auray le paillard, car ie fuis
feur qu'il eft ceans : Au nom de Dieu (dit l'Abeffe)
cherchez par tout, à fin de ne point penfer qu'on l'ait
deftourné, ie vous habandonne ma chambre à cefte
charge la premiere. Toutes les religieufes (qui eftoient
acouruës à ce bruit) firent femblables offres au bon
reuifiteur, lequel, pour contenter l'Abeffe plus qu'autrement, alla droit en fa chambre ou fes gens cherchans
de tous coftez voyent la couuerture du lit vn peu fouz-
leuée qu'ilz tirent de force, adonc aperceurent meffire
lean au lit de ma dame l'Abeffe, qui fe trouua tant
efperduë que iamais ne fceut dire ne repliquer vn feul
mot, qui fift iuger la compagnie qu'elle feule auoit
fait la faute. Ces religieufes prefentes commencerent
chacune à dire ce qu'elles en penfoient fans en rien fe
montrer marries de la rencontre, efperans par tel moyen
d'auoir à l'auenir liberté plus certaine de contenter
leurs priuées affeɕtions à l'exemple de ma Dame. Seur
Clere voyant fa farce bien iouée, eut vengeance de
belles reproches qu'elle faifoit à l'Euefque & à l'Abeffe,
la menaffant d'enuoyer querir fes parens pour l'ofter
d'vn lieu ou le chef qui deuoit feruir d'exemple de bien
viure viuoit le plus mal. L'Euefque cognoiffant la fineffe
des femmes furmonter la fienne & que fon entreprife
auoit fi mal fuccedé, vaincu d'vn merueilleux defpit s'en

alla & fit mettre le preftre en vne eftroite prifon, de
laquelle (la colere epifcopale vn peu apaifée) fortit
moyennant le prix & fomme de cent ducatz qui furent
payez content par le fecours de fes amys.

VOYLA, mes Dames, que merite la rigueur des
peres, qui ne donnent loyfir à la ieuneffe de leurs filles
de iuger la liberté que nature permet au mariage :
tellement qu'eftans priuées en fi bas aage de cefte
lumiere (par la contrainte de religion) la chair, par le
iugement qui croift auec le temps, les poind fi viuement que lors elles font induites à faire fecretement
(delaiffans Dieu & l'honneur) ce que fans offence, au
fceu du monde elles euffent peu faire.

COMPTE XXVIII.

Entre les chofes que lon veult garder, la plus difficile, eft la folle
femme, car depuis qu'elle oublie Dieu & fon honneur aifément elle
trebuche fans difcretion de perfonne ou fa premiere volunté la meine,
tant eft fragile & fuiette à fes paffions leur efprit vne fois attaint
& gaigné du fol Amour.

N l'Ifle de Sicile n'a pas long temps qu'il
y auoit vn medecin fort eftimé, & nommé
meffire Roger, lequel tout caduc & fur fes
vieux ans, efpoufa vne bien belle & ieune
Dame, remede contraire à fi froid eftomach : & d'autant qu'il fe fentoit trop foible pour fi ieune moitié,
entra en telle ialoufie de cefte femme nommée Agathe
que toutes les compagnies luy eftoient deffenduës. Ce
maiftre Roger fe nommoit du commun le fuport & feul
gouuerneur de tout le couuent des freres mineurs du
lieu, la frequentation defquelz luy eftoit fi familiere,
qu'au moyen de cefte maladie incurrable ne communiquoit qu'auec eux, efperant par là garder fon Agathe :
mais comme celuy qui baille fa bourfe à garder au plus
grand larron, d'auenture arriua au couuent vn frere
myneur (nommé frere Nicole) autant faint qu'homme
de fa robbe, veftu & acouftré pour bien tromper les
femmes, au demeurant difpoft, ieune, & bien condi-

tionné comme vn moyne : toutesfoys (ayant quelque peu
eftudié) s'eftoit acquis vn bruit de grand predicateur,
difant auoir efté compagnon de faint Bernardin, duquel
fe ventoit auoir receu plufieurs faintes reliques que fouuent il monftroit, & par vertu defquelles prefchoit auoir
fait de grandz miracles : à l'ocafion de quoy grand'
multitude de perfonnes venoient à fon fermon, & entre
les autres cefte Agathe acompagnée de fes beautez
naturelles, & de telle excellence que ce notable predicateur la fceut fort bien choyfir entre le troupeau comme
la plus perfaite à fon gré, luy gettant œillades amoureufes en tous endroitz ou la rencontroit. Elle d'autre
cofté n'en faifoit pas moins, pour le voir fi beau & bien
parlant, priant Dieu de bon cueur que fon mary luy
reffemblaft, lequel pour trouuer moyen de retirer d'vne
fi eftrange ialoufie (cuydant que cefte maladie fe peuft
guerir par herbes & firops, comme il gueriffoit les
malades) eut opinion de fe confeffer à ce beau pere
pour en auoir confeil. Luy donc vn iour forty de la
chaire le vint prendre & prier gracieufement de la vouloir ouïr en confeffion. Le frere (faifant vn peu le rigoureux) refpond que ce n'eftoit point fon ofice de confeffer, & que c'eftoit l'eftat du curé. Ha monfieur, dift
la dame, vous plairoit il ce bien me faire en faueur de
mon mary maiftre Roger, qui eft voftre deuoft medecin ;
certes ma feur, puis que vous eftes la femme d'vn
homme, auquel nous fommes tant redeuables, ie ne
vous refuferay : mais, fans faute, à vn autre ne ferois
tel feruice, comme chofe qui nous eft deffenduë par le
general de noftre ordre. Sur ces propos s'en allerent en
vn lieu fecret de l'eglife, ou dame Agathe commença

affez legerement foy confeffer, tant auoit de hafte de
venir au point principal du peché de luxure, auquel
foufpirant pour auoir fentu & fouffert les efguillons de
la chair de bien pres : fur la fin commence à declarer comme on luy auoit baillé outre fon gré vn mary
vieillard, foupçonneux, & ialoux, auec lequel elle n'auoit
que tourment, fupliant (par fon fçauoir) le retirer d'vne
fi vmbrageufe maladie, ou qu'autrement elle eftoit au
defefpoir. Ce grifard cognoiffant fi bon commencement, s'efforça de la reconforter de doulces & emmiellées paroles, en luy difant : mamye encore qu'il n'y ait
raifon du cofté de voftre mary de ainfi vous traicter, fi
eft ce qu'on trouuera peu d'hommes voyans l'extreme
beauté que ie voy nature auoir mis en vn corps fi par-
faict, qui ne fuffent touchez d'vn mal femblable : toutesfois, comme celuy qui voudroit plus faire pour voftre
douceur & bonne grace, que pour tous les biens & me-
rites que ie puiffe auoir en ma religion, ie feray mon
deuoir de luy remonftrer la grande charge de confcience
qu'il a d'ainfi viure. Apres plufieurs autres propos, dame
Agathe dit au frere qu'il luy donnaft l'abfolution. Adonc
commença à ietter vn grand foupir & dire : Ha ma
fille, vne perfonne lié ne peut deflier autruy : car en fi
peu d'efpace vous m'auez fi eftroitement eftraint que
i'ay plus grand befoing de voftre mifericorde, que
vous de la mienne. Agathe, qui n'eftoit des plus fottes,
entendit incontinent ou tendoit ce veneur. Et combien
qu'au parauant euft quelque opinion qu'entre les
hommes & religieux (comme auoit entendu de maiftre
Roger) n'y auoit autre difference que d'vn coq à vn
chappon, fi cogneut elle que cefte reigle failloit au cor-

delier : de forte que fa refolution fut de le choifir pour
amy, reftoit feulement le temps à propos pour euiter
le foupçon tant du medecin que des voyfins. La maniere
fut que la Dame declara au docteur, fa couftume eftre
de fe plaindre fouuent de la maire du ventre, & que
fon mary ne fes compagnons, n'auoyent peu trouuer
iamais remede pour chaffer telle maladie, luy promet-
tant quand il feroit allé vifiter fes malades du matin
qu'à l'inftant faindroit eftre grandement oppreffée,
& par ce moyen enuoyeroit querir ce bon predicateur
auec les reliques qu'il difoit auoir de fainct Bernardin.
Cefte conclufion prinfe, peu de iours apres maiftre
Roger partift pour aller à fa pratique. Agathe ayant le
cœur aux promeffes du cordelier, commença à fe
plaindre & efuanouyr comme de couftume. Les femmes
voyfines & parentes, vindrent vifiter la patiente, & luy
ietter du vinaigre. Elle foufpirant (comme femme
reuenuë de pafmoifon) s'efcria : he monfieur S. Bernardin
veuillez moy fecourir. La chambriere inftruite à ce cry
(contrefaifant la piteufe) luy dift, Helas ma maiftreffe
voudriez point qu'on allaft vers ce grand predicateur
que lon affeure auoir tant de miraculeufes reliques du
benoift fainct pour les vous aporter? La dame faignant
de douleur ne pouuoir parler, auec vne doulce & trifte
voix refpond, ce qu'il vous plaira. Puis derechef commençoit à fe plaindre. Ces femmes qui eftoient prefentes, & auffi fages que la patiente, prefferent cefte
chambriere de partir, qui ne fuft pareffeufe, efperant
auoir part au miracle que feroit le frere. Lequel, aduerty
de toute l'entreprinfe, prend vn fien compagnon auec
luy, & porte toutes fes reliques au logis de dame

Agathe : Ioignant le lict de laquelle (& comme en
pleurant) fift vne reuerence bien humble. La Dame, fi
toft qu'elle l'aduifa, lui efcrie : He beau-pere, priez
Dieu & S. Bernardin pour moy. Ma fille, dift le frere,
i'efpere que ce ne fera rien : mais premier que de
receuoir la grace de Dieu (par les faintes reliques que
vous apporte) faut auoir recours à la faincte confeffion,
eftant certain que l'ame bien guarie, le corps le fera
facilement. Donc, dift-elle, ie vous prie de me confeffer. A ces mots les affiftants fortent, & laiffent en la
chambre feulement les deux Cordeliers, & la chambriere. Le frere predicateur defpouille fes bragues
& approche fes reliques de dame Agathe. Son compagnon ce pendant, fur la couchette apprend vn alleluya
à la chambriere : tellement qu'vn chafcun d'eux eftoit
fort empefché. Le pis fut, que maiftre Roger reuint de
fa pratique, & heurte à la porte qui eftonna tellement
ces beaux peres, que le preuaricateur oublia fes bragues, tant fut preffé de fortir du lict. La chambriere
(abandonnée de fon compagnon) court foudain à la
chambre ou s'eftoyent retirées les femmes, & leur dift :
venez hardiment c'eft faict ma maiftreffe eft fort allegée. Maiftre Roger fur ces propos entre, demande que
c'eftoit, on luy compta l'hiftoire : lequel trouuant ces
deux beaux peres fi pres & en la compagnie de fa
femme (encores qu'il ne fuft content en fon efprit)
force luy fut d'en faire le bon compagnon. Dame
Agathe de fon trauail efmeuë lui compte l'extremité de
fa douleur, qu'elle difoit eftre appaifée, tout auffi toft
que la relique de fainct Bernardin l'auoit touchée : Et
apres auoir remercié doucement fes fratres, leur donna

congé. Le medecin, accouſtrant l'oreiller de ſa femme,
trouue les bragues du predicateur, qu'il auoit laiſſées
de grand haſte de s'habiller : ce qui brouilla extremement le cerueau du pauure ialoux : mais ſa femme fine
& cauteleuſe luy diſt : Mon amy ne vous auois-ie pas
dict que la relique du glorieux ſainct Bernardin m'auoit
garie : & craignant que le mal me reprint, priay fort
le frere qu'il la laiſſaſt. La chambriere fine affaitée (qui
auoit eſté participante de la deuotion) faignant aller
à l'eau, fort du logis, & auertit le predicateur de ces
bragues qu'il auoit laiſſées, leſquelles on auoit dit à
maiſtre Roger eſtre celles de ſainct Bernardin, & que
ſolennellement il les vint requerir pour couurir le faict
de ſa maitreſſe. Ce beau pere (malicieux comme vn
renard) compte au gardien du couuent ſa fortune :
lequel ayant pitié de ſon ſemblable, apres lui auoir
remonſtré que c'eſtoit vn ſot d'auoir ainſi laiſſé ſes
bragues, & qu'on l'euſt prins pour l'vn des plus ruſez
de l'ordre, conuoqua tous ſes moynes, à grand branſle
& carillon de cloches, la croix & l'eau benoiſte, deux à
deux, auec vne melodieuſe ſolennité, allerent droit au
logis de maiſtre Roger, que le gardien tira à part, luy
tenant ces propos : Noſtre amy, quand nous preſtons
ſecrettement noz reliques à quelque malade, qui n'eſt
diſpoſé de receuoir la grace de Dieu ſecrettement les
retournons requerir, de peur que le peuple en face peu
de compte : mais auſſi quand il plaiſt à Dieu monſtrer
ſa puiſſance par vertu de noſtre relique, comme il a
faict en voſtre bien aymée eſpouſe, nous faiſons la
ſolennité requiſe, & que voyez. Maiſtre Roger voyant
grande aſſemblée, penſant n'eſtre venuz ſans iuſte occa-

fion, les remercie grandement. Adonc tous les freres monterent en la chambre de la patiente, qui auoit enueloppé ces bragues en vn beau linge : Le gardien (auec vn grand honneur) les defcouure & fait baifer à tous les affiftens, & à maiftre Roger le premier, puis le mift dedans vn tabernacle qu'il auoit apporté, ainfi auec vn fi noble ioyau, s'en retournerent en leur cou-uent. Cefte nouuelle fut fceuë par tout, 'de la guarifon faite par la vertu des bragues de fainct Bernardin, à la femme de 'maiftre Roger, & luy mefmes en faifoit le compte, qui fut enregiftré, & les bragues folemnelle-ment gardées, afin de les bailler à baifer aux bonnes Dames, pour les guarir de la maire du ventre.

COMBIEN (mes Dames) que maiftre Roger n'ayt pas efté des plus fages du monde qu'il n'a mefuré la force de fon corps à fon aage & ieuneffe de dame Agathe, fi ne veux ie excufer que cefte fotte femme (delaiffée de Dieu) n'ayt beaucoup plus lourdement failly : & fault penfer que qui fe fie en telz defguyfeurs de matieres reçoit fouuent vne telle honte ou cent fois pire.

COMPTE XXIX.

Il y a des femmes si sottes & hors de iugement qui ont opinion de refuser les grandz seigneurs desquelz elles sont requises, pour s'abandonner aux moindres : & pensent par la mieux faire, & euiter le scandale de leur honneur. Mais pour monstrer qu'vn tel vice ne demeure iamais incogneu, fault qu'ilz cognoissent que l'esprit qui se oublie est si aueuglé qu'amour & fortune le renuersent en vn si piteux état, que la fin est pour le moins tousiours vne honte & moquerie perpetuelle.

 N la ville de Plaisance, faisoit seiour vn
ieune Gentilhomme en beauté & en bonne
grace fort accomply, lequel selon la grandeur & auctorité de sa maison, faisoit defpence honneste. Au moyen dequoy auoit frequentation familiere des plus nobles dames de la ville. Entre
lesquelles vne des plus riches & apparentes sceut bien
defrober la liberté de ce ieune Seigneur, que le voyant
en peine de gaigner sa grace, luy monstroit tous les
signes de faueur & gratieux appast pour l'enuelopper
& prendre au filet. Et tellement sceut couurir sa trai-
née, que demourant prins sans pouuoir fuyr, soudain
s'accoustra d'vn visage de rigueur, le monstrant accompagné de refuz plus que de contentement, dont la
ieunesse du Gentilhomme (non encores accoustumée
à telles rufes) se trouuoit estrangement saisi d'vne
infinité de passions. Long temps entretint ceste dame

ce feruiteur en fes pourfuites amoureufes, qu'elle
entremefloit maintenant de l'aigre, puis du doux
prenant gloire en elle mefme que fa beauté feule pouuoit eftre caufe de retenir l'efprit d'vn homme en telle
feruitude. Le Gentilhomme qui cognoiffoit fes entreprinfes & defpences proffiter peu ou rien du tout, pour
paruenir à la iouiffance de la grace de fa Dame, delibera de fe mettre au danger d'vne derniere efpreuue.
Et ayant vn iour efpié l'abfence de fon mary, alla
s'embufcher fecrettement en la baffe court de fon logis
ou eftoient le bois, foin & autres prouifions de la maifon : efperant, que quand la Dame feroit partie pour
aller à la meffe, gaigner fa chambriere, & fe mettre
deffoubz fon lict pour la nuict enfuyuant effayer fi la
Dame (eftant ainfi furprinfe, auec le feruice continuel
qu'il deliberoit luy prefenter) auroit point pitié d'vne
fi parfaicte & longue amytié. Fortune, qui ne fuccede
toufiours fauorable, voulut que cefte dame (preffée
de quelques priuez affaires de fon mefnage) ne fortir
de tout ce iour du logis, tellement que le pauure
amoureux fut contraint de fe nourrir & contenter de
fes paffions, un peu refroidies pour le trop long iufner,
difficille chofe à digerer à vn eftomach ainfi vague
comme le fien : toutesfois (faifant de fes amours
pitance) eut patience iufques au lendemain matin,
qu'il arriua en cefte court vn grand more, ayant la
grace d'vn gros magot, & conduyfant deux muletz
chargez de bled : lequel (ainfi qu'il defchargeoit fon
fardeau) vid la Dame, qui regardant par vne feneftre,
commença à tenfer ce more d'auoir fi longuement
demouré : Et toft apres ma Dame entrer en l'eftable,

pour deuiſer auecq' monſieur le muletier, non du tout
ſi rigoureuſement qu'elle faiſoit par la feneſtre : mais
s'approchant de luy le careſſoit, chatoüilloit, auecq'
petitz foufflez, comme ſi de long temps euſt accouſtumé
ce ieu. Le pauvre Gentilhomme, perdant le cœur de
rage de faim & paſſionné d'amour, cuyda vif treſpaſſer
de voir telle tragedie, & vn vray canibale preferé à luy,
qui auoit employé eſprit, corps, & biens, pour complaire à femme de ſi peu de iugement, & en ces
alteres diſoit en luy meſmes, Miſerable femme, quel
deſpraué appetit a corompu ton villain courage de
chercher tel plaiſir? penſe tu trouuer contentement
plus grand en vn vil more ton ſerf, qui ne te ayme que
pour la cuyſine & ſoupe graſſe, qu'en celuy duquel la
perſeuerance deſcouure la grandeur & perfection de ſon
amytié? Eſtime tu ton ord peché eſtre plus ſecret en
l'eſprit d'vn fot, auquel le vin peut commander, & duquel la vie ſert pour l'argent, en ſorte que pour la
moindre offence que tu lui feras, deſcouurira l'infamie
& deteſtable paillardiſe de ton corps? En ceſte colere
diſcourant le Gentilhome, apperceut ſa Dame qui alla
barrer l'huys, & comme celle qui auoit à plaiſir le
parfun des muletiers, ſe coucha gentiment ſur le bas
du mulet, deſſus lequel (ce magot couplant ceſte
colombe) euſſiez iugé eſtre la conſummation des amours
de Vulcain & Venus. Ie vous laiſſe à penſer mes dames,
la deſmeſurée paſſion de ce ieune Seigneur, voyant
couleurs tant mal ſorties, & execution ſi peu plaiſante.
Ie croy, à mon iugement, qu'il n'euſt enuie d'aller
apres, car vaincu d'vn merueilleux deſpit & ennuy fort
de ſon embuſcade tenant l'eſpée en ſa main, propoſant

donner au trauers d'vn couple fi different. Toutesfois
raifon (dominant fon extreme colere) luy fift cognoiftre
que pour cela ne feroit fa paffion allegée, *receuant d'vn*
tel meurdre plus de honte que de contentement : Parquoy eut recours à la vengeance de fa langue, pronon-
çant ces propos : O maudite & malheureufe fortune,
tant tu m'as efté nouerque & contraire de m'auoir fait
voir vne telle & fi defnaturée operation. Et toy cra-
pault Ethiopien, remede de tout amour, *encores qu'à*
iufte ocafion te deuffe hayr, toutesfoys m'ayant deliuré
d'vne fi puante & venimeufe Serpente (ennemye de mon
bien & plaifir) ie ne puis que ie ne me fente & tienne
pour iamais ton redeuable : efperant que l'yffüe de
cefte longue pourfuitte me rendra prudent & aduifé de
l'indifcretion & fineffe de fi fottes femmes. Cefte pauure dame, tant pauurement furprinfe (ayant reprins
quelque peu fon cueur) cognoiffant fa lourde & layde
faute, fe mift à genoux (fes yeux faifant office de
pitié) fuplia le Gentilhomme, en abondance de larmes,
de luy donner la mort. Mais fe voyant eftre fuffifam-
ment vengé du merueilleux remors de confcience
& defplaifir qu'elle auoit d'vn fi ord & falle vice, luy
dit : O loupue lubrique & fauuage, quelle rage & bruflante fureur t'a prins de t'abandonner à vn fi puant
& vilain more ton ferf? ou eft la garde & confideration
fi grande de ton honneur que tant de foys m'as propofé? *eft ce la reputation que tu t'es gardée pour*
l'amour de ton mary, & grandeur d'vne fi noble maifon de laquelle es fortie? la Dieu ne plaife que d'vne
fi lafche & habandonnée perfonne ie daigne fouiller mes
mains : car le deshonneur que tu receuras d'vn tel

meffait, & la fouuenance perpetuelle de ton peché, te
fera cent foys en viuant mourir fans mort, & moy heureux & content de fi iufte vengeance. Ces propos finiz
fe retira fecretement du logis, delaiffant cefte defolée
Dame plongée en fi dolentes & piteufes penfées que le
refte de fa pauure vie (cognoiffant l'authorité & credit
du perfonnage, fecretaire de fes noires amours) fe tenoit
bannye de toutes compagnies, viuant en crainte & fol-
litude, acompagnée d'vne infinité de regretz.

C'EST VN MAL, mes Dames, affez commun à beaucoup de femmes (faifans profeffion du fol amour)
qu'entre leurs plus affectionnez feruiteurs le moins
digne & plus lourdault eft voluntiers choyfi, efperantz
par ce moyen mieux garder leur honneur : mais affeurement, eftans fi liberalles du trefor qui ne peult eftre
rendu, tombent en une honte ou pareil danger que
cefte femme, laquelle (cuydant fuyr amour) iouïft du
fruit auant que cognoiftre la fleur. Ce qui vous fera
fages des chofes qui peuuent auenir, & vous donnera
plaifir de celles qui font auenues.

COMPTE XXX.

I'ay fouuenance (qu'eſtant vn iour mal diſpoſé) l'vn de mes plus fauorables amys deſirant me viſiter & donner plaiſir, me fiſt vn compte aſſez plaiſant. Et pour ce que ie ſçay qu'il y a des femmes qui en leurs entrepriſes ne ſont des plus fines ſans regarder l'iſſue, &. qu'vn tel compte donne plaiſir aux malades, i'ay penſé que les plus ſains en l'oyant y pourront trouuer quelque contentement.

 N la noble ville de Paris demeuroit iadis vn procureur en Parlement, duquel (de crainte que les autres encheriſſent le parchemin) me garderay de dire le nom. Ceſtuy, comme vn des plus aparentz du palais, eſtoit des premiers en ſon banc, & le dernier à table en ſa maiſon ayant au nombre de ſes clercz vn maiſtre Iean, qui de longue main faiſoit la principalle charge de ſa pratique, & pource que le naturel de telz mignons eſt quelquefoys de mal coucher, ou bien pour auoir enduré de trop grandes & humides froidures en vn yuer (par faute d'eſtre bien chauffé) auint ſur le printemps, que toutes choſes commencent à boutonner, ainſi le clerc commença à deuenir galleux, & d'vne galle aſſez groſſette. Maiſtre Iean, cognoiſſant que ſon mal empiroit & augmentoit par chacun iour, vſa de ſi fort bon conſeil, & du regime des medecins, qu'à la fin ſe rendit ſi ſain & diſpoſt (auec vn viſage ayant repris nou-

uelle chair) qu'euffiez iugé eftre le taint d'vne pucelle
de quinze ans. Durant la guerifon, la femme du procureur laquelle, ou pour auoir beu au verre de fon
clerc, ou pour auoir fenty de trop pres fon haleine
(par le moyen de fa delicatte ieuneffe) beaucoup plus
fuiette à prendre un mauuais ær, commença d'entrer
en vne quafi femblable & petite gratelle, qui tellement
proffita que cefte galle ne fe trouua moins groffe que
celle de maiftre Iean, lequel eftant aperceu de la Dame en
fi bonne difpofition (comme celle qui defiroit autant fa
fanté que de fon plus proche voifin) l'interrogue comment il auoit peu fi bien remedier à vn mal tant har-
gneux, & que fe voyant tourmentée de quafi femblable
façon, voudroit bien fçauoir la recepte caufe de fa guarifon, à fin d'eftre deliurée d'vne chofe fi laide : qui
(perdant toute contenance) la contraignoit de fe frotter
& gratter à tout propos à table. Le maiftre clerc (pour
ne voulloir declarer le fecret de fon mal) met toutes
les peines à luy poffibles de s'excufer & couurir fon
inconuenient, de peur d'eftre decouuert d'vne chofe qui
peult eftre ne luy euft efté agreable. Mais, nonobftant
tant d'excufes, contraint de la Dame de paffer outre,
pour quelque peu la contenter, luy dit, que la meilleure recepte (& de laquelle s'eftoit le mieux trouué)
eftoit que tous les matins il s'en alloit aupres du pré
aux clers par le meillieu des bledz, que la tout nud, & à
la belle rofée fe veautroit dedans le bled vne douzaine
de tours de tous cotez : & qu'il penfe veritablement
que cela feul luy a fait recouurer fa fanté. Vrayment,
maiftre Iean ie ne m'esbahys pas fi auez tant fait de
difficultez de me le dire, pour eftre chofe tant mal

ayfée à faire. Et beau fire, s'il ne tient qu'à cela que
ma galle ne s'en aille, ie vous affeure maiftre Iean mon
amy que i'en fuis tant defplaifante pour l'amour de
tant de gens de bien qui me regardent & me font fi
grand honte, que ie ne craindray à faire cent fois
d'auantage. Or venez ça me conduirez vous pas bien
au lieu mefmes ou auez efté? Ma dame, fi voulez me
commander, ie croy, replique le clerc, que ie le trou-
ueray bien. Beau fire, demain du plus matin voftre
maiftre s'en va au palais, pour vne caufe qui eft de
confequence, & qui doit eftre plaidée, incontinent que
fa mulle fera de retour mettez le coyffinet deffus
& nous irons enfemble feignans aller en autre endroit.
La conclufion prinfe & arreftée, le lendemain (monfieur
au palais) la mulle retournée maiftre Iean monte deffus,
& ma Dame en trouffe bien encapée en ceft équipage
s'en vont le droit chemin du pré aux clercz : auquel
choififfans les plus beaux & efpais bledz & les plus à
l'efcart, ma dame fe defpouille & fe met en chemife
pour receuoir la frefcheur de la rofée matutinalle, felon
l'opinion de fon maiftre clerc : lequel, feruant de varlet de chambre, luy deftache fes efplingues, & la def-
chauffe honneftement : & de peur que les habillemens
ne fuffent mouillez ou gaftez les met & attache en vn
petit pacquet deffus la mulle : laquelle, ainfi que ma
dame la procureufe fe veautroit & conniloit dedans le
bled (fe fentant en liberté, fans eftre attachée) prend
fa courfe & s'en fuit en la ville, fuyuant le droit chemin
du palais (qu'elle fçauoit de longue main) & s'en va
mettre au mylieu des autres mulles pres la pierre de
marbre, ou eftoit le montoir ordinaire de monfieur.

Ces pages & laquais (de nature tant aifes quand ilz
fçauent dequoy fe mocquer) cognoiffans cefte mulle
(comme des plus vieilles du palais) ainfi fanglée auec
vn pacquet d'habillemens de femme, commencent à
faire tel tintamarre & bruit, qu'vn chacun de ces clercz
(mettans leurs nez aux feneftres de la grand falle) def-
couurirent la rifée qui paruint iufques aux oreilles du
procureur, qui foudain defcend, & voyant fa mulle,
& les habillemens ordinaires de fa femme, ne fceut que
penfer ou faire, finon s'en aller fort melencolique,
& tout grondant à fon logis, ou trouuant ma Dame
qui auoit auancé fes pas (par la faueur du fecours que
luy auoit fait fon clerc) & comme celle qui fe doutoit
du mal, fceut fi bien pallier fon entreprife, que la
verité luy paffa loing des aureilles.

GARDEZ VOVS, mes Dames, d'vne telle rofée,
laquelle mouille voluntiers celles qui fe gouuernent par
leurs varletz, & au lieu d'aporter fanté, n'aporte aux
femmes qu'vne mocquerie pour feruir de paffetemps
aux hommes. Et ne foyez tant legeres de croire autruy,
en toutes voz entreprifes, fi ne le cognoiffez fi fage
& auifé que fa prudence puiffe empefcher les chofes
qui vous peuuent tant foit peu faire honteufes.

COMPTE XXXI.

Il ne fault point que les femmes prennent excufe fur les traitz du petit archer, qui fecretement empoifonne leurs cueurs fans pouuoir refifter à fes efforts. Mais fault qu'elles accufent leurs voluntez defordonnees, defquelles, ne voulans ohaffer la caufe, fe laiffent fi doucement gaigner, que s'il y a fineffe ou fubtilité en leurs efpritz qui ferue d'execution de l'amoureux vouloir pour en tromper leurs mariz, Dieu fçait fi elle eft employée, comme cognoiftrez par cefte biftoire.

 N la riche & fameufe cité de Venife n'a gueres vn Gentilhomme de la feigneurie ieune & toutesfoys (felon l'aage) affez auifé, vn iour de fefte allant à l'esbat en vne barque (comme eft la couftume des Veniciens) ainfi qu'il entroit d'vn canal en l'autre aperceut vne ieune baftelliere femme d'vn marinier, nommé Marquet de Curfiolle, lequel cognoiffoit de longue main, pour auoir faict plufieurs voyages en mer aufquelz auoit efté conducteur du nauire. Ayant donc ce Gentilhomme veu la douceur de l'œil de la bafteliere, fut foudain vaincu du peché d'enuie de ioir de fa beauté. Et pour mettre à execution vn defir fi poignant, employa vne vieille praticienne bien inftruite en telz meffages : laquelle fceut fi bien choifir le temps de parler à cefte dame

que par fon affeté babil elle la rendit tellement abatuë
qu'il ne reftoit que le moyen de iouïr du plaifir qui
rend les filles femmes : mais l'execution luy fembloit
fort difficile, d'autant que fon mary ne fortoit iamais
hors la maifon de nuit : d'auantage la dame eftoit
logée en lieu de ville fi eclairé des voifins qui la cognoif-
foient, qu'impoffible eftoit d'entrer en fon logis fans
eftre defcouuert. Le Gentilhomme auerty du vouloir de
la Dame, & fe voyant affeuré du plus fort, luy fit incontinent entendre par la vieille meffagere l'ordre & intention de ce qu'il auoit entrepris de faire pour la confommation de leur amytié : puis fuyant fon oportunité
commença par moyens gratieux & honneftes d'entretenir & parler fouuent à Marquet, & l'enuoyoit fouuent
querir pour le mener fur l'eau à l'esbat en fa barque,
dont tellement eftoit content qu'il fe fentoit grandement heureux de le feruir. Vn iour entre les autres
ce Gentilhomme ayant bafty fon embufche par fi
longue familiarité, luy dit : Marquet mon amy il fault
que tu me faces vn plaifir duquel fera fort bien
fatisfait, c'eft que cefte nuit ie veux aller auec toy
pour conduite voir fecretement vne Dame, de laquelle
ie fuis de long temps affectionné feruiteur. Marquet,
qui ne cherchoit qu'à gaigner, offre fon corps, fa
barque, & tout ce qu'il auoit en fa puiffance. Ainfi
la conclufion prinfe, la nuit venuë, Marquet, par vne
petite menfonge controuuée, s'excufe enuers fa femme,
& s'en alla trouuer le Gentilhomme : qui voyant aprocher l'heure de fon plaifir affeuré, entre en la barque,
& tant trauerferent par les canalz de la ville que le
Gentilhomme eftant au lieu plus propre arrefter le

baftelier commença à dire : Marquet, ie te prie attends
moy icy & ne m'habandonne point, car ie t'affeure
que tu feras content de moy & reuiendray tout au
·pluftoft. Monfieur, dit le baftelier, ne vous fouciez que
de bien traiter voftre Dame, car ie demeureray tant
qu'il vous plaira. Comme lon fçait qu'à Venife on peult
aller par toute la ville par eau & par terre, ainfi le
Gentilhomme, fachant les rues de la ville, trauerfe par
terre (prenant le plus court chemin de la maifon de
Marquet) par ce que par eau, ou il auoit laiffé fon baf-
tellier y auoit vn grand & affez fafcheux deftour. Ayant
donc atitré & gaigné perfonnes fauorables en fon entreprinfe, tant trauerfe par maifons & feneftres, qu'il paruint iufques à celle de Marquet, ou il trouua fa femme
qui fe garda bien de crier au larron : mais le ayant
receu d'vn gracieux vifage, le rendit iouiffant du defiré
plaifir qui rend les hommes tant feruiteurs enuers
leurs Dames. De cefte grace le Gentil-homme fauorablement traiété, retourne fur les brifées de la barque,
ou il trouue le pauure Marquet, qui ne fe doutant d'vn
tel chapeau de rozes (tout endormy) commence à dire
en faifant le moqueur : Monfieur, vous auez efté affez
long en voftre paffetemps, ie ne fçay fi l'auez eu tel
comme vous le promettiez. Mon amy refpond le Gentilhomme, ie t'affeure que de ma vie ne receuz femblable contentement venant du lieu d'une tant ieune
& gratieufe Dame, tellement que de l'ayfe ie me penfois
rauy iufques au ciel. Monfieur, replique Marquet, pour
confeffer verité, ainfi que refuois au plaifir par vous
receu m'eft prins vne enuie naturelle & fi grande d'aller voir ma femme, que n'euft efté la promeffe que ie

vous auois faicte, & craignant que vous ne tombiffiez
en danger, peu s'en eft fallu que ne m'ayez point
retrouué. A ce propos cogneut le Gentilhomme qu'il
auoit beaucoup demeuré & que s'il continuoit ce chemin, Marquet, (qui eftoit de fort chaude condition)
pourroit executer ce qu'il auoit ia cuydé faire : partant
delibera de chercher autre fineffe pour iouyr encores
vn coup du premier bien. Et pour paruenir à tel effect
dict à Marquet : Comment ie ne penfois point que
tu fuffe marié. Auffi, refpond Marquet, n'a pas fort
long temps que fuis conftitué en fi honorable degré,
auquel fortune m'a tant fauorifé que ie me fens tenu à
Dieu d'auoir efpoufé vne affez belle ieune fille & de
gens d'honneur & de maifon felon ma qualité. C'eft vn
grand bien, dift le Gentilhomme, & fuis fort ayfe de
telle rencontre : mais pour cela lairois-tu à venir au
change s'il s'offroit quelque dame de femblable & plus
grande beauté que la tienne : par ce qu'eftant auiour-
d'huy participant du fecret de mes amours, ie ne veux
auoir autre conducteur que toy à l'heure qui m'eft donnée pour aller voir ma dame : & afin que tu ayes part
au plaifir que ie receuray, ie feray tant que ie l'ameneray
en ta barque, & auec elle vne fienne parente non moins
belle & ieune, qui par mon moyen te fera recueil de
Seigneur & d'amy : pour le moins ne feras-tu point en
peine d'aller chercher ta femme, eftant certain de ne
rien perdre au change. Marquet qui eftoit vn peu apre
à ce meftier (comme celuy qui commençoit à fe laffer
de l'ordinaire) ne fut malayfé à conuertir. En forte que
le Gentilhomme, ayant le iour en fuyuant auerty fa
dame par la vieile meffagere, de l'entreprinfe, le foir

venu trouua Marquet au lieu accouſtumé auec ſa barque,
dedans laquelle il auoit fai&t vn petit pauillon couuert
& tendu ſort proprement de tapiſſerie. Et ainſi embarquez ramerent iuſques au lieu que voulut choyſir le
Gentilhomme, au bord duquel laiſſant Marquet alla
trouuer la ieune mariniere qui l'attendoit en bonne
deuotion. Et apres l'auoi deguiſée, veſtue d'accouſtremens de ſoye, toquée & couuerte à la mode de Veniſe
d'vn voyle cramoyſi (ſentant en ceſt equipage mieux ſa
princeſſe que non pas la femme d'vn baſtellier) la con-
duyt en la barque. Marquet qui voyoit ceſte dame ainſi
brauement accouſtrée, eut opinion que ce fut la femme
de quelque Gentilhomme de la ſeigneurie. Et comme
celuy qui eſtoit eſchauffé en ſon harnois de l'eſperance
du nouueau changement, la voyant ſeule demande ou
eſtoit la ſienne. Le Gentilhomme, monſtrant viſage
d'homme quelque peu faſché, luy reſpond : Sachez mon
grand amy que ie n'ay iamais ſceu trouuer moyen de
l'amener, & ſi ne l'ay point faiɛt par tromperie ne
pour vous fruſtrer du bien promis. Et afin de cognoiſtre
que ne ſuis cauſe de ceſte faute, perdant l'occaſion
de vous mal contenter de moy, ie ſuis content
encores que ie ne ſçache homme viuant à qui ie
vouluſſe faire ſemblable faueur, pour ceſte nuit que
vous ayez part à la miene. Comment monſieur, replique
Marquet, outre qu'il ne m'appartient, ia Dieu ne plaiſe
que ie couche auec la dame du monde, que tant
aymez. Beau ſire, diſt le Gentilhomme, ne vous ſouciez
du tort que me pourriez faire, car ie veux faire (pour
l'amitié de nous deux) ce que les autres penſeroyent
impoſſible. Certes monſieur pardonnez moy, ie ne

pourrois (ou voudrois) executer tel commandement. Il
femble, diſt le Gentilhomme, que vous ſoyez fort ſcru-
puleux : m'eſtimez vous tant ſot que ſi cela ne me
plaiſoit, que ie le vous euſſe offert ſi librement ? Ie iure
Dieu, ſi reffuſez ceſte offre, iamais ne vous eſtimeray
mon amy. Souffiſe que pour cela il ne vous couſtera
que deux platz de poiſſon que menuoyerez Samedy
prochain pour feſtoyer aucuns de mes plus priuez amis.
Finablement l'accord, & marché faiĉt, Marquet ſort de
la barque, & le Gentilhomme entre dedans le petit
pauillon auec la ieune mariniere, ou (ce pendant que
le mary faiſoit le guet) receuoit ce que ceux qui ſe
font trouuez en pareil hazard peuuent penſer. Et apres
ce doux trauail ceſſé ſort dehors, & enuoye Marquet
en ſa place, luy defendant ſur toutes choſes de parler,
ne s'efforcer de la cognoiſtre, par ce (diſoit-il) qu'elle
eſt de grande maiſon, & ne ſe fuſt accordée de venir
n'euſt eſté que luy ay fait accroire que tu eſtois le filz
du Duc qui s'eſtoit deſguiſé en l'habit d'vn marinier. Il
ne m'en chaut (diſt Marquet) de ſçauoir qui elle eſt,
puis que c'eſt voſtre dame, ie ne doute point qu'elle
ne ſoit bien choiſie. Ainſi entra au pauillon dedans
lequel (contrefaiſant l'honneſte & de crainte d'eſtre
cogneu pour vn marinier) s'efforça de faire le deuoir
d'vn braue amoureux : de façon qu'eſtant ſorty d'auec
la dame, commença à faire grande feſte au Gentilhomme du traitement qu'il auoit receu, luy diſant :
Sur mon ame, monſieur, ie voy bien qu'eſtes homme
de bon iugement & veritable, & vous prometz qu'il me
ſembloit proprement ſentir ma femme : car elle eſt de
la meſme taille, ayant ainſi la charnure ferme & deli-

cate. Bref oncques ie ne receuz tel plaiſir, & vous
aſſeure que ſi ie ne ſuis Samedy mort ou malade ie
vous empoiſſonneray magnifiquement. Ceſte farce iouée,
le Gentilhomme prenant la Dame par la main la recon-
duit en ſon logis non pas ſans rire par le chemin, de
la tromperie qu'elle auoit faite à ſon mary. Puis retournant vers Marquet (qui l'attendoit tout gay en ſa
barque) s'en retournerent comme ilz eſtoyent venuz. Le
marinier voulant tenir ſa promeſſe, le Samedy enſuy-
uant ſe trouua en la maiſon du Gentilhomme, & luy
porta du meilleur poiſſon qu'il peuſt recouurer en toute
la ville, luy-meſme, faiſant l'office d'vn cuyſinier, au
diſner ſe trouua quelque nombre de ieunes Gentilz-
hommes de la Seigneurie, leſquelz fachans le diſcours
du tour fait à Marquet, commencerent à ietter mille
broquardz, le piquant de ſi pres, que luy (qui n'eſtoit
des plus ſotz) cogneut qu'on auoit peſché du poiſſon
en ſon viuier. Le Gentilhomme voyant ſa colere, de
crainte qu'il n'offenſaſt celle qui eſtoit l'occaſion du
banquet, l'auertit incontinent & la fiſt abſenter. Marquet (ſans prendre congé de la compagnie) eſperant
trouuer ſa femme & la bien punir, prend le chemin de
ſa maiſon : mais voyant qu'elle s'eſtoit abſentée (ſayſi
d'un deſpit merueilleux) habaodonna la ville. Le Gentilhomme ioyeux d'vn tel exil, retira la dame auec luy,
& l'entretint par ſi long temps que bien volontiers en
euſt fait vn eſchange.

Cᴇ sᴏɴᴛ, mes Dames, les hazardz terribles du mariage, leſquelz pour euiter ne ſert la prudence des
mariz, ſi une fois eſt la femme oubliant vertu & pre-
ſumant de ſa beauté, en laquelle la gloire prenant ſon

fiege, le plaifir qu'on prend d'eftre de tous aymée
& eftimée fuyt de fi pres, que facilement on prefte
l'oreille aux flatteries de la langue dangereufe d'vn tas
d'amoureux paffionnez : qui engendre le mal qu'auez
veu par ce difcours, lequel en fin fait perdre ce que
iamais on ne peut recouurer.

COMPTE XXXII.

Combien que le ſçauoir de l'homme en vn eſprit malin face croiſtre
la malice toutesfois l'ignorant malicieux ſe relient beaucoup plus ferme
en ſa meſchanceté, d'autant qu'il n'a rien en ſon cerueau qui luy face
cognoiſtre le contraire du vice, & qui pouruoye vn peuple d'vn paſteur
ſcauant & fin fait beaucoup pis quand il eſt ignorant & mauuais. Car
ou eſt la faute du iugement, raiſon ne peut trouuer place.

 L y a vn chaſteau entre les montaignes de
Daulphiné & Sauoye accompagné d'vne
bourgade, habitée d'vn peuple rude &
groſſier. Entre lequel y auoit vn ieune
preſtre, lequel combien qu'il fuſt plus propre d'eſtre
vn bon chartier que paſteur, toutesfois pour ſauoir vn
peu mieux lire que ſes compagnons, fut eſleu Curé du
lieu. Et comme la couſtume eſt en ces vilages de ne
rien faire ſans luy, ſuyuant ceſt vſage, le curé ſe
trouua (auec le temps) compere de toutes les femmes
du bourg, qu'il ſçauoit tant bien entretenir, qu'vne
ieune iouuencelle (nommée Liſette) comme la plus
familiere emporta ſur toutes les autres plus grand
credit. Le mary de ceſte ieune femme, ayant eſté longuement au ſeruice de pionnier en vne guerre faite en
France, s'en retourna auec elle, pour continuer ſon
labeur, & comme celuy qui ne vouloit accouſtumer de

compagnon en chofe qui luy touchoit de fi pres, commença à fe facher des priuautez du curé auec fa femme : qui le firent entrer en tel foupçon, que iamais ne la perdit de l'œil, ou de conduyte feure, luy desfendant l'entiere frequentation de tous les preftres : ce qui contrifta fort ces pauures amantz, & principalement ce bon pafteur : qui (ne pouuant fouffrir telles defences) s'auifa de s'ayder d'vne vieille caqueteufe, qu'il enuoya fecretement vers fa Dame, inftruicte de longue main au feruice des miniftres, afin de prendre confeil auec fa commere du moyen de pouuoir iouyr de leur accouftumée confolation. Cefte decrepite, experimentée en telz ouurages, commence à chatouiller les oreilles de Lifette, luy difant : Ma fille ie voy que vous eftes en vne merueilleufe peine, auffi eft voftre compere, à l'occafion de l'empefchement & iouiffance de voftre loyal Amour, dont i'ay grande compaffion pour auoir efté ieune & fçauoir l'ennuy que c'eft, mais par tout peut auoir remede, quand fagement on l'execute : auriez vous point la hardieffe de vous feindre demoniacle? Helas ma mere, refpond la iouuencelle, fi ie penfois qu'il nous peuft profiter bien ferois ce perfonnage : car il me fouuient des ma petiteffe qu'il y auoit vne de noz voifines tourmentée de femblable maladie que fi fouuent ie rencontrois qu'auec d'autres filles de mon aage (ainfi qu'ont accouftumé ieunes enfans) la contrefaifois au naturel. Doncques ma fille tout fe portera bien, fi dematin (fortans de l'Eglife) pouuez iouer ce ieu auec les mines qui y appartiennent. La belle Lifette, bien inftruicte de cefte vieille forciere, venu le iour ordonné, en fortant de la meffe commença à tourner

les yeux, à fe tordre les mains, efcumer & hurler comme
vn loup. Le peuple fot, eftonné de cefte foudaine
& nouuelle maladie, la iugea incontinent demoniacle.
Le pauure mary, qui ne la laiſſoit que de pres, tout
faſché la faiᶜᵗ conduyre en ſa maiſon, ou les voyſins
venoyent pour reconforter ſa triſteſſe : Ainſi ayant
oublié partie de ſon vmbrageuſe ialouſie, pour le grand
inconuenient qu'il penſoit eſtre aduenu à ſa femme,
comme hors du ſens, va droiᶜᵗ au logis du curé, pour
le prier de ſa puiſſance coniurer & chaſſer vn ſi mauuais eſprit hors du corps de ſa femme. Meſſire Mau-
rice, faiſant la meilleure mine dont ſe pouuoit auiſer
fiſt de grandes exclamations & plaintes du mal de cefte
patiente, diſant. Ha a, mon compere, vn homme ſe
doit bien garder d'eſtre trop rude à ſa femme, & d'auoir
ſuſpicion ſans cauſe, car les femmes de bien aucuneſfois
en perdent l'entendement. Adoncq' va prendre ſon
eſtolle & autres inſtrumentz propres à ſa coniuration :
& tout deliberé vient viſiter la malade, ſur laquelle mar-
mottant vne infinité de ſuffrages, & ceux que mieux
ſçauoit par cueur, interrogue l'eſprit, luy demandant
qui il eſtoit. Liſette, bien apriſe de la vieille, reſpond
en voix raucque & baſſe, ie fuis l'eſprit du pere de cefte
iouuencelle, condemné d'ainſi faire ma penitence l'eſ-
pace de dix ans, de corps en corps. Le mary preſent,
oyant que c'eſtoit l'eſprit de ſon beau pere, ne ſe peut
garder de dire en pleurant : Mon pere, ie vous prie
de par Dieu de ſortir, à fin que plus ne tourmentez
voſtre pauure fille. Adonc la voix reſpond : Ie ſortiray,
mais ce fera pour entrer en toy, ou ie perſeray le
temps de ma penitence. Le Sauoyfien, entendant ſi

terrible fentence, eut telle paour qu'incontinent s'en-
uelope le col de l'eftolle du curé, criant : mon compere mon amy, ne fçauriez vous trouuer moyen de me
faire efchaper fi cruel iugement par prieres, ieufnes,
aumofnes, & autres bienfaitz? Adonc Lifette, voyant
fon entreprife & fineffe fuceder au point qu'elle demandoit, luy refpond en voix feinte : Mon amy, tu es
trop pauure pour faire fi grandes largeffes qu'il con-
uient, pour efchaper cefte penitence : mais au lieu de
ce, tu t'en iras en quarante efglifes, & en chacune
feras deuotement tes oraifons, demandant pardon à
Dieu de tes offences, autrement ne peux efchaper l'ordonnance du ciel. Or eftoit cefte penitence donnée de la
femme au mary, à fin que par la diftance des villages
(ou eftoyent les eglifes) en voyageant des vnes aux
autres, ce pendant monfieur le curé euft tout loifir de
ieter par l'embouchure de dame Lifette l'efprit qui fi
fort interieurement la brufloit. Et pour mieux venir à
fes ataintes (tant defirées) en voix contrefaite conti-
nüoit telz propos, qu'à tort & faufement il auoit eu
foupçon de fon compere, qui eftoit fort faint homme,
& duquel les oraifons eftoient fort agreables à Dieu:
qu'à cefte caufe il laiffaft la guarifon de la patiente en
fes mains. Le pauure Iouan de mary (penfant eftre forty
hors des peines de purgatoire à fi bon marché) fe met
à genoux deuant le curé luy demandant pardon : lequel
ayant facilement obtenu (de crainte d'auoir pis) partit
incontinent, pour aller faire fon pellerinage. Ce pendant le curé, conftitué gardien de dame Lifette, trauailla tellement fon corps à chaffer le mauuais efprit
de la malade, qu'en fon lieu il en forma vn autre, qui

(auec le temps) s'aparut en efpece d'enfant, duquel le
mary, au retour de fon voyage penfoit eftre le pere.

Ie vovs prie (mes Dames) ne foyez fi fottes de
donner ocafion tant malheureufe à voz mariz d'entrer
en vne telle fantafie qu'il vous faille en feindre les
demoniacles. Dont à la fin, par l'oubliance de voftre
honneur, & de celuy qui le conferue, tomberez en
femblable mocquerie & perpetuelle honte, de laquelle à
iamais vous refentirez.

COMPTE XXXIII.

Pource que l'opinion legere d'un peuple fot eſt quelquefois de croire que les moynes de Rome ont plus d'aparence de ſain̄cté que les autres, comme ceux deſquels on dit venir en toute ſource & exemple. de pure religion. Ie ne veux oublier à vous monſtrer (par ce plaiſant compte) que la vieille avarice d'vn fiſt cognoiſtre qu'en luy y auoit plus de l'habit que du religieux.

v temps d'Eugene, quart ſouuerain eueſque fut à Rome vn vieil moyne, nommé frere Anthoine de ſaint Marcel, lequel, par vne ſimulée ſainteté, auoit eſté ordonné l'vn des grandz penitenciers en l'egliſe de ſaint Pierre (non pas pour nettoyer les conſciences : mais pour vuyder les bourſes) preſchant, qu'ainſi que l'eau amortiſt le feu, auſſi l'argent donné en l'egliſe deſtaint le peché, qui de tant plus eſt grand plus fault donner. En ceſte maniere par ce precieux metal metoit tout le monde au dextre coſté de ſaint Iean Baptiſte. Tant continua ce frere ceſte vie qu'il amaſſa force miliers de ducatz : & de paour d'eſtre deſcouuert, faiſoit faire quelque chapelle fondée bien petitement, ou donnoit aſſez froidement l'aumoſne, à fin qu'en telle liberallité (peu frequente au païs) fut en l'eſtimation de tout le peuple. En ce temps arriuerent à Rome deux ieunes Ruſtres de France, l'vn

nommé Loys, & l'autre Blaife : deux compagnons auffi
trompeurs que le moyne, n'y reftoit que l'habit, garnis
au refte de ioyaux dorez & contrefaitz, & pierreries de
toutes fortes, defquelles ilz trompoient fouuent les plus
rufez. Ces mignons, ayans frequenté long temps en la
ville, apres auoir acquis l'amytié & priuauté de leurs
femblables, eurent foudain cognoiffance de la notable
vie de frere Anthoine, auquel propoferent faire vn tour
de leur meftier. Eftans donc aduertis que fa plus grande
frequentation eftoit auec aucuns changeurs, aufquelz il
bailloit la monnoye de fes offrendes pour en retirer de
beaux ducatz, firent longue deliberation (cognoiffans
l'auarice du moyne) que par ce chemin viendroient à
bon port, auffi qu'il auoit toufiours monnoye eftrange
à changer, & aymoit fort l'acointance de ceux qui luy
faifoient grand marché, pour le change. Ainfi le lendemain matin (chacun inftruit en l'office qu'il deuoit
faire) Blaife, parlant bon portugoys, fe deguife en
l'habit d'vn changeur Efpagnol, & alla tenir fa bouticque deuant l'Eglife de faint Pierre, ou toutesfoys que
frere Anthoine paffoit, entroit, & fortoit de la meffe,
luy faifoit vne falutation à defcouuert tant gratieufe,
que monfieur le penitencier, voyant fi honnefte changeur, voulut auoir fa cognoiffance, efperant en tirer
proffit. Donc pour paruenir à fon intention, commence
à le faluer & s'aprocher de luy au petit pas, demandant
(auecq' vne douce parole) fon nom & païs. Blaife,
comme celuy qui veoyt le renard au filet, refpond fort
fimplement qu'il eftoit d'Efpagne, nommé Dicquo de
Medine, & de l'eftat de changeur, frequentant les païs
ftr anges, ou (graces à Dieu) auoit apris la trafficque

des pierreries, defguifemens d'icelles, par le moyen
de la fcience d'alchimie & tranfmutation des metaux,
incogneu aux gens de fon eftat. Et pource monfieur
(difoit-il) s'il y a chofes que ie puiffe, tout eft à voftre
commandement, pour la grande & anticque deuotion
que i'ay toufiours euë à gens de Religion. Le frere
ioyeux de fi bonne rencontre luy refpondit : Dicquo,
mon amy, mil mercis : Ie fuis icy penitencier de noftre
faint pere (parauenture de plus grande authorité & force
que pillier qui foit en noftre Eglife) partant fi vous, ou
autre de voftre nation, auez affaire de noftre puiffance,
vous ferez les premiers abfoulz. Le galland (qui auoit
plus grande enuie de fes ducatz que de fa benediction)
fe faint toutesfoys fort content de telle offre, & pour
entretenir cefte familiere & gratieufe frequentation :
faict prouifion de quelques ducatz bien pefans, qu'il
bailloit en change & à bon pris pour la monnoye du
frere : Enuers lequel Blaife augmenta tellement fon
credit, qu'ayant fait fi bon commencement aduertift
fon compagnon d'acheuer l'entreprife qui fut telle : que
Loys defguifé & habillé en l'eftat d'vn forfaire de gallere, s'en alla mendiant par l'Eglife de faint Pierre,
auec telles & fi piteufes mynes qu'vn chafcun luy donnoit l'aumofne par pitié : tant fe pourmena qu'il aper-
ceut frere Anthoine (qui pour l'heure eftoit de loyfir)
ce ruftre auec vne falutation bien humble, le fuplia luy
donner deux motz de confeffion. Le moyne qui prenoit
à toutes mains, efperant auoir quelque double des
aumofnes qu'on luy auoit données en fon Eglife, le
mefne en vn petit coing, ou ce vaillant marinier s'age-
nouilla : & apres la benediction commença fa confef-

fion en cefte forte : Mon pere combien que fois grand
pecheur, toutesfoys ie ne viens pas icy tant pour me
confeffer que pour vous reueller vn cas fecret, & de
telle confequence, que ma mort & vie feule en defpend :
vous fupliant en l'honneur de la fainte confeffion de le
tenir couuert, comme cognoiftrez la grandeur du fait
le meriter. Frere Anthoine, qui brufloit d'extreme conuoitife, l'affeura que s'il eftoit queftion de la mort de
dix millions d'hommes pour mourir ne le reuelleroit,
par ce que toutes les peines dé purgatoire ne l'en
pourroient iamais purger. Ha (dift Loys en foufpirant)
i'ay bien caufe de douter, ie crains la mort. Frere
Anthoine, ardent comme vn tifon, fe commence à donner au diable, & fa mere, fi iamais de par luy en fçauoit
nouuelle. Adonc Loys (d'vne voix baffe & craintifue)
luy fit vn long difcours, comme long temps auoit efté
detenu prifonnier en gallere par force, auec vn Grec
compagnon de fa trifte fortune lequel preffé d'vne violente maladie, mourant luy auoit baillé vn gros rubis
ballay, qu'il difoit auoir tiré par fubtilz moyens d'vn
marchand de Turquie, le chargeant comme fon amy
d'en faire fatisfaction, ou pour le moins faire prier Dieu
pour fon ame & que bien toft apres par vn naufrage
de la mer courroucée, le vaiffeau ou il eftoit, fut tellement brifé & defrompu qu'vn chacun eftant dedans eut
plus grand peine à fe fauuer qu'à garder les forfaires
qui le conduyfoient : en cefte auenture (heureufe pour
luy) trouua façon de fe mettre en liberté pour retourner en fon païs acheuer le refte de fa pauure vie. Mais
(en plorant difoit le ruftre) monfieur ie porte ma mort
auec moy, fi vne foys ie fuis faifi d'vn tel trefor, du-

quel me defaifirois voiontiers entre les mains d'vn fainct
homme qui en chargeaft fa confcience, en me donnant
bien peu d'argent pour ayder à marier trois pauures
filles, que i'ay laiffées en ma maifon. Puis donc que
Dieu m'a fait cefte grace de m'eftre adreffé à vous
(duquel auffi la phifionomye iuge la iufte confcience)
s'il vous plaift me donner ayde, ie vous monftreray
l'excellente pierre. Frere Anthoine, aueuglé d'vn extreme
proffit d'auarice, creut legerement cefte mocquerie :
toutesfoys faifant le froit, s'efforça de donner affeurance
à Loys de tenir tout auffi fecret que la confeffion, le
priant luy monftrer la pierre. Loys apres auoir fait de
grandes difficultez, tournant fa veuë de tous coftez
& feignant craindre d'eftre aperceu, tire de fon fein vn
gros billot de cristal fort bien taint & coloré d'vne
vifue couleur rouge enchaffé en vn petit d'argent doré
& couuert d'vn fandal : tellement qu'euffiez proprement
dit eftre vn vray & naturel rubis, tant eftoit cefte
monftre finement defguifée. Le fratre tout eftonné de
voir fi grand & riche balay, commence à dire : Mon
filz cefte bague eft excellente & belle, & non de telle
valleur comme vous femble : toutesfois pour ce qu'il
y a vne relicque en noftre maifon enrichie du boys de
la vraye croix, & autres precieufes pierres, ie l'aurois
volontiers pour en faire honneur à Dieu & fes fainctz, à
la charge que tu feras participant du merite. Mais ie
voudrois auoir le confeil d'vn mien amy Efpagnol
tenant le change deuant cefte Eglife, & felon fon aduis
i'en payeray, non ce qu'il dira : mais comme ma
puiffance le pourra porter. Ha (dit Loys) mon pere que
dites vous, il femble qu'ayez enuye de me faire mou-

rir : defcouurant mon fait ainfi par la ville. Refpond le
frere, i'aymerois mieux eftre damné qu'il en fut fceu vn
feul mot, & te dois contenter des promeffes iurées
qu'en ay fait. L'Efpagnol eft cy dehors, ie luy monftreray feulement en l'affeurant eftre l'un des rubis de
noftre faint pere. Or donc (monfieur) ie metz ma mort
& vie entre voz mains. A tout le moins s'il auenoit
qu'on euft quelque foupçon, faites moy figne à fin
d'efchaper, & fur tout gardez vous d'auoir grande fiance
en ces Efpagnolz qu'en maniant la pierre, ne l'efgarent
de voz yeux : car ce font gens de courte foy. Frere
Anthoine (tout gay) part pour aller au fidelle changeur
Dicquo de Medine, & le tirant à part luy monftre
fecretement ce precieux ioyau, le fupliant trefaffeétueu-
fement lui dire combien il valloit. Le vaillant Dicquo à
la premiere veuë commence à regarder le frere (comme
tout eftonné de la veuë d'vn tel Rubis) & luy dit : Ha
monfieur, vous me voulez effayer, c'eft l'efcarboucle
du Pape. N'ayez foucy (dift frere Anthoine) à qui elle
foit, dites feulement combien elle peult valloir. Le
changeur refpond, il n'eft homme qui la puiffe eftimer,
auffi bien le fçauez vous que moy : & tant plus s'excu-
foit le changeur, plus grande croiffoit l'enuye au frere
d'en fçauoir la valleur. Tellement que Dicquo (voyant
cefte contrainte plus profitable que le taire) luy dit :
fi ie fçauois qu'elle vint de lieu fufpeét, ou de larrecin,
ie ne vouldrois pour tous les biens du monde l'eftimer :
mais eftant prefenté par homme de fi bonne vie, comme
vous, en cefte affeurance i'eftime que celuy qui l'auroit pour dix mille ducatz auroit grand marché. Frere
Anthoine de cefte refponce fort ioyeux, remercia le

changeur, & s'en retourne foudain ou il auoit laiffé fon
marinier. Auquel tint ces propos : mon amy ta pierre
eft belle : mais elle n'eft de fi grand pris à beaucoup
pres que tu l'eftimes. Monfieur, replique le ruftre,
fi ie la voulois porter à Rhodes ie ferois l'vn des plus.
heureux du monde pour le grand nombre d'argent que
i'en aurois : mais la longueur du voyage (& comme
infpiré de Dieu) me femble qu'il vaudra mieux la laiffer entre voz mains, pour vn pris qu'auiferez d'en
donner par le confeil du fainct Efprit afin qu'eftant
voftre confcience chargée de l'employer en voftre Eglife,
& autres bonnes œuures, mon efprit demeure en repos :
me contentant de fi peu de bien que me ferez pour
entretenir la vie de moy & de mes enfans. Mon filz
(replique le penitencier) tu ne crois pas le grand heur
que tu merite de rendre tout à l'Eglife, & dois fçauoir
que nous autres religieux (ayant faict veu de pauureté)
n'auons richeffes, finon ce que le deuoft peuple nous
donne par aumofnes. Toutesfoys ie m'efforceray tant
auec tous mes amys de te donner iufques à deux cens
ducatz, & qui vault mieux, t'eflargiray la grande benediction que le Pape m'a diftribuée pour le pardon de
tous tes pechez. Monfieur, dift Loys, fi ie vous laiffoys
ce Rubis pour deux mille ducatz, ie penferoys auoir
plus donné que tous les fondateurs de voftre Eglife.
Ainfi marchandant petit à petit fut la marchandife fi
bien debatue, que l'accord demeura à mille ducatz :
lefquelz furent payez & nombrez content, par monfieur
le penitencier en fon logis, au noble marinier Loys.
Lequel apres vn gratieux congé accompagné d'autant
de benedictions, s'en alla trouuer le vaillant changeur

Efpaignol, qui auoit defia trouffé fon bagage, & tous
deux partirent de Rome faifans telle diligence que
depuis n'y retournerent gaigner les pardons. Le frere
(ayfe au poffible) prenoit cefte pierre, la regardoit
maintenant au Soleil, maintenant en l'vmbre, l'enfer-
moit en fon coffre, puis foudain la defermoit : tellement
que de grande inconftance pour le plaifir du gaing qu'il
en efperoit, ne fe peut garder de la monftrer à vn
autre changeur, fon compere, fort grand lapidaire.
Lequel voyant cefte pierre fi naïuement defguyfée, fe
print à rire, difant. Ie mesbahys de tant de trompeurs
vagabons qui n'ont autre moyen de viure, qu'en abu-
fant les perfonnes ignorantes : Comment (dift frere
Anthoine) n'eft ce pas vn bon Rubis? Ie vous affeure,
refpond le changeur, qu'il vault comme autant de
Chriftal : Il y à d'auantage l'enchaffeure qui eft affez
bien dorée, & la pierre bien mife en œuure, puis c'eft
tout. Monfieur le penitencier, eftant auffi loing du
gaing qui l'auoit rendu fi gay, comme du recouurement de fes ducatz, demoura auffi eftonné, comme fi
le ciel luy fuft tombé fur la tefte, & commença à foy
defefperer & tordre les mains comme vn homme demoniacle. Le changeur esbahy de cefte grande ioye eftre
tournée en fi foudain defpit, voulut reconforter le
moyne, luy demandant l'occafion. Ha mon compere,
refpond le fratre, ie fuis pauurement trompé par vn
changeur Efpagnol, qui m'a tellement prifé la pierre (me
fiant en luy) qu'elle me coufte mil ducatz, & croy qu'il
foit compagnon de celuy qui la m'a venduë. Adoncques
fut faict toute diligence de courre apres ces ruftres,
aufquelz fortune fe monftra tant fauorable, qu'on ne les

ſceut iamais rencontrer. Dequoy ce pauure Penitencier entra en telle furie, eſtant aſſeuré de la perte de ces ducatz, que la fieure & la mort qui le ſaiſit de plus pres luy firent perdre plaiſir, & deſplaiſir enſemble.

Mesdames, ſi l'auarice de ceux qui ſont mariez pour eſpargner à leurs enfans (encore que ce ſoit de leur propre) eſt vicieuſe, de combien plus eſt à blaſmer la malheureuſe & extreme conuoitiſe de telz gens d'Egliſe : leſquelz ſans occaſion, ſont vn grand amas d'argent du bien qui ne leur appartient. Il me ſemble que ceſt accouſtrement, duquel ſouuent ſe parent, eſt cauſe comme lon voyt de renuerſer & deſtruire la ſainête & pure ˊverité, dont à la fin le ſeigneur patient en ſa iuſtice, quoy qu'il tarde, leur fera ſouffrir vne ſemblable, ou plus honteuſe mort.

FIN DV PREMIER VOLVME.

LA TABLE

de ce prefent livre.

ACHEVÉ D'IMPRIMER

LE VINGT OCTOBRE MIL HUIT CENT SOIXANTE-DIX-SEPT

PAR A. QUANTIN

POUR

ALPHONSE LEMERRE, ÉDITEUR

A PARIS.

Volumes in-12 écu, imprimés sur papier de Hollande.
Chaque volume : 5 fr. ou 7 fr. 50.

Les Contes de POGGE, traduits par M. RISTELHUBER,
1 volume (*épuisé*).
FERRY JULYOT. *les Élégies de la belle fille lamentant
sa virginité perdue*, avec introduction et notes par
E. COURBET. 1 vol. (*épuisé*).
*Poésies diverses attribuées à Molière ou pouvant lui être
attribuées*, recueillies et publiées par le BIBLIOPHILE
JACOB. 1 vol. (*épuisé*).
Les Gayetez d'OLIVIER DE MAGNY, avec préface par
E COURBET. 1 vol. (*épuisé*).

Les Dialogues de TAHUREAU, avec notice et
index, par F. CONSCIENCE. 1 volume. 7 50
Les Contes et Facéties D'ARLOTTO, avec introduction
et notes par M. RISTELHUBER. 1 vol. . . . . 5 »
Les Quatrains de PIBRAC, avec notice et notes par
J. CLARETIE et E. COURBET. 1 vol. 7 50
Les Serées de GUILLAUME BOUCHET, avec notice
et index par ROYBET. 5 volumes. Chaque volume. 7 50
Le Cymbalum mundi par BONAVENTURE DES
PERIERS, avec notice et notes par F. FRANK.
1 vol. 7 50
Les Soupirs d'OLIVIER DE MAGNY, texte original
avec notes par E. COURBET. 1 vol. . . . . . . 5 »
L'Elite des Contes du SIEUR D'OUVILLE, avec une
notice et des notes par M. RISTELHUBER. 1 vol. 7 50
Les Vaux de Vire de JEHAN LE HOUX, publiés
pour la première fois sur le manuscrit autographe du
poëte, avec une introduction & des notes par
ARMAND GASTÉ. 1 vol. 7 50
Les Odes D'OLIVIER DE MAGNY, 2 vol. . . . . 10 »

EN PRÉPARATION :

Les Matinées de CHOLIÈRES.
Contes & Joyeux Devis, par BONAVENTURE DES PERIERS.

*Il est tiré quelques exemplaires de cette collection sur
papier de Chine, au prix de 25 fr. le volume.*

PARIS. — Impr J. CLAYE. — A. QUANTIN et Cⁱᵉ, rue St-Benoît. [1307]

www.ingramcontent.com/pod-product-compliance
Lightning Source LLC
Chambersburg PA
CBHW072350030726
47505CB00014B/1442

MILIEU DE SIÈCLE

Mémoires d'un Critique

Par Jules LEVALLOIS

Souvenirs
ANECDOTIQUES

SUR

J. Michelet
Ch. Baudelaire
Sainte-Beuve
Barbey d'Aurevilly
Jules de Goncourt
George Sand
Edmond About
Victor Hugo
Gustave Flaubert
etc., etc., etc.

PARIS

A LA LIBRAIRIE ILLUSTRÉE
8, RUE SAINT-JOSEPH, 8

Mémoires

d'un Critique

8°Z